출간 70주년 기념
갈리마르 에디션

어린 왕자

LA BELLE HISTOIRE DU PETIT PRINCE
First published by Editions Gallimard, Paris

© Editions Gallimard France, 2013.
© MOONYE PUBLISHING for the Korean edition.

Published by arrangement with Editions Gallimard
though Sibylle Books Literary Agency, Seoul

Antoine de Saint-Exupéry

Le Petit Prince

출간 70주년 기념 갈리마르 에디션

어린 왕자

아름다운 이야기의 탄생

앙투안 드 생텍쥐페리 + 갈리마르출판사
정장진 옮김

문예출판사

일러두기

1 이 책은 《어린 왕자》의 출간 70주년을 맞이하여 프랑스 갈리마르출판사에서 출간한 《어린 왕자의 아름다운 역사 La Belle Histoire Du Petit Prince》를 번역한 것입니다.

2 책에 실린 〈어린 왕자〉를 제외한 다른 글들은 알방 스리지에 Alban Cerisier와 델핀 라크루아 Delphine Lacroix가 수집한 것입니다.

3 〈어린 왕자〉의 그림은 모두 작가 앙투안 드 생텍쥐페리 Antoine de Saint-Exupéry가 직접 그린 수채화입니다.

4 원주와 옮긴이주는 미주로 처리하였으며, 옮긴이주는 따로 표시해두었습니다. 본문에서 [ ]로 묶은 것은 편집자주입니다.

클로드 베르트Claude Werth 에게

"나는 지금도 비켜나 있지만,
어른들에게 내가 그들과 같은 부류의 사람이
아니라는 말을 결코 한 적이 없다.
내 마음속에서 나는 언제나 대여섯 살 정도의 소년이었지만
이 사실도 어른들에게는 숨기고 말을 하지 않았다.
나는 또 내가 그린 그림들을 어른들에게는 숨기고 보여주지 않았다.
하지만 친구들에게는 보여주었다.
그 그림들은 기념품 같은 것들이다."

앙투안 드 생텍쥐페리
〈어린 왕자〉 초고에 들어 있는 미완성 메모

어린 왕자의
탄생

어린 왕자, 미국에서 태어나다
어린 왕자의 탄생에 얽힌 이야기들

알방 스리지에[1]

—

〈어린 왕자〉 초판은 1943년 4월 6일, 미국 뉴욕의 레이널&히치콕Reynal & Hitchcock에서 출간되었다. 당시 'The Little Prince'라는 제목의 영어 판본은 장정본으로 출간되었고 'Le Petit Prince'라는 제목의 프랑스어판은 장정본과 가제본 두 종류가 함께 출간되어 미국 독자들에게 선을 보였다.

생텍쥐페리의 〈어린 왕자〉는 이후 3년이 지난 1946년 4월이 되어서야 1929년 이후 줄곧 생텍쥐페리의 책들을 출간해온 가스통 갈리마르Gaston Gallimard가 프랑스에서 하드커버로 출간했다. 미국에 이어 캐나다에서 〈어린 왕자〉가 출간될 때만 해도 작가가 살아 있었지만, 프랑스에서 출간되었을 때는 작가가 죽고 없어서 사후 유작 형식이었다. 따라서 〈어린 왕자〉 이야기는 프랑스 독자들에게는 그만큼 더 묵직하고 감동적으로 다가왔다.

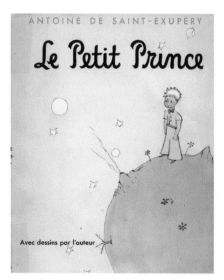

20세기에 가장 많은 외국어로 번역된 문학작품인 〈어린 왕자〉는 작가가 프랑스 사람이었는데도 프랑스가 아닌 북미 대륙에서 먼저 출간되어 읽혔다. 외국에서 초판이 나온 이유가 2차 세계대전이라는 전쟁 때문이었다는 사실은 결코 단순한 우연이 아니라 이 동화 같은 책의 범상치 않은 운명을 결정해버렸다. 〈남방 우편기Courrier Sud〉[2]에서 〈전시 조종사Pilote de guerre〉에 이르기까지 작가 생텍쥐페리는 대부분의 소설을 프랑스를 벗어난 다른 나라 땅에서 썼다. 작가가 비행 조종사로서 전투에 직접 참가하고 있었기에 피할 수 없는 일

프랑스어판 초판,
뉴욕 레이널&히치콕출판사(1943).

1940년대의 뉴욕 맨해튼.

이었다. 프랑스를 벗어난 미국 땅에서 쓴 〈어린 왕자〉 역시 뉴욕에 머물 당시 깊은 고독에서 빠져나오기 위한 작품으로 생텍쥐페리의 창작 활동에서 드문 일이 아니었다.

　비록 외국 땅에서 느끼는 깊은 고독에서 빠져나오기 위해 쓴 소설의 주인공이었다고는 하지만 이 어린 인물은 그 이전 더 먼 옛날부터 이미 작가의 마음속 깊은 곳에 자리를 잡고 있었다. 생텍쥐페리가 남긴 많은 필사본과 편지들을 보면 본문 가장자리 빈 곳에 약간 머뭇거리는 필치로 그린 어린 왕자를 닮은 얼굴들이 나타난다. 이 어린 왕자는 어떤 때는 날개를 달고 하늘을 날기도 하고, 또 어떤 때는 구름 위에 쭈그리고 앉아 있거나 완만한 언덕의 풀밭에 서서 먼 곳을 바라보기도 한다. 어린 왕자는 외국에 유배당한 작가와 비행 조종사의 고독 속에 자리를 잡고 자라난 피하고 싶어도 피할 수 없는 인물이었다. 작가는 자신에게 위로의 말을 건네는 분신과도 같은 이 어린 왕자를 곁에 두어야만 했고 이 어린 인물은 점차 인간사의 진실을 충실하게 반영하는 역할을 하게 된다. 뿐만 아니라 이 어린 인물은 세상이 산산조각 나고 모든 희망을 잃어버린 암울한 시대에 다시 힘을 내고 세상을 변화시켜보자는 메시지를 전해야만 했다. 작가는 어린 왕자를 통해 말하고 있다. "절망은 참 이상한 거야. 난 다시 태어날 필요가 있어."

　생텍쥐페리는 따라서 이 그림책을 쓰지 않을 수 없는 야릇한 상황에 처해 있었다고 볼 수 있다. 〈어린 왕자〉는 그 어디서도 비슷한 사례를 찾아볼 수 없는 참으로 독창적 작품이다. 작가는 스스로 그린 수채화들을 삽화로 곁들였고

생텍쥐페리의 개인 다이어리.

(이 점 역시 출판 역사상 정말로 희귀한 경우여서 강조할 만하다), 그 그림들이 자신을 닮기를 원했으며, 그러면서도 그 그림으로 모든 사람에게 다가가기를 원했다. 생텍쥐페리는 작품과 그를 연결해주는 수많은 메아리들과 비행 조종사라는 작가 개인의 이력 등을 통해서 독자들이 책 속에서 자신을 알아보기를 원했다.

하지만 무엇보다도 생텍쥐페리는 모든 독자의 마음속에서 잠자는 어린 왕자를 깨우고 싶었다. 그러나 모든 사람의 마음속에서 숨쉬는 이 어린 왕자는 쉽게 보이지 않는다. 그의 매력과 마법 또한 이렇게 잘 잡히지 않는 어린 왕자의 모습에 숨어 있다.

*

"비범한 프랑스인"

작가이자 조종사였던 생텍쥐페리는 1943년 당시 미국인들에게 낯선 인물이 아니었다. 오히려 그 반대였다. "미국의 대중에게 그는 고귀한 영웅이었고 비범한 프랑스인이었다"(레몽 아롱[3]). 생텍쥐페리의 두 번째 소설인 〈야간 비행Vol de nuit〉[4]은 1932년 이미 미국에 번역되어 소개되었고 소개되자마자 바로 클라크 게이블Clark Gable 등이 출연하는 영화로 제작되기도 했다.

1938년 1월 11일 처음 미국에 간 작가는 그 후에도 대략 2년 동안 다섯 번 정도 유럽과 북아메리카 사이를 오갔다. 미국에서의 이 발걸음은 그가 몰고 하늘로 올라갔던 시문기[5]의 비극적 추락으로 막을 내렸고 조종사였던 작가에게도 깊은 트라우마를 남기고 말았다. 이어 작가는 소설《인간의 대지Terre des hommes》[6](미국판 제목은《바람, 모래, 별들Wind, Sand and Stars》)의 미국판 출간 문제를 해결하려고 다시 미국을 찾았다. 이 자전적 산문집은 출간되자마자 큰 성공을 거두며 내셔널 북 어워드National Book Award를 수상하기도 했다. 당시 미국 출판계는 이 책을 1939년 비소설 부문 최고의 책으로 선정했다. 1938년 봄, 맨해튼에 이전보다 조금 더 오래 머물렀던 생텍쥐페리는 영어 한마디 못 하면서도 프랑스 작가들 중 미국인들에게 가장 친숙한 작가가 되어 있었다. 이렇게 미국에서 명성을 얻는 데는 그의 작품도 기여했지만 무엇보다 아

뉴욕 록펠러센터(1939년 7월 13일).

화가 베르나르 라모트의 집에서
(뉴욕, 1941~1942년경).

에로포스탈사l'Aéropostale의 우편 조종사로서의 옛 명성이 큰 역할을 했다. 1939년 7월, 당시 세계에서 가장 큰 수상 비행기인 '리외트낭-드-베소-파리호Leutenant-de-Vaisseau-Paris'를 타고 친구이자 일등 조종사 기요메[7]와 함께 롱아일랜드에 도착한 사실이 알려지면서 더욱 큰 명성을 얻게 된 것이다.

작가 생텍쥐페리는 이렇게 2차 세계대전 발발 이전부터 미국에서 일하고 사람들과 우정을 쌓았으며 이를 기반으로 2년 후에는 미국에 27개월 동안 머문다. 그의 책을 미국에서 출간한 유진 레이널Eugene Reynal과 커티스 히치콕Curtice Hitchcock(생텍쥐페리는 이 두 사람을 1932년 파리에서 만났다) 그리고 두 사람의 아내는 자질구레한 일 등을 처리하며 생텍쥐페리의 뒷바라지를 도맡았다. 양쪽을 연결해준 맥시밀리언 베커Maximilian Becker는 이전과 똑같은 역할을 계속했으며 생텍쥐페리의 작품을 영어로 옮긴 번역가 루이스 갈랑티에르Lewis Galantière도 작업을 이어나갔다. 생텍쥐페리가 원고를 찔끔찔끔 넘기거나 넘긴 원고를 다시 수정하는 일도 잦았기 때문에 번역가는 함께 일하면서도 작가를 자극하지 않으려 노력해야만 했다.

따라서 1941년 생텍쥐페리가 뉴욕에 다시 온 것은 결코 놀랍거나 갑작스러운 일이 아니었다. 비록 그가 "사람들을 돌덩어리처럼 취급하면서 딱딱한 피라미드를 세워놓은" 미국 사회에 경계를 늦추진 않았지만. 생텍쥐페리는 독일 침공으로 프랑스가 나치 손아귀에 넘어가고 나서 오랫동안 번민에 번민을 거듭한 끝에 뉴욕행

등을 보이고 있는 사람이 생텍쥐페리와 앙리 기요메. 두 사람은 1939년 7월, 수상기 리외트낭-드-베소-파리호를 타고 뉴욕에 도착했다.

시보니호를 타고 뉴욕에 도착한 생텍쥐페리(1940년 12월 31일).

레이널 부부와 함께한 생텍쥐페리
(뉴욕, 1941~1942년경).

을 결심했다. 만 40세가 되는 1940년 7월 31일자로 징집 면제 판정을 받은 생텍쥐페리는 프랑스의 패주에 깊은 충격을 받았다. 그는 런던으로 날아가 드골에 합류하는 안을 배제한 채 자신이 할 수 있는 일을 찾아야만 했지만 여러 안을 두고 망설일 수밖에 없었다.

생텍쥐페리는 전쟁이 아니라 전투에서 졌을 뿐인데도 패전국을 선언해버린 프랑스를 의심의 눈초리로 보았다. 적과 공모했다는 증거를 찾을 수는 없었지만 의심을 거둘 수 없었다. 하지만 생텍쥐페리는 독일 공군기 편대들에게 '볼모로 잡힌' 프랑스인들이 더욱 신경 쓰였다. 결국 프랑스 사람들은 휴전이 되어야 목숨을 건지는 상황에 처하고 말았던 것이다. 이런 상황에서 생텍쥐페리는 물론이고 대다수 프랑스 사람들에게 미국의 군사적 해결책을 옹호하는 것 말고 뽀족한 대안이 있었을까?[8]

생텍쥐페리는 1940년 12월 21일 포르투갈 리스본에서 시보니호Siboney에 올라 여섯 번째로 미국으로 떠났다. 당시 그 배에는 유명한 영화감독인 장 르누아르[9]도 함께 타고 있었다. 조국을 잃은 두 예술가가 한 배를 탄 것인데, 사실 두 사람은 퉁퉁한 몸에 대머리인 점 등 생김새도 비슷했지만 목소리도 아주 흡사했

친구이자 화가인 베르나르 라모트에게 선물로 준 《인간의 대지》에 생텍쥐페리가 그린 그림. "그의 집에서 저녁 시간을 보낸 후 베르나르 라모트와 나는 지구가 돌고 있다는 강한 느낌을 받았다(코끼리는 아시아에 있다. 코끼리는 우리의 몸무게와 균형을 이룰 것이고 그래서 지구는 둥글게 도는 것이다)."

다. 이렇게 보면 두 사람의 정치관과 윤리 감각이 비슷한 것이 당연한 일인지도 모른다. 같은 해 12월 31일, 뉴욕에 도착한 두 사람은 생텍쥐페리가 미국에 있는 동안 내내 서로 연락을 주고받으며 돈독한 관계를 유지했다. 특히 〈인간의 대지〉를 영화로 만드는 프로젝트를 두고 두 사람은 함께 일했다. 장 르누아르는 1941년 봄과 여름에 생텍쥐페리를 로스앤젤레스로 초대해 함께 작업을 했다. 생텍쥐페리는 로스앤젤레스에 머물며 허약해진 몸을 추스르는 한편 틈틈이 쓰고 있던 〈전시 조종사〉(1942)를 완성한다.

생텍쥐페리는 리츠칼튼에 머물며 자기처럼 뉴욕에 망명 와 있던 친구들을 만났다. 이 친구들 중 한 사람이 화가 베르나르 라모트Bernard Lamotte였다. 그림 그리는 이 화가 친구의 집에서 생텍쥐페리는 영화배우 장 가뱅Jean Gabin, 찰리 채플린Charlie Chaplin, 마를렌 디트리히Marlène Dietrich, 그레타 가르보Greta Garbo 등을 만난다. 생텍쥐페리는 또한 전쟁정보실War Information Office이라는 신문사에서 일하던 피에르 라자레프Pierre Lazareff 기자와도 긴밀한 관계를 유지했으며 《하퍼스 바자》[10]에서 일하던 그의 아내 엘렌Hélène과도 친교를 맺었다. 생텍쥐페리는 1941년 4월부터 카슨 매컬러스Carson McCullers 등 이 잡지의 기자들에게 가장 좋아하는 책이 무엇이냐는 질문을 자주 받았다. 그때마다 생텍쥐페리는 다음과 같이 답하곤 했다. "내가 정말로 좋아한 최초의 책은 한스 크리스티안 안데르센Hans Christian Andersen의 동화집이에요."

생텍쥐페리가 뉴욕에 도착했다는 소식은 《뉴욕 타임스New York Times》1941년 초판에 실렸고, 보름 후에는 애스터호텔 잔디 정원에서 대략 1,500명이 모인 가운데 열린 〈인간의 대지〉 시상식에 관한 보도가 실렸다. 정말 대단한 일이 아닐 수 없었다! 생텍쥐페리는 적지 않은 돈을 거머쥐었고 덕분에 유명한 센트럴파크가 내려다보이는 센트럴파크 사우스 240번지의 편안한 아파트에 세를 얻을 수 있었다. 아파트 일층에는 카페 아놀드가 자리 잡고 있었다. 레이널 부부가 1942년 6월 생텍쥐페리를 찾아와 어린아이들을 위한 콩트를 한 편 써달라고 제안했던 곳이 바로 이 아파트 일층에 자리한 카페였다.

하지만 모든 일이 다 순탄하게 풀려나간 건 아니었다. 1941년 1월 새해가 밝자마자, 생텍쥐페리가 비시Vichy 정부를 지지한다는 터무니없는 중상이 여러 곳에서 들려왔다. 갈수록 중상모략이 거세졌으며 이로 인해 생텍쥐페리는 뉴욕에 머무는 동안 줄곧 정신적으로 시달려야만 했다. 길어져만 가는 뉴욕 체류도 암울하게 변해갔다. 1942년 2월 〈전시 조종사〉를 출간해서 자신이 야만적 나치와 유대인 차별에 항거해 싸웠음을 분명히 알렸는데도 중상모략은 끊이질 않았다. 당시 뉴욕 맨해튼에 와서 머물던 프랑스인들은 두 파로 나뉘어 서로 독설을 주고받았으며(사람들은 이들 모두를 "뉴욕의 가짜 프랑스 놈들 패거리"라고 불렀다), 이런 분위기에서 다소 이상하

베르나르 라모트의 작업대.
그의 집을 찾아온 생텍쥐페리와
손님들이 남긴 낙서들.

게 보이는 생텍쥐페리의 독일과 비시 정부에 대한 반발은 우호적 반응을 얻어내지 못했다. 상황이 점점 더 악화되자 작가는 마침내 지어낸 소문 때문에 죄의식에 시달리며 극도로 예민한 상태에 빠지고 말았다.

그를 위로해주는 친구들, 뉴욕 체류에서 무엇보다 중요한 에피소드를 이뤘던 여성 편력도 아무 도움이 되지 못했고, 생텍쥐페리는 빠져나오기 힘든 악순환의 고리에 갇힌 채 거의 막다른 골목에 다다라 있었다.

그러나 생텍쥐페리는 시인 라마르틴[11] 같은 사람이 아니었다. 〈고립〉이라는 시를 쓰면서 "단 하나의 존재가 그대에게 없으니 모든 것에서 사람들이 떠나버렸네", "이 유배의 땅에 나는 왜 아직도 머물고 있나?/대지와 나 사이에는 아무 공통된 것도 없네"라고 울부짖던 낭만주의 시인에게 20세기의 소설가는 "자신이 진정으로 존재한다는 느낌을 받을 수 있는 곳, 이 세계 안에 자신만이 아니라 인류가 살아 있다는 것을 느낄 수 있는 곳은 사막 한가운데였다"고 답을 했다. 그가 말하는 사막에서의 체험에는 모래 둔덕과 구름, 밤이면 찾아오는 얼음 같은 추위에 대한 체험, 도시 한가운데의 높은 빌딩들에 대한 체험이 모두 들어 있다. 생텍쥐페리는 가장 깊은 고통 속에서 들려오는 절망의 노래에 결코 동의할 수 없었다. 생텍쥐페리는 당시 자신이 태어나 자란 고향집에 대한 길고 긴 명상에 사로잡혔고 그러면서 자주 어린 시절을 회상하고 많은 위로를 받았다. 이 모든 것은, 우리를 세상과 연결하는 눈에 보이지 않는 끈들로 이루어진 그물 같은 망을 드러내고 싶다는 욕망이 서서히 표현을 얻어가는 과정이기도 했다. 눈에 보이지 않는 그물 같은 망이란 무엇인가? 그것은 우리 눈앞에 없는 사라진 것들과 포기했던 것들, 그래서 안타까운 것들을 다시 보게 하는 힘으로, 우리 정신에 비축되어 있는 영적인 양식이라 할 수 있다. 하늘이 속삭이는 소리에 귀기울이고, 별이 빛나는 밤에 그 빛을 쫓아가며 이 모든 것들을 다시 보는 것이다. 이렇게 해서 서서히 어린 왕자가 생텍쥐페리의 가슴속 깊은 곳에서 태어나고 있었다. 어린 왕자는 어려운 시절 생텍쥐페리와 함께한 동반자였다. 별들 사이를 날아다니는 그의 여행과 모험은 곧 생텍쥐페리 자신의 것이었다. 그래서 때론 우아하고, 때론 심각했으며, 어떤 때는 단순하기도 했다.

＊

"삶의 유일한 진실"

〈어린 왕자〉의 아이디어와 집필 계획이 누구에게서 처음 나왔는지는 확실하지 않다. 책을 낸 출판업자들이었던 히치콕과 레이널 부부는 나중에 공개된 인터뷰를 통해 자신들이 집필하게 했다고 밝혔지만 생텍쥐페리와 뉴욕에서 동거했던 실비아 해밀턴Silvia Hamilton도 같은 주장을 한 적이 있다. 화가 헤다 스턴Hedda Sterne은 생텍쥐페리에게 글만 쓰지 말고 직접 그림도 그려서 삽입해볼 것을 넌지시 제안했다고 회상한 적이 있다.

여하튼, 어린 왕자를 포함한 작은 인물들을, 강박적으로 보일 정도로 이렇게도 저렇게도 그려보는 생텍쥐페리를 가까이서 보아온 미국 출판업자들이, 어린 왕자를 주인공으로 동화를 한

《인간의 대지》 영어판 《바람, 모래, 별들》 출간을 축하하는 생텍쥐페리와 출판사 직원들(1939년 7월).

실비아 해밀턴의 집에서. 소파 손잡이에 금발 인형이 놓여 있다(1942).

편 써보라고 프랑스 친구에게 제안했다고 해서 그다지 놀랄 일은 아니다. 또 이야기가 오가는 중에 생텍쥐페리가 집필에 동의했을 수도 있다. 패멀라 트래버스[12]가 청소년을 위한 유명한 동화《메리 포핀스》를 쓴 것 역시 히치콕과 레이널 덕분이었기에 이런 추정에는 설득력이 있다.

게다가 패멀라 트래버스는 1943년 4월 11일자《뉴욕 헤럴드 트리뷴New York Herald-Tribune》 [233~234쪽 참고]에 직접 〈어린 왕자〉에 대한 서평을 쓰기도 했는데 이는 생텍쥐페리의 작품에 대해 가장 잘 쓴 글들 가운데 하나로 간주된다. 물론 패멀라 트래버스 역시 동화작가였기에 〈어린 왕자〉에 대해 좋은 글을 쓸 수 있었겠으나 이 여성 소설가도 히치콕과 레이널의 권유로 소설을 출간했으므로 〈어린 왕자〉 또한 그랬으리란 추정이 더욱 설득력이 있다.

그러나 이 모든 것을 고려하더라도 생텍쥐페리 자신이 동화라는 형식을 빌려 글을 쓰기로 마음먹었으리라 보지 않을 이유가 없다. 사실 생텍쥐페리는 이 형식에 큰 의미를 부여하곤 했다. 〈이름 모를 여인에게 보내는 편지Lettres à l'inconnue〉(1943~1944년경)에서 그는 "동화가 삶의 유일한 진실임을 사람들은 다들 알고 있다"라고 쓴 적이 있다. 작가의 이 말에 의지해서 추정하자면, 전쟁 발발 전에 생텍쥐페리 스스로 프랑스의 한 출판사(투르시 소재 맘므출판사Editeur Mame)에 동화를 한 편 쓸 테니 출판해달라고 제안했다는 말이 사실일지도 모른다.

뿐만 아니라 생텍쥐페리가 처음 그림을 그리기 시작할 때 연필과 수채화 물감 상자들을 구해주거나 과슈[13] 물감을 가져다주었다는 친구들도 여럿 있다(가령 폴-에밀 빅토르Paul-Émile Victor와 르네 클레르René Clair). 실제로 그랬을 수도 있지만 그림 그리는 사람들이 자신이 쓸 연필과 물감을 남에게 부탁하지 않는다는 점을 고려하면 생텍쥐페리가 직접 에이스 애비뉴[14]에 있는 가게에 들러 물건들을 샀을 가능성이 더 많다.

생텍쥐페리는 1942년 여름, 작업에 돌입했다(캐나다 몬트리올에서 5월에 생텍쥐페리가 보낸 편지를 보면 적어도 6월이 되기 전에는 아직 〈어린 왕자〉를 시작하지 않았음을 알 수 있다). 여름과 가을 내내 생텍쥐페리는 〈어린 왕자〉의 글과 그림에 몰두했다. 이 점에 관해 여러 증인이 들려주는 이야기가 있다. 1931년 결혼한 그의 아내 콘수엘로 드 생텍쥐페리[15]는 가장 믿을 만한 증인이다. 그의 아내는 1941년 11월 6일 뉴욕에 도착하자마자 센트럴파크 사우스 240번지에 아파트를 구해 자리를 잡았다. 두 사람은 여러 해 전부터 별거 중이었다. 생텍쥐페리가 같은 이국 땅 뉴욕에 머물고 있었지만 두 사람은 결코 가까워지지 못했다. 두 사람의 결혼 생활은 언제든 깨질 정도로 불안하기만 했다. 그래서인지 생텍쥐페리는 실비아 해밀턴, 헤다 스턴, 나다 드 브라강스Nada de Bragance, 나탈리 팔레Natalie Paley 등 여러 여인을 만났고 이 여성들에게 어머니 정도의 사랑은 아니라 해도 결코 적지 않은 마음의 위로를 얻었다.[16] 생텍쥐페리가 〈어린 왕자〉에 등장하는 중요

This Agreement,

made this   26th day of January, 1943   193

by and between   Antoine de Saint-Exupéry, 35 Beekman Place, New York, New York
party of the first part, the Author   and/or Proprietor   (hereinafter in either case termed "the Author "),
and REYNAL & HITCHCOCK, Inc., of 386 Fourth Avenue, New York, N. Y., party of the second part
(hereinafter termed "the Publisher").

     The Author   declares that   he   is the sole proprietor   of this work and that   he has   full power
to make this agreement.

     In consideration of the premises and of the promises hereinafter set forth, it is agreed by the parties
hereto as follows:

1.   (a)   The Author   hereby grants and assigns to the Publisher the sole and exclusive right to publish
in book form   in the English and French languages throughout the world including
Canada but excepting the balance of the British Empire which shall be left to the
Author, his new book entitled THE LITTLE PRINCE, written and illustrated by the
Author, the English translation thereof having been arranged by the Publisher.

     (b)   The Author   also grants to the Publisher such other rights as are set forth in Clause 16
hereof.

2.   (a)   It is understood and agreed that the copyright shall be taken out by the Publisher at his own
expense in the name of the Author   or of the Publisher in the United States of America.   In the event
that said work has been or will be published abroad prior to American book publication, the Author   agrees
to place a copy of the foreign edition of said work in the hands of the Publisher in ample time to protect such
American copyright.

     (b)   The Author   agrees to make timely application for the renewal of the said copyright within
one (1) year before the expiration of the copyright therein.

3.   The Author   hereby guarantees that the said work is in no way a violation of any existing copyright
either in whole or in part, and that it contains no matter which, if published, will be libellous or otherwise
injurious; and that he will, at   own expense, protect and defend the said work from any adverse
claims that said work infringes any copyright, and   he   will indemnify and save harmless the Publisher from
all damages, costs and expenses arising by reason of any alleged injurious or libellous matter in the said work.

4.   The Author   agrees to deliver the manuscript copy of the said work to the Publisher on or before
   Delivered   in proper shape for the press. Time is of the essence of this agreement, and if
delivery be not made on or before the stipulated date, the Publisher shall not be bound by the time limit for
publication provided in Clause 6; and if within three (3) months after written notice from the Publisher to
the Author   or   representative, said delivery be not made by the Author , this shall be
deemed cause for the Publisher, if he so desires, to terminate this agreement (and to recover from the
Author   any and all amounts which he may have advanced to the Author   as hereinafter provided).   The
Author   further agrees to supply promptly all photographs, drawings, charts or index if such be necessary
to the completion of the said manuscript, and if he fails to do so, the Publisher shall have the right to supply
them and shall charge the cost thereof against any sums accruing to the Author   under this agreement.

5.   The Author   agrees, upon the request of the Publisher, to read, revise and correct and promptly
return all proof sheets of the work, and to pay in cash or, at the option of the Publisher, as a charge against
any sums accruing to the Author   under this agreement, the cost of alterations in type or in plates,
required by the Author , other than those due to printer's errors, in excess of ten percent (10%) of the
original cost of composition, provided a statement of these charges be mailed to the Author   within thirty
(30) days after the receipt of the printer's bills, and the corrected proofs be presented for the inspection of
the Author   at the office of the Publisher, upon the former's request therefor.

6.   The Publisher agrees to publish the said work at his own expense within
after the date of receipt by him of the complete manuscript copy thereof, on or before   May 1, 1943
in such style and manner as he shall deem best suited to its sale; but this limit, in case of strikes or other
non-preventable delays or in case the Author   fails to return proofs within thirty (30) days after he has
received them, shall be extended to cover such delays.   Should the Publisher fail to publish the said work
before the expiration of said period, except as provided herein in Clause 4, the Author   shall have the
right to make written demand on the Publisher for such publication and if the work shall not be published
within sixty (60) days after receipt of such demand, the Author   shall have the right to terminate this
agreement on repayment of any moneys advanced to   him   on account of this contract or ex-
pended by the Publisher toward publication.

미국판 《어린 왕자 The Little Prince》 영문 출판 계약서(1943년 1월 26일).

실비아 해밀턴이 기르던 푸들과 생텍
쥐페리. 이 푸들은 〈어린 왕자〉에 등장
하는 양의 모델로 추정된다(1942).

한 모델들에 대한 아이디어를 얻은 것도 1942년 가을과 겨울 내내 실비아의 집에 머물 때였다. 더부룩한 금발 머리 인형, 양을 닮은 작은 푸들, 실비아가 선물한 한니발이라는 이름의 테리어 종 복서견은 작가가 호랑이를 구상하는 데 완벽한 모델이 되어주었다. 〈어린 왕자〉의 인물들이 모두 이때 작가에게 떠올랐던 것이다!

생텍쥐페리는 그림물감 등 그림 그리는 도구들과 구술 축음기 등을 챙겨서 롱아일랜드 북동쪽의 작은 마을 어셔로큰Asharoken에 있는 베빈 하우스Bevin House에 머물며 〈어린 왕자〉를 썼다. 잡일을 도와주는 비서 말고는 아무도 없었다. 아내 콘수엘로는 1942년 여름이 끝나갈 무렵 이 넓은 빌라를 발견하고는 남편이 뉴욕의 폭염과 당시 뉴욕에 와 있던 프랑스 사람들을 피해 집필에만 전념하게 해주었다. 생텍쥐페리는 이 빌라에 머물며 대단히 흡족해했는데, 이는 당시 빌라를 찾아왔던 프랑스 친구들 드니 드 루즈몽[17]과 앙드레 모루아[18]는 물론이고 무엇보다 생텍쥐페리에게 영어를 가르쳐주던 가정교사 아델 브로Adèle Breaux의 증언을 통해서도 확인할 수 있다[45~46쪽, 48~50쪽 참고]. 생텍쥐페리는 〈어린 왕자〉 삽화를

롱아일랜드 어셔로큰에 있는 베빈 하우스. 생텍쥐페리는 1942년 여름이 끝날 무렵까지 이곳에서 〈어린 왕자〉를 집필했다.

그리기 위해서 주변 친구들을 모델로 삼기도 했고, 늦은 밤 친구들에게 연락해서 의견을 구하곤 했다. 로스앤젤레스에 있던 프랑스 여배우 아나벨라 파워[19]도 늦은 밤 수천 킬로미터 떨어진 먼 곳에서 걸려오는 전화를 받곤 했다! 하지만 생텍쥐페리는 점차 지인들과 거리를 두기 시작했고 '행복의 집'이었던 이 빌라가 너무 좁게만 느껴졌는지 때론 워싱턴으로, 때론 뉴욕으로 달아났다.

마침내 1942년 10월 중순경, 커티스 히치콕은 〈어린 왕자〉 초고 뭉치를 손에 쥘 수 있었고 맥시밀리언 베커에게 이 기쁜 소식을 알렸다. 이렇게 해서 같은 해 11월 11일, 생텍쥐페리는 레이널&히치콕과 〈어린 왕자〉의 미국 대륙 판권 계약을 맺었다. 1942년 12월 생텍쥐페리 부부는 비크만 플레이스Beekman Place 35번지에 있는 이층집으로 이사를 했다. 두 부부의 갈등이 잠시 가라앉은 시기였다. 생텍쥐페리와 연인 관계였던 실비아가 아내 콘수엘로를 모욕한 사건 후 생텍쥐페리는 그녀에게 다음과 같은 편지를 써 보냈다. "나는 기적이라도 일어난 것처럼 갑자기 그녀에게 함장이라도 된 것 같은 무거운 책임감을 느꼈소."

✳

"나는 내가 거기에 어떤 그림을 넣고 싶은지 정확히 알고 있었습니다"

글로만 이루어진 대부분의 소설이라면 원고를 넘김으로써 작가로서의 작업이 끝나지만 〈어린 왕자〉의 경우 그렇지 않았다. 수많은 스케치들이 생텍쥐페리가 이 작품에 얼마나 정성을 들였는지를 일러준다. 생텍쥐페리는 원고를 넘기고 나서도 책이 출판될 때까지 글 못지않게 그림에도 많은 신경을 썼다. 당시 그가 인쇄를 위해 준비한 그림들은 완벽한 솜씨를 보여주는데, 그중 다섯 점이 최근 몇 년간 경매에 나왔다(〈사냥꾼〉, 〈코끼리들〉, 〈사막의 꽃〉, 〈사막 위의 어린 왕자〉, 〈사업가〉). 또 다른 석 점은 2011년 프랑스 국립도서관에서 열린 갈리마르출판사 전시회를 통해 소개가 되었다.[20] 그중 한 점이 바로 어린 왕자가 이동하는 철새들의 날개에 달린 줄을 붙잡고 하늘을 나는 그림이다. 이 그림에 대한 아이디어는 아마도 스웨덴 여성 소설가 셀마 라게를뢰프의 《닐스 홀게르손의 신기한 스웨덴 여행》[21]에서 가져온 것으로 보인다.

출간 당시 생텍쥐페리는 미국 출판사에 보낸 편지에서 맥시밀리언 베커의 중재 때문에 일이 늦어진다고 불만을 털어놓으면서 〈어린 왕자〉 편집이 어떻게 이루어져야 하는지 의견을 개진하기도 했다. 직접 읽어보자. "나는 모든 일이 시작되기 전에 다음과 같은 사항들에 대해 내가 먼저 결정하길 강력히 원합니다. a) 그림들의 위치 b) 그림들의 크기 c) 꼭 컬러로 인쇄를 해야

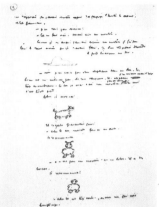

〈어린 왕자〉
필사본.

할 그림들 d) 그림들에 삽입할 글들. 예를 들어 내가 '이 그림이 내가 그를 그린 그림들 중 가장 귀여운 그림이다'라고 썼을 때 난 내가 거기에 어떤 그림을 넣고 싶은지 정확히 알고 있습니다. 크게 그리고 싶은지, 작게 그리고 싶은지, 혹은 흑백으로 하고 싶은지, 색을 입히고 싶은지를. 또 그림만 그릴지, 아니면 글도 써 넣을지 등을 내가 알고 있다는 말입니다." 〈어린 왕자〉 초고를 보면 글과 그림을 어떻게 어울리게 배치할지를 두고 생텍쥐페리가 얼마나 정성을 기울였는지 쉽게 짐작할 수 있다. 복잡하게 어우러져 있지만 〈어린 왕자〉에서 글과 그림이 떼려야 뗄 수 없는 불가분의 관계를 맺고 있다는 한 가지 사실만은 분명하다.

"일이 그토록 지연된 것은 다름 아니라 그림 없이 글만 보낼 수가 없었기 때문입니다. 출판사 측에서는 내가 보낸 그림을 인쇄하는 데 무려 4개월이나 걸렸습니다(그만큼 내 그림들이 아름답다는 거겠죠……)." 생텍쥐페리가 배우 아나벨라 파워에게 쓴 글이다[43~44쪽 참고]. 이 글은 영어판 표지로 된 감동적이고 독특한 가제본판에 쓴 것이다. 하드커버가 아닌 이 가제본판에는 영어판과 프랑스어판 두 판본에 실린 컬러 삽화 전체가 재단되기 이전 인쇄용지 형태 그대로 모두 들어 있었다.

이뿐 아니라 작품 출간이 늦어진 건 생텍쥐페리 전담 번역가 루이스 갈랑티에르가 비행기 사고로 부상당해 병원에 입원하는 사태가 벌어졌기 때문이기도 했다. 생텍쥐페리는 1943년 1월 그가 입원한 병원으로 문병을 갔고 두 장의 그림[82~83쪽 참고]과 타자로 친 원고 사본을 그에게 주고 왔다. 현재 이 그림들과 원고는 오스틴Austin(텍사스주)에 보관되어 있다. 작업을 서둘러야 했기에 그는 캐서린 우즈Katherine Woods라는 새 번역가를 찾아 일을 맡겼다.

NEW YORK HERALD TRIBUNE BOOK REVIEW.

The Book Saint-Exupery Left Behind

Antoine de Saint-Exupéry, New York, 1942.

《뉴욕 헤럴드 트리뷴》을 위해 포즈를 취한
생텍쥐페리(1942).

뉴욕에 보관되어 있는 필사본에는 흔히 이문variante이라 불리는 미완성 문장들이 상당 분량 포함되어 있었다(예를 들면 맨해튼을 지나치게 노골적으로 연상시키는 문장을 썼다가 지우기도 했고, 상점과 자동기계 발명자를 방문한 일을 묘사하는 문장들도 삭제했을 뿐만 아니라 언덕들의 부드러운 경사를 묘사하며 늘어놓았던 잡담들도 지웠다). 반면 생텍쥐페리는 편집자가 다듬은 텍스트를 많이 채택하지는 않았다. 당시까지 존재했던 타자 판본들 다섯 부 중 세 부(이 중 한 부는 작가가 피아니스트 나디아 불랑제Nadia Boulanger에게 준 선물로 현재 프랑스 국립도서관이 소장하고 있다. [80~81쪽])에는 작가가 직접 손으로 써서 수정한 부분들이 그대로 남아 있다. 물론 이는 그다지 의미 있는 수정은 아니었다.

지금까지 알려지지 않은 중요한 자료가 있는데, 다름 아니라 생텍쥐페리가 친구였던 미국 배우 타이론과 그의 아내 아나벨라 파워에게 준 판본이다. 생텍쥐페리가 이 친구들에게 준 판본은 반으로 접지 않은 채 한 면에만 인쇄한 프랑스어판 교정쇄였다. 이 텍스트는 그림이 들어갈 자리를 남겨놓은 채 페이지에 앉힌 상태였다. 여기서 두 가지 중요한 정보를 얻을 수 있는데, 우선 첫째로 작품 제목에 관련된 정보다. 당시 제목은 우리가 익히 아는 손으로 쓴 것 같은 활자체로 인쇄되어 있지 않고 상당히 고전적 글자체(글자 상하 획에 장식용 돌출부가 있는 엘제비리엔elzévirien체)로 찍혀 있었다. 따라서 어린아이가 쓴 것 같은 활자체로 되어 있는 제목은 훨씬 후에 나왔음을 알 수 있다. 이는 작품의 '포지션 선정'을 위해 얼마나 심사숙고했는지 일러주는 증거로 볼 수 있다. 즉 어린이들을 위한 동화로 출간할지, 성인용 우화로 출간할지 끝까지 망설였던 것이다.

타이론과 그의 아내 아나벨라 파워에게 준 판본에서 얻을 수 있는 두 번째 중요한 정보는 이 교정쇄엔 '레옹 베르트Léon Werth에게'라는 헌사도, 이야기의 에필로그도 없다는 것이다. 어디를 봐도 헌사와 에필로그를 위해 빈 공간을 마련해놓지 않았다. 미술 비평가이자 에세이스트 레옹 베르트(1878~1955)는 좌파 지식인으로 철저한 반식민주의자이자 반전주의자였고 생텍쥐페리의 절친한 친구였다. 생텍쥐페리는 반유대주의를 내세우는 비시 정권과 독일인들이 지배하는 위험한 프랑스 땅에 이 유대인 친구를 버려둔 채 홀로 미국으로 왔다. 레옹 베르트는 미국으로 떠나는 친구 생텍쥐페리에게 1940년 6월 엑소더스를 기록한 일기를 건네주었다. 이 일기는 몇십 년이 흐른 후《33일33 Jours》이라는 제목으로 출간되었다.[22] 레옹 베르트가 친구에게 일기를 맡긴 것은 서문을 붙여서 미국 뉴욕에 가서 출간해달라고 부탁하기 위해서였다. 1943년 6월, 이름이 알려지면 안 되므로 레옹 베르트라는 이름은 명시되지 않은 채 서문만 출간되었는데 그 책이 바로《어느 인질에게 보내는 편지Lettre à un otage》다. 이는 우정을 묘사한 책들 중 가장 아름다운 것으로 꼽히는 동시에 유배 생활의 심적 고달픔을 절절하게 말하는 책이기도 하다. 생텍쥐페리는《어린 왕자》앞뒤에 각각 명시적으로 레옹 베르트와 관련된 헌사와 에필로그를 붙임으로써 친구와 그가 처한 프랑스의 열악한 상황을 암시하려고 했다. 하지만 신중을 기해야 했기에 친구가 유대인으로서 감수해야 할 위험에 대해서는 일체 언급하지 않았다. 이러한 결정들은《어린 왕자》의 숨은 이야기까지 비춰주는 각별한 것이다. 게다가 책이 출간된 시점을 통해 이것이 처음부터 내린 결정이 아니었음을 일러준다는 면에서 더욱 흥미롭다고 할 수 있다. 아닌 게 아니라 뒤늦게 이런 결정들을 내림으로써 책 출간 작업 전체를 재조정해야만 했다. 이는 중요한 정보다. 처음에는 아내 콘수엘로에게 헌정될 예정이던 책이 친구 레옹 베르트에게 헌정되는 것으로 바뀌었기 때문이다. 이런 변화를 통해 책 전체가 전혀 다른 분위기를 갖게 되었다.

출간은 봄으로 넘어갔다. 고국에 돌아가 참전을 학수고대하던 생텍쥐페리는 마침내 1943년 2월 동원령을 받고 미션 베투아르[23]에 투입될 예정이었다(그러잖아도 당시 생텍쥐페리는 다음과 같은 글을 남겼다. "내가 저지른 첫 번째 잘못은, 내 동족들이 싸우다 죽는데 나만 뉴욕에 와서 살기로 한 것이다"). 동원령에 따르면 생텍쥐페리는 되도록이면 신속하게 북아프리카로 출발해야 했다. 비크먼광장에 친구들을 불러 함께 저녁을 먹는 자리에서 생텍쥐페리는 친구들을 이층 서재로 불러 모은 다음 처음으로 〈어린 왕자〉 전체를 읽어주었다. 당시 생텍쥐페리는 어떤 생각을 했을까?《어린 왕자》가 나올 때까지 기다리려고 했을까, 아니면《어린 왕자》스스로 운명을 개척해나가라고 하면서 얼굴도 보지 못한 채 홀로 떠날 생각이었을까……

"나는 《어린 왕자》에 대해 아무것도 아는 게 없습니다"

1943년 6월 8일, 북아프리카 모로코 북동부 우지다Oujda에서도 생텍쥐페리는 책 걱정을 하고 있었다. 당시 커티스 히치콕에게 보낸 편지를 보면 다음과 같은 대목이 나온다. "지금 나는 《어린 왕자》에 대해 아무것도 아는 게 없습니다(심지어 책이 나왔는지 여부도 모른답니다!). 아무것도 모르는 내게 제발 편지 좀 써주세요." 8월 3일이 되어서야 커티스 히치콕의 답장이 왔다. "어린이도, 어른도 모두 《어린 왕자》를 열렬히 환영해요. 평론가들도 칭찬 일색이에요. 두세 권 보내니 직접 읽어보세요. (중략) 영어판은 대략 3만 부, 프랑스어판은 7,000부 정도 판매된 것 같아요. 이곳 날씨가 아주 덥지만 책 판매는 일주일에 500~1,000부 정도씩 꾸준하게 이루어집니다."

편지들을 읽어보면 생텍쥐페리는 책이 출간되는 것을 보지 못한 채 미국을 떠난 것이 확실하다. 생텍쥐페리를 최초로 다룬 전기 작가 피에르 슈브리에Pierre Chevrier도 1949년 이 같은 사실을 확인해주었다. 피에르 슈브리에는 필명이며 본명은 넬리 드 보귀에Nelly de Vogüé로 1930~1940년대에 생텍쥐페리를 후원하면서 동반자 역할도 했던 여성이다. 그녀의 글을 보면 "《어린 왕자》는 4월 6일에 나왔다. 생텍쥐페리는 자신의 책이 거둔 커다란 성공과 함께하지 못했다. 그는 미국 수송선을 타고 북아프리카 쪽으로 가버렸다"는 말이 나온다. 4월 6일은 정확한 날짜다. 이 날짜에 《뉴욕 타임스》에서는 '오늘 출간된 책들Books Published Today' 난에 소개된 《어린 왕자》를 볼 수 있다. 이는 바로 〈타임의 책들Books of the Time〉이라는 제목으로 평론가 존 체임벌린John Chamberlain이 쓴 매우 우호적인 장문의 글이다.

하지만 이 모든 것을 완전히 믿을 수는 없다. 생텍쥐페리가 뉴욕에서 보낸 마지막 날들에 대한 공식 기록을 보면 여전히 의혹이 남기 때문이다. 당시 생텍쥐페리가 북아프리카로 가기 위해 잠수함 같은 것을 탔을 리는 만무하지만 어쨌든 뉴욕항에 정박해 있던 여객선을 탔는데, 실제로 이 여객선은 군인들을 북아프리카 알제리에 실어나르기로 되어 있던 배들 30여 척 가운데 하나였다(생텍쥐페리는 훗날 대서양을 횡단하는 이 여정에 대해 말한다). 생텍쥐페리를

《어린 왕자》 미국판 광고(1943).

실은 배가 언제 알제리에 도착했는지는 전기 작가마다 조금씩 의견이 달라서 가장 이른 날짜인 4월 11일부터 가장 늦은 날짜인 4월 20일까지로 나뉜다. 어쨌든 4월 6일 책이 서점에 나왔으니 생텍쥐페리는《어린 왕자》가 출간된 후에 알제리에 도착한 것이다. 당시 책의 출간과 작가 생텍쥐페리의 북아프리카 도착을 둘러싼 일치되지 않는 이 작은 차이들은 조금 가까이에서 살펴볼 필요가 있다.

생텍쥐페리 연구자들은 문화사가이며 작가이기도 한 드니 드 루즈몽의 〈일기Journal〉에서 확인할 수 있는 몇 가지 사실들을 믿고자 한다.《이카르Icare》라는 잡지에 실린 1943년 4월 1일자 일기에서 드니 드 루즈몽은 다음과 같이 썼다. "콘수엘로가 아침에 내게 전화해 토니오Tonio가 점심시간에 집에 있을 테니 그를 만나 작별 인사를 나누고 싶으면 집으로 오라고 했다." 드니 드 루즈몽은 작별 인사를 하려고 피에르 라자레프, 로제 보케르Roger Beaucaire와 함께 생텍쥐페리가 세 들어 살던, 비크먼광장에 있는 아파트로 갔다. 그런데 아파트에 도착해서 보니 생텍쥐페리가 군복을 입은 전혀 예상치 못한 모습으로 잡지《라이프Life》를 위해 포즈를 취하고 있는 것이었다. 같은 날 생텍쥐페리는 맥시밀리언 베커를 불러 자기가 없는 상황에서《어린 왕자》와 관련된 제반 권리들을 맡아달라며 그에게 권리를 위임했다(현재 이 위임장은 파리 소재 서한집 필사본 박물관[24]에 보관되어 있다). 그런데 여러 증언에 따르면, 생텍쥐페리는 이날 계속해서 히치콕의 집을 방문했고 이어 엔지니어 장 메르시에Jean Mercier 집에서 저녁 식사를 했으며, 저녁을 마친 후에는 헤다 스턴 집에 잠깐 들렀다가 밤늦게 비크먼광장의 아파트로 돌아왔다. 대단히 바쁜 하루였던 것이다. 다음 날 아침 생텍쥐페리는 아침 일곱 시에 작별 인사도 할 겸 파크 애비뉴에 있는 실비아 라인하르트Silvia Reinhardt 집에 들러 사진기와 함께 〈어린 왕자〉 초고를 건넸다. 이 초고는 현재 뉴욕 모건 라이브러리 앤드 뮤지엄Morgan Library and Museum이 보관 중이다. 이 마지막 방문 이후 생텍쥐페리는 1944년 7월 31일 비행에서 실종될 때까지 다시는 그 누구도 만나지 못한다.

그런데 기이하게도 여러 증언이 무색하게 이 4월 1일과 2일의 행적이《어린 왕자》판매가 시작되고 나서 '며칠 후'의 것으로 알려지곤 했다. 이 역시

《어린 왕자》미국판 광고(1943).

가정이지만 훗날 드러난 여러 증언이 이런 가정에 힘을 실어준다. 예를 들면 뉴욕의 정신분석가 헨리 엘킨Henry Elkin의 증언이 그중 하나다. 헨리 엘킨은 생텍쥐페리와 같은 배를 타고 대서양을 건너며 우정을 쌓았고 배가 어떻게 뉴욕을 떠났는지 등을 자신의 책에 적어놓았다. "그의 정확하지 못한 기억에 따르면 1943년 4월 20일, 혹은 정확하지는 않지만 여러 날 후는 아니고 단지 며칠 후인 어느 날" 뉴욕을 떠난 배는 5월 3일 오랑[25]에 도착하기로 되어 있었다(헨리 엘킨은 생텍쥐페리의《전시 문집Écrits de guerre》[26]에서 해당 사항들을 가져왔다). 엘킨은 이어 생텍쥐페리가 당시《어린 왕자》몇 권을 갖고 있었다고 덧붙이면서 말한다. "생텍쥐페리의 책을 펴낸 출판사가 그가 미국을 떠나기 전에 책이 나올 수 있도록 상당히 서둘러 책을 찍었다. 이는 판매용 책을 공식 인쇄해서 판매하기 이전에 있었던 일이다."

생텍쥐페리에 대한 전기를 쓴 미국 전기 작가 세이테이시 쉬프Satacy Schiff에 따르면 생텍쥐페리가 승선했던 여객선은 영국 해운사의 대형 선박 스털링 캐슬호Stirling Castle였다. 그런데 1943년에 뉴욕항을 드나들었던 군인 및 민간인 수송 선박 출입 기록을 보면, 스털링 캐슬호는 'UGF7' 호송단에 포함되어 1943년 4월 2일 닻을 올리고 뉴욕을 출발해서 10일 후인 4월 12일 지브롤터해협을 통과했으며, 그다음 날인 13일에 대략 5만 명 정도의 승객을 데리고 오랑에 도착했다. 따라서 우리는 생텍쥐페리가 스털링 캐슬호가 속한 호송단이 아닌 다른 호송단 소속 배를 타고 1943년 4월 14일 볼티모어나 뉴욕에서 출발했으며 알제리 동부에 위치한 본느항[27]에 도착했다고('UGF7'이 아니라 'UGF-7A' 호송단 소속으로) 가정해볼 수 있다. 이렇게 가정한 시나리오에 대해 작가 생텍쥐페리와 함께 기차를 탄 적이 있다고 기억하는 여러 증인에게 사실 여부를 확인해볼 수 있다.《전시 문집》을 편집한 프랑수아 에브라르François Evrard는 문집에 나오는 작가 생텍쥐페리의 "난 정말 아무것도 모르겠어, 아무것도"라는 고백을 지적하며, 이 고백을 영어 번역판이 아니라《어린 왕자》프랑스어 초판에 관한 정보를 얻을 수 없던 작가의 처지를 일러주는 거라고 해석했다. 그러나 이러한 해석은 순수한 가정에 지나지 않는다.

따라서 생텍쥐페리가 실제로《어린 왕자》출간 전인 1943년 4월 2일 미국 대륙을 떠났다는 사실을 인정해야 할 것이다. 이 사실을 받아들인다면 그가 출판업자에게 보낸 걱정 어린 편지가 이해되는 동시에 그가《어린 왕자》프랑스어판을 단 한 권만 갖고 있었다는 추측도 해볼 수 있다. 물론 이 경우, 프랑스어판이 소프트커버 형태로 영어판보다 늦게 출간되었다고 간주해야 한다. 그렇지만 생텍쥐페리가 당시 영어로 번역된 판본을 한두 권 정도 갖고 가지 않았다는 점은 쉽게 이해하기 어렵다. 영어 번역판은 4월 2일 전에 제본소에서 출고가 된 상태였기 때문인데, 앤 모로 린드버그Anne Morrow Lindbergh의 일기를 보면 1943년 3월 29일《어린 왕자》영어판

도로시 바클레이에게 보낸 《어린 왕자》 영어판 초판 원본. 다음
과 같이 작가가 직접 쓴 문구를 읽을 수 있다.

[상단의 어린 왕자]
"이 행성을 택하다니, 완전히 미친 짓이다! 이 행성은 모든 거주
자들이 다 잠든 밤에만 다정할 뿐이다."
[하단]
"어린 왕자는 착각을 한 것이다. 지구에는 그들의 정직함과 선함
과 너그러움으로 다른 사람들의 탐욕과 이기심을 이겨나가는 그
런 사람들이 있다. 도로시 바클레이도 그런 사람들 중 한 사람."

한 권을 받았다는 언급이 나온다. 게다가 생텍쥐페리는 미국 땅을 떠나기 전 도로시 바클레이
Dorothy Barclay 등의 지인들에게 헌사와 함께 직접 서명한 책을 보내기도 했다. 뿐만 아니라 책을
수집, 소장하는 애서가들 사이에서는 익히 알려진 이야기로서 생텍쥐페리는 일련번호가 새겨
진 785권에 달하는 엄청난 수의 《어린 왕자》 초판본 전체에 자필 서명을 했다![38~39쪽 참고] 물
론 이 엄청난 수에 달하는 자필 서명이 가제본 전에 이루어졌다고도 가정할 수 있으므로 이 점
역시 고려해야 할 것이다.

4월 17일자 《뉴욕 타임스》도 생텍쥐페리가 책이 서점에 깔리기 전인 4월 초에 미국 땅을 떠
났다는 사실에 힘을 실어준다. 다음은 《뉴욕 타임스》 기사다. "모르긴 몰라도 앙투안 드 생텍쥐
페리는 **이 기사가 나갔을 때 이미 대서양 건너편 목적지에 도착해 있을 것이다.** 그는 프랑스
공군 편대장으로 당당하게 다시 한 번 참전을 했다. 《어린 왕자》 독자들은 '생텍스'가 어린 왕자
를 다시 만날지도 몰라 큼직한 수채화 물감통을 가져갔다는 소식을 알면 기뻐하지 않을 수 없
을 것이다……"[28]

생텍쥐페리는 1943년 4월 2일 혹은 최대한 늦게 잡아 4월 14일에 미국을 떠났을 수도 있다.
어떤 경우든 우리는 친구들과 미국 독자들이 작가의 의도를 심하게 오해할지 모른다는 사실
을 참기 어려워했던 생텍쥐페리가 즐거운 마음으로 책의 출간을 지켜봤다고는 생각할 수 없다.
《어린 왕자》 출간과 관련된 스토리는 그야말로 시간에 쫓기는 일이었다. 생텍쥐페리가 미국 땅

에 두고 오는 것은 단순한 책이 아니라 자기 자신과 다름없는 분신이었기 때문이다. 마음속에 오래 키워왔던 귀여운 어린 왕자의 입을 통해 세상을 향해 말을 건넴으로써 변화를 이끌어내는 마술과도 같은 언어의 힘을 믿는 한편, 작가는 작품으로 인해 세상이 그의 입을 틀어막아 숨을 쉬지 못하게 하거나 그의 얼굴을 난도질할지도 모른다는 두려움에 불안해했다. 물론 후자 같은 일은 일어나지 않았다.

✳

작품의 몇 가지 기원들

〈어린 왕자〉의 기원, 특히 작가 생텍쥐페리의 삶과 관련된 기원은 헤아릴 수 없을 정도로 많다. 실제로 작가는 그만큼 자신의 기억에 의존해서 작품을 썼다. 시간을 거슬러 올라가면서 서른다섯 살이 되던 해인 1935년 12월 리비아사막에서 당했던 비행기 사고를 떠올렸고, 오랫

순전히 가정이지만, 어린 왕자가 새들이 끄는 줄을 타고 하늘을 나는 장면은 어쩌면 생텍쥐페리가 이 장면에서 가져왔는지도 모른다. 이 그림은 1638년 런던에서 출간된, 프랜시스 고드윈Francis Godwin의 《달에 사는 인간 The Man in the Moone》에 등장하는 하늘을 나는 기계장치.

동안 사막을 걸어야 했던 모진 경험, 우편 비행 동안 겪었던 남미 안데스산맥 협곡의 비행에 대한 기억들, 아내 콘수엘로의 고향 중남미 엘살바도르의 화산들, 어린 시절 머물렀던 장소들 속 숨겨진 보물(스위스와 인접한 국경지대인 오베르뉴-론-알프Auvergne-Rhone-Alpes 지방의 생-모리스-드-레망 Saint-Maurice-de-Remens, 남프랑스 지중해 지방인 프로방스의 라몰La Mole) 등이 작품에 직간접적으로 나타난다.[29] 뿐만 아니라 어머니 모습도 등장한다(심리치료사 오이겐 드레버만[30]이 지적한 내용). 〈어린 왕자〉에 나오는 장미꽃은 아내 콘수엘로의 성격을 거의 그대로 반영하며 이를 통해 원만하지 못했던 두 사람의 관계도 읽을 수 있다[42~43쪽 참고].

작가의 삶도 작품에 반영되지만 문학적으로 받은 여러 영향도 읽을 수 있다. 가장 먼저 지적할 만한 문학적 영향은 수많은 동화들 속에서 찾을 수 있다. 이 동화들은 가장 원초적 진실이 들어 있는 거대한 저수지라고 볼 수 있다. 또한 마리 쿠맹스Marie Cummins의 《가로등 켜는 사람L'Allumeur de réverbères》(1854), 나아가 앙드레 모루아의 《3만 6,000볼롱테의 나라》(1928)[31]도 연상이 된다. 모루아는 이 책을 직접 생텍쥐페리에게 준 적이 있다.

드니 부아시에Denis Boissier 교수는 〈어린 왕자〉와 트리스탕 드렘므의《파타슈》(1929)[32]의 여러 가지 유사성들을 지적하면서(가령 장미, 별들, 보아뱀, 여우, 양 등) 〈어린 왕자〉가 드렘므의 작품에서 나왔다고 주장한 적이 있다. 역사가 아니 르농시아Anni Renonciat는 이 주장을 반박했다. 이 여성 사학자는 생텍쥐페리가 쓴 우화가 당시 유행하던 경향들(여러 가지가 있지만 무엇보다 단순성과 명료성을 추구하던 당시의 가장 두드러진 경향을 들 수 있다)과 관련되어 있다는 점을 지적하며 이런 주장에 반대했다. 또 다른 영향을 든다면 우루과이 출신 시인 쥘 쉬페르비엘[33]의 첫 소설《팜파스 평원의 인간》(1923)[34]을 들 수 있다. 이 작품에서도 화산이 주요 관심사로 등장하며 이야기 시작 전 작품 서두에 붙인 다음과 같은 헌사도 〈어린 왕자〉를 떠올리게 한다. "꿈과 현실, 우스운 연극, 불안, 나는 이 작은 이야기를, 이야기를 들려달라고 조르던 어릴 때의 나를 위해 썼다."[35]

✳

지상에 내려온 어린 왕자

프랑스에서《어린 왕자》는 작가가 죽은 후 1946년 갈리마르출판사에서《어느 인질에게 보내는 편지》와《성채》[36]처럼 사후 출간 형식으로 나왔다. 프랑스에서 출간된 이 1946년도 판에는 미국에 남아 있던 본래의 데생들을 프랑스 출판사가 가져올 수 없었기 때문에 어쩔 수 없이 프랑스에서 한 수채화가가 그대로 다시 그린 삽화를 사용했다. 따라서 완벽하게 똑같다고는 할 수 없지만 상당히 원본에 충실하다. 특히 색과 세부 묘사는 본래 그림들을 충실하게 따랐다. 1999년 포켓판 총서로 나온 재판에서는 미국에 있는 원본 삽화들을 사용했고 따라서 전 세계 독자들에게 더욱 원본에 충실한 판본을 선보일 수 있었다.

책은 프랑스에서 출간되자마자 큰 성공을 거두었다. 1970년대 들어 이전보다 눈에 띄게 판매부수가 늘어났고 2013년도에는 드디어 총 판매부수가 1,100만 부를 넘어섰다. 특히 작가의 조국 프랑스의 수도 파리는 국제적으로 판매의 발판 역할을 톡톡히 했다. 1946년부터 2000년까지 10년마다 이십 개 언어로 새로 번역되었으며 사용 인구가 많지 않은 지역의 언어로도 번역되었다.

1955년까지는 주로 유럽에서《어린 왕자》가 많이 팔려나갔다. 하지만 이 시기에 남미의 여러 나라(아르헨티나, 브라질 등)와 일본에도 소개되기 시작했다. 동구권 국가들은 1950, 1960년대에 어린 왕자 이야기를 받아들였다. 그러나 헝가리 청소년들을 위한 독서 개선 운동이 일어날 당시인 1957년 헝가리 공산당 정부는《어린 왕자》의 판매를 금지했다. 다음과 같은 이유에서

《르 피가로 Le Figaro》지에 실린 뫼비우스Moebius의 어린 왕자 데생(2006).

였다. "이 책은 자라나는 우리 아이들의 취향을 오염시킬 위험이 있다. 우리는 사회주의 체제에서 살고 있다. 이 체제는 내일의 일꾼들인 어린아이들에게 이 지상에 굳건하게 두 발을 딛고 살아나갈 것을 요구한다. (중략) 이들이 하늘을 올려다보며 신과 천사를 찾도록 해서는 안 될 것이다. 하늘에서 찾아야 할 것은 스푸트니크들[37]이다. 우리 아이들을 어린 왕자의 터무니없고 병적인 향수병에서 구원해내야 하며 마찬가지로 동화라는 이름의 독약에서도 구출해야만 한다. 이런 것들은 어리석게도 죽음을 그리워하게 만든다!" 연극, 뮤지컬은 물론이고 기타 시청각 매체와 디지털 등으로 각색된 〈어린 왕자〉 역시 헤아릴 수 없을 정도로 많은데 이는 책 자체의 보급 못지않게 주목할 현상임에 틀림없다. 1943년 출간 후 책을 읽자마자 큰 감동을 받은 오손 웰즈[38]는 디즈니에게 협조를 구했지만 일이 성사되지 않는 바람에 안타깝게도 영화 제작의 꿈을 접어야만 했다. 〈시민 케인〉에 등장하는 '로즈버드'와 〈어린 왕자〉의 장미, 즉 로즈 사이에는 여러 유사성이 존재한다.[39]

처음으로 〈어린 왕자〉를 각색해서 영화로 제작된 것은 1967년이며, 감독은 리투아니아의 아루나스 제브리우나스[40]다. 이어서 7년 후인 1974년 파라마운트사에서 스탠리 도넌Stanley Donen이 〈어린 왕자〉를 뮤지컬로 제작했고 이런 흐름은 1979년 윌 빈튼Will Vinton의 클레이 애니메이션[41] 단편영화로까지 이어졌다. 일본에서는 1970년대에 새 인물을 삽입해 새로운 스토리를 전개시키는 등 원본에 얽매이지 않고 자유롭게 해석하려는 시도가 있었다. 2011년 프랑스 영화사 메소드필름Method films의 아통 수마슈Aton Soumache도 이런 시도를 채택해 이 영화사에서 TV용 만화영화로 제작한 적이 있다. 〈쿵푸 팬더Kung Fu Panda〉를 감독한 마크 오스본Mark Osborne은 대형 스크린을 염두에 두고 세운 만화영화 프로젝트를 구상했다. 프랑스와 이탈리아 자본을 투입받아 제작한 이 영화는 2015년 공개되어 원본에 더욱 충실한 작품이라며 많은 호평을 받았다. 여러 그래픽 아티스트들도 〈어린 왕자〉에 오마주를 보내며 작업했는데 만화를 제작한 휴고 프랫[42] 혹은 조안 스파[43] 등이 대표적 작가들이다.

1980년대에서 2000년까지 대략 20여 년 동안 〈어린 왕자〉를 오페라, 발레, 노래, 뮤지컬 등으로 각색하여 재탄생시키는 시도가 전 세계 곳곳에서 계속되었다. 연극의 경우는 프랑스에서 이루어진 비르질 타나즈Virgil Tanase의 각색을 눈여겨볼 필요가 있고, 니콜라스 라이트Nicolas Wright의 각본에 2006년 레이첼 포트만Rachel Portman이 곡을 붙인 오페라, 오스트리아 작곡가 니

콜라우스 샤플Nicolaus Schapfl의 오페라 그리고 프랑스 피아니스트이자 작곡가 미카엘 레비나
스Michael Levinas의 작품도 주목할 만하다. 이 오페라는 2014년 11월 스위스 로잔에서 초연되었
다. 하지만 다양한 형태로 각색한 작품을 전파하고 이에 감동받은 사람들 못지않게《어린 왕
자》책을 읽은 독자들 역시 많다는 사실을 잊어서는 안 될 것이다. 가령 프랑스 연극배우 제라
르 필립[44]은〈어린 왕자〉를 읽고 감동받아 1954년 어린 왕자 역을 맡은 조르주 푸줄리Georges
Poujouly와 함께 무대에 서기도 했다.

　그러나〈어린 왕자〉를 처음으로 '각색'한 사람은, 아니 조금 더 정확하게 말해 처음으로 더
길게 '연장'한 사람은 다름 아닌 작가 생텍쥐페리 자신이었다.〈이름 모를 여인에게 보내는 편
지〉는 사실 1943년부터 1944년까지 생텍쥐페리가 열렬히 흠모했던 한 여성에게 보낸 것으로,
이 편지들을 읽어보면 작가와 그가 만든 어린 왕자라는 인물이 하나일 수밖에 없음을 잘 알 수
있다. 작가 생텍쥐페리는 이 편지들을 끝맺으면서 어린 왕자의 얼굴을 그려 넣은 다음 서명을
하곤 했다. 어린 왕자의 목에서는 언제나 머플러가 바람에 휘날렸다. 그리고 작가 대신 뭔가를
말하는 표정이다. 편지를 보냈지만 답장을 받지 못해 번민과 회의의 시간을 보낼 때면 작가는
어린 공주를 그리면서 오직 상상으로만 가능한 이야기를 좇아가곤 했다. 이때부터 작가와 인
물이 더는 나뉘지 않으며 나아가 삶과 삶에 대한 이야기의 구분 역시 흐려지기 시작한다. 뿐만
아니다. 눈앞에 펼쳐지는 있는 그대로의 이 세계와 그 세계에 대한 책 사이에 있다고 생각되는
구분도 더는 큰 의미가 없다. 생텍쥐페리를, '진정한 존재'를 만나는 것이다. 어쩌면 이것이〈어
린 왕자〉를 읽으며 느껴야 할 참된 매력인지도 모른다.

작품〈어린 왕자〉의 역사에 대해서는 2006년 갈리마르출판사에서 나온《옛
날 옛적에, 어린 왕자가Il était une fois, Le Petit Prince》라는 책을 참고할 수 있
다. 또한 잡지《이카르》의 생텍쥐페리 특집호들과 미셸 오트랑Michel Autrand,
미셸 케스넬Michel Quesnel, 세이테이시 쉬프, 비르질 타나즈, 알랭 비르콩들레
Alain Vircondelet 같은 연구자들이 쓴 글들도 큰 도움이 될 것이다.

미출간된 한 장

—

    뉴욕 피어폰트 모건 도서관Pierpont Morgan Library de New York에 보관된 〈어린 왕자〉 필사본은 생텍쥐페리가 출간한 텍스트와는 상당히 중요한 차이점들을 보여준다. 2012년 5월 16일 파리에서는 생텍쥐페리가 손으로 쓴 친필 필사본 두 장이 경매에 부쳐졌다. 이 경매를 통해 18장과 19장의 새로운 상태가 드러났을 뿐만 아니라 책에는 실리지 않은 장면이 하나 있다는 사실도 밝혀졌다. 그건 다름 아니라 어린 왕자가 크로스워드 퍼즐을 즐기는 사람을 만나는 장면이었다!

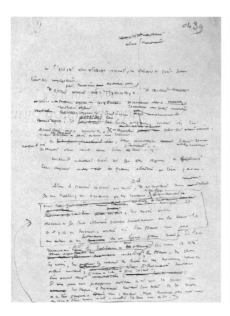 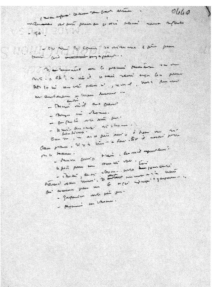

"여기는 참 이상한 별이네." 어린 왕자는 계속 여행을 하면서 혼자 속으로 중얼거렸다.

어린 왕자는 사막에서 바로 히말라야로 떠났다. 아주 오래전부터 어린 왕자는 진짜 산 같은 산을 경험해보고 싶었던 것이다! 화산을 세 개씩이나 갖고 있기는 했지만 그것들은 모두 무릎 높이 정도밖에 되지 않았다. 그래서 자주 불 꺼진 화산에 걸터앉아 보기도 했지만, 기껏해야 등받이 없는 의자에 앉는 정도에 지나지 않았다.

"이 산처럼 높은 산에 오르면 나는 한 번에 온 세상 사람들을 다 볼 거야." 어린 왕자는 속으로 이렇게 중얼거렸다.

하지만 산에 오른 어린 왕자의 눈에는 바늘처럼 아주 뾰족한 화강암 바위들과 오랫동안 무너지며 쌓인 큼직하고 누런 흙더미들 외에 다른 것은 보이지 않았다. 이 별에 사는 백인들, 동양인들, 흑인들, 어린아이들, 노인들, 여자들, 남자들을 한 사람도 빼놓지 않고 마치 대회를 하듯이 서로 어깨가 부딪칠 정도로 빽빽하게 모두 불러모으면, 이렇게 모인 인류 전체는 롱아일랜드섬[45]에 들어가…… (중략). 만일 지구전도를 들고 바늘로 구멍을 뚫는다면 인류는 이 바늘 구멍 안에서 모두 기거할 수 있을 것이다. 물론 나는 지난 3년 동안 비행을 하면서 지구가 얼마나 텅 비어 있는지를 눈여겨봤다. 하지만 도로와 철도는 그렇지 않다고 사람을 속인다. 사람들이 있는 곳에만 도로와 철도가 있기 때문이다. 하지만 이런 길들을 조금만 벗어나 걸어가면 아무것도 볼 수가 없다.

그러나 나는 이 점에 대해서 생각을 하긴 했지만 크게 신경을 쓰지는 않았다. 내가 조금 더 이 문제를 깊이 생각하게 된 것은 전적으로 어린 왕자 덕분이다.

'사람들은 어디에 있지.' 어린 왕자는 계속 여행을 하면서 혼자 속으로 중얼거렸다.

어린 왕자는 가던 길 위에서 처음으로 한 사람을 만났다. 그러자 어린 왕자는 속으로 생각했다. '아! 이제 이 별에서는 사람들이 산다는 것에 대해 어떤 생각들을 하는지 알 수 있겠구나. 저 사람은 어쩌면 인류의 정신을 대표하는 대사일지도 몰라……'

"안녕하세요." 어린 왕자는 흥겨운 목소리로 인사를 건넸다.

"안녕." 남자도 인사를 했다.

"지금 뭐 하는 거예요?" 어린 왕자가 물었다.

"난 지금 아주 바쁘단다." 남자가 답했다.

어린 왕자는 속으로 생각했다. '아주 바쁜 게 틀림없어. 아주 큰 별에 사니까. 할일이 엄청 많은 거야.' 그래서 어린 왕자는 아무리 생각해도 그를 방해할 수가 없었다.

어린 왕자는 다시 말을 걸었다. "혹시 내가 뭐 도와줄 게 없나요?" 어린 왕자는 쓸모 있는 사람이 되고 싶었던 것 같다.

그러자 남자가 말했다. "어쩌면 도울 일이 있을 수도 있어. 내가 벌써 사흘째 아무 소득도 없이 일을 하나 하고 있어. G로 시작되는 여섯 글자로 된 단어 하나를 찾고 있는데 그 뜻은 목을 헹군다는 거야."

"가르가리슴Gargarisme."[46] 어린 왕자가 말했다.

"가르가리슴." 남자가 따라 했다.

초판본

—

미국에서 출간된 초판본

〈어린 왕자〉는 1943년 4월 6일 뉴욕 레이널&히치콕(386 Fourth Avenue)에서 영어판과 프랑스어판으로 처음 출간되었다.

영어판의 경우 초판은 525권이 인쇄되었으며, 525권 모두에 작가가 손으로 일련번호를 쓰고 친필 서명을 했다(이 중 스물다섯 권은 비매품이었다). 프랑스어판의 경우 260권이 인쇄되었고 영어판과 같은 방식으로 모든 책에 작가의 친필 서명이 들어가는 동시에 소인[47] 작업을 위해 작가가 직접 일련번호를 적었다(열 권은 비매품). 이 초판의 영어, 프랑스어 두 판본은 가제본판이 아니라 제본판이었다. 따라서 커버는 쿠바 아바나산 직물로 되어 있었고 그 위에 수동으로 찍은 삽화가 들어갔다. 또한 책 커버에는 커버 앞뒤 양쪽 안으로 꺾여 들어가는 별도의 긴 커버를 덧댔는데 이 커버에도 삽화가 들어가 있었다. 각 권에는 모두 1943년이라는 연도와 저작권 표시가 되어 있었다. 인쇄 날짜는 영어판에만 표시되어 있었다. 프랑스어판 63쪽에는 높은 산에 올라가 서 있는 어린 왕자를 그린 삽화가 나오는데 이 삽화의 왼쪽에 솟은 산봉우리 오른쪽으로 잉크 얼룩이 져서 더럽혀져 있었다. 책을 수집하는 애서가들은 이 잉크 얼룩을 '까마귀 낙인'[48]이라고 부른다. 이 낙인은 프랑스어판 6판을 찍을 때가 되어서야 사라진다.

Five hundred and twenty-five copies of the first edition of
THE LITTLE PRINCE
have been autographed by the author, of which
five hundred are for sale. This is
copy number 403

이후 출간되는 영어와 프랑스어판들은 원본과 달리 인쇄 부수 표시와 작가의 서명이 없을 뿐 아니라 커버의 직물 색도 바뀐다. 이후 이 영어판과 프랑스어판들은 재킷이 없는 소프트커버 판으로 계속 출간되었다.

1943년부터 1950년까지는 저작권 표시 다음에 판 수를 일러주는 번호가 표시되어 있었다(First printing, Second printing……). 이 판 번호는 영어판의 경우 두 번째 판에서 여섯 번째 판까지, 프랑스어판의 경우 두 번째 판에서 일곱 번째 판까지 찍혀 있었다.

재킷에 표시된 출판사 주소는 영어판 5판과 프랑스어판 6판부터는 '8th West Street'로 변경 된다. 이후 프랑스어판 7판부터는 '383 Madison Avenue'로 다시 바뀐다. 캐나다에서는 1943년 초판이 나온다. 이 판에는 'Beauchemin-Montreal/Reynal & Hitchcock New York'이라는 출판 사 표시가 보인다.

이 판본들의 가격은 각 권의 보존 상태에 따라 다르다. 작가의 친필 서명이 들어가 있고 원 재킷까지 있는 책이라면 2013년 기준 대략 2만~2만 5,000유로 정도 선에서 가격이 형성된다. 이 원본 다음 출간된, 작가의 서명이 없는 판본의 경우에는 원본과 비교하면 대략 열 배 정도 싼값에 거래되곤 한다. 그다음 판본들은 친필 서명이 있는 원본 대비 백 배 정도 저렴하다.

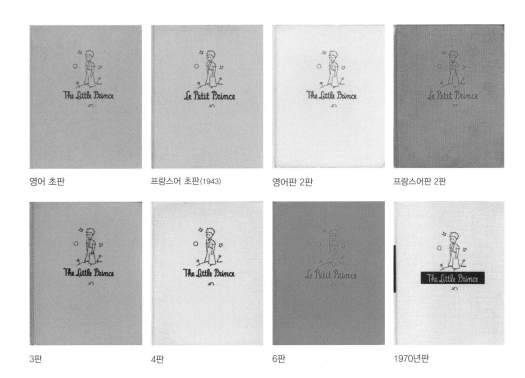

영어 초판 프랑스어 초판(1943) 영어판 2판 프랑스어판 2판

3판 4판 6판 1970년판

프랑스에서 출간된 초판본

프랑스에서는 1946년 4월 갈리마르출판사에서 《어린 왕자》가 출간되었다. 이 판은 1만 2,750권이 인쇄되었고, 이 중 30권에는 로마 숫자로 I에서 XXX까지 일련번호가 매겨져 비매품으로 처리되었다. 이 판은 정식 제본판이었고, 푸른색 직물로 된 표지에는 미국판을 본떠 어린 왕자 삽화가 들어가 있었다. 또한 갈리마르출판사를 상징하는 nrf[49]로고가 들어가 있고, 커버 전체를 재킷으로 보호했다. 이 책은 한 쪽이 스물여섯 줄로 인쇄된 미국에서 출간된 프랑스어 판과는 달리 스물아홉 줄로 인쇄되었다. 표지 뒷면에는 생텍쥐페리의 작품 목록(이상하게도 〈야간 비행〉은 이 목록에서 제외되었다) 외에도 저작권 표시와 1945년이라는 연도가 적혀 있었다. 주황색 소인과 인쇄 완료일 등은 다음과 같이 표시되어 있다. "Achevé d'imprimer sur les / presses des imprimeries Paul Dupont, à Paris / le 30 novembre 1945 / N° d'imp. : 569. N° d'éd. : 437 / Dépôt légal : 4e trim. 1945."

프랑스에서 찍은 이 판에는 오탈자가 있었고 제책 과정에서의 몇 가지 실수도 눈에 띈다(가령 종이를 잘못 자른 흔적이 남아 있었고, 숫자를 쓸 때 연결부호를 붙이지 않거나 oe자를 쓰면서 o를 빼놓기도 했다). 미국판(프랑스어판)과 프랑스판의 중요한 차이점들을 비교하면 다음과 같다.[50]

	1943년 미국판	1946년 프랑스판
	작가 생텍쥐페리가 직접 그린 데생들	작가 생텍쥐페리의 데생을 모방한 그림들
속표지 1쪽	나의 그림 1호	나의 첫 그림
16쪽	소행성 325	소행성 3251
35쪽	à ce que sa autorité	à ce que son autorité
53쪽	faire	farie

1946년 프랑스판 초판에 나왔던 오탈자들은 대부분 두 번째 판부터는 정정되었음에도 미국판에 나온 소행성 325와 관련된 실수는 수정되지 않은 채 계속해서 3251로 표기되었다. 안타깝게도 1999년이 되어서야 이 실수를 바로잡는다. 그런데 1950년대부터 또 한 가지 야릇한 실수가 눈에 띄지 않게 슬쩍 반복되었다. 어린 왕자가 지켜보았던 해가 지는 모습이 원본에는

마흔네 번이라고 되어 있는데 1950년 이후 프랑스어판에서는 마흔세 번으로 나온 것이다! 이 실수는 실수로 봐야 할지 모호한 측면이 있다. 원고를 타이핑했던, 어린 왕자 이야기를 잘 아는 사람들 중에서 누군가가 전하는 바에 따르면, 작가 생텍쥐페리도 마흔네 번으로 할지, 마흔 세 번으로 할지 망설였다는 것이다.

소프트커버로 된 보급형 가제본판은 1947년 11월에 인쇄되어 나왔다. 그리고 폴 보네Paul Bonet가 데생을 그린 판본이 나온 것은 1950년 11월 30일이다. 1945년부터 1966년까지 프랑스에서는 모두 32판을 찍었다.

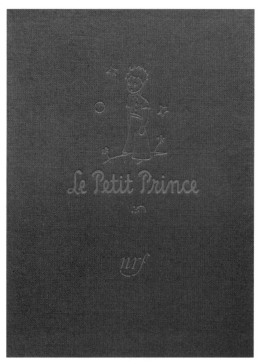

어린 왕자의 친구들
1943~1944년의 회상과 추억

콘수엘로와 앙투안 드 생텍쥐페리.

콘수엘로 드 생텍쥐페리
생텍쥐페리의 아내

당신은 아름다움을 만들어내는 진정한 마술사야. 또, 다른 사람들에게 선을 행할 줄 아는 사람이고 사람들에게 인생을 사랑하는 법을 가르쳐줄 거야. 물론 그러기 위해서는 대하는 방법에 따라 많은 차이를 보이는 사람들 사이로 들어가 여러 가지 커다란 어려움을 겪어야겠지. 당신은 인류가 더욱더 순수해지고 더욱더 확신을 갖기를 원해. (중략) 나는 당신이 사막에서, 비행기 안에서 치르는 싸움을 기꺼이 받아들이겠어. 하지만 내 사랑, 이 일이 언제나 쉽진 않겠지? 당신도 알겠지만 하늘은 우리를 사랑해. 내가 생각하기에는 당신과 나, 우리 두 사람은 하늘이 택한 하나의 사례야. 하나님의 보호를 받는 자식들인 셈이지. 그래서 심지어 우리의 활활 타오르는 미친 것 같은 본성마저도 우리를 죽이지 못했지. 그러니 이제 당신은 앞으로 해야 할 것들만 생각하도록 해. 당신의 장미를 위해 얼마나 많은 기쁨이 있을지, 그것만 생각하는 거야. 그 허영심 가득한 당신의 장미는 당신에게 다음과 같이 말할 거야. "나는 왕의 장미다. 나는 다른 장미들과는 전혀 다른 장미다. 왜냐고? 왕이 나를 보살펴주고, 나의 생명을 유지해주며, 나를 들이마시니까⋯⋯." 나 또한 내가 지새워야 했던 위험으로 가득한 밤들, 눈물로 범벅이 된 채 보내야 했고 어떤 때는 나의 왕을 기다리며 희망으로 부풀어올라 터질 것만 같던 그 많은 밤들을 당신에게 다 이야기할 거야⋯⋯. 나는 다시 태어날 거야, 내 주변에 향기를 뿌릴 거야. 그러면 사람들은 내가 신성하고 진정한 장미라는 것을, 당신의 아름다운 장미라는 것을 알아볼 테지. 당신의 장미라는 것을⋯⋯.

뉴욕, 비크먼광장 35번지, 1943년 10월

–《일요일의 편지들Lettres du dimanche》, 플롱출판사, 2001.

작가 생텍쥐페리가 여배우 아나벨라에게 준, 유일하게 남아 있는 영어판 초판 준비용 표지(1943년 초).
[표지의 말풍선] "나는 아나벨라처럼 이 작은 책을 이해할 수 있는 사람들을 위해 이 책을 썼다. 만일 아나벨라마저도 이 책을 이해하지 못한다면 나는 이 표지 속 어린 왕자보다 더 슬퍼할 수밖에 없을 것이다⋯⋯. 아나벨라, 나의 진심과 우정을 약속해요. 안녕. 생텍스."

아나벨라 파워
프랑스 여배우, 타이론 파워의 아내

그는 뉴욕에 돌아오면, 내가 캘리포니아에 있든 시카고에 있든 시도 때도 없이 전화를 걸어 이야기를 시작하곤 했다. "자, 방금 내가 쓴 마지막 장을 읽어줄 테니 잘 들어봐요⋯⋯." 이렇게 해서 나에게 어린 왕자는, 나의 긴 영화 인생 내내 함께 영화를 찍었던 다른 배우들과는 전혀 다른 방식으로 살아 있는 인물이 되었다⋯⋯. 꿈속에서나 만날 수 있는 이 인물이 생텍쥐페리에게는, 그가 인간들을 있는 그대로 사랑하지 않으며 현대적 삶, 즉 미국식 삶도 좋아하지 않는다는 것을 말하는 하나의 방법이었다. 미국인들이 정성 들여 그를 따뜻하게 맞아준 건 사실이지만 그는 미국에서 많이 괴로워했다. 프랑

스를 떠나, 점령당한 조국을 떠나, 멀리 있다는 사실로 인해 괴로워했던 것이다. 그의 가슴속에는 아물지 않은 상처처럼 절망이 드리워 있었다. 아마도 이런 이유로 인해 그는 어린 왕자의 순수한 세계로 숨어들었을지도 모른다. 그는 결코 한 사람에게 매달릴 수가 없었다. 드골에게 매달리지 않았던 것이다.

실비아 해밀턴
미국 기자, 생텍쥐페리가 미국에 머물 당시의 여자친구

그를 알게 되었을 때 그는 내게 아직 시작도 하지 않은 〈어린 왕자〉 이야기를 들려주었다. 언제나 솜씨 좋게 크로키를 그리곤 하는 그를 곁에서 보아 왔던 나는 그가 쓰려고 하는 책에 직접 그림을 그려보라고 넌지시 말을 건넸다. (중략) 호랑이의 경우는 당시 내가 키우던 불도그의 일종인 작은 복서견을 모델로 해서 그렸다. (중략)

생텍쥐페리는 다른 곳이 아닌 나의 집에서 〈어린 왕자〉에 나오는 많은 그림을 그리고 글을 썼다. 그는 매일 나에게 자신이 쓴 것을 넘겨주곤 했는데 그의 말에 따르면 '검토와 비판적 지적을 해달라'는 것이었다…….

그의 출발 날짜가 가까이 다가왔다. 제발 아무 일 없이 안전하게 빨리 도착했으면 싶었다. 이름을 새긴 금팔찌를 선물하려면 몇 가지 정보를 알아야 했는데 내겐 아무 정보도 없었다. 그렇게 말하니 혈액형 등을 쓴 편지를 보내왔다. 그러한 것들을 팔찌에 새겨 넣어서 나에게 마지막 작별 인사를 하러 온 아침에 그에게 건넸다. 그는 떠나면서 내 두 손에 그가 갖고 있던 오래된 자이스 아이콘 카메라와 함께《어린 왕자》의 프랑스어판 필사본을 쥐여 주었다…….

페기 히치콕
커티스 히치콕의 아내

우리는 완전히 긴장을 푼 채 베르나르 라모트와 함께 그의 스튜디오에 모여 흥겨운 시간을
보내고 있었다……. 헝클어진 머리를 한 채 바람에 휘날리는 긴 머플러를 목에 건 작은 소년을
그린 스케치 몇 장을 보면서 이야기를 나눈 것도 바로 이곳이었다. 생텍쥐페리는 그 후에도 자
주 왔다……. 천재는 깊은 인상을 주기도 하지만 때론 예측 불허의 행동을 한다. 어쨌든 그림
들 속에 나타난 어린 신사가 어린아이들을 위한 책의 주인공이 될 수도 있다는 제안을 커티스
가 마지막으로 넌지시 했다. 하지만 당시 커티스도 완전히 확신한 게 아니어서 약간 망설이는
투였다. 이후 생텍쥐페리와 연락하면서 그가 이 제안에 놀라는 동시에 상당한 유혹을 느꼈다는
것을 알게 되었다. 그는 곧바로 작업에 돌입해 글을 쓰고 그림을 같이 그리기 시작했다…….

떠나기 바로 전날 생텍쥐페리는 우리 집을 찾아왔다……. 지금도 기억이 나는데 그때 생텍쥐
페리는 직접 몇 가지 그림을 그려 넣은 《어린 왕자》 몇 권을 우리에게 건넸다.

-《이카르》84호, 1978.

아델 브로
생텍쥐페리의 영어 교사

영어를 가르치려고 그의 집으로 간 나는 사무
실 분위기가 바뀌었다는 인상을 받았다……. 반
투명한 얇은 종이가 높다랗게 쌓여 있었다. 몇몇
종이를 보니 컬러로 된 실루엣들이 눈에 들어왔
다. 그 옆 오른쪽 탁자에는 물감통, 물감을 풀어
놓은 물잔, 붓들이 창문 밑에 어지럽게 자리 잡고
있었다……. 그때 작은 소년 하나가 바람에 휘날
리는 머플러를 목에 두른 채 서 있는 그림 한 장
이 내 눈에 들어왔고. (중략)

이야기가 어린 왕자의 죽음으로 끝나리란 사
실을 출판사 사람들에게 이야기했지만 도무지

왕. 아델 브로에게 준 스케치(1942년 여름).

믿으려고 하질 않아서 애를 많이 먹었다. 그 사람들은 어린아이들을 위한 이야기는 절대 슬프게 끝나서는 안 된다고 했다. 나는 그들이 틀렸다는 것을 보여주었다. 어린아이들은 자연스러운 것이라면 모두 받아들이며 죽음도 그처럼 자연스러운 것들 가운데 하나라고 말했다……. 그러니 어린 왕자가 떠난다고 해서 어떤 어린아이도 절망을 느끼진 않을 테며…….

-《이카르》84호, 1978.

장 르누아르
영화감독

[로스앤젤레스에 있는] 우리 집에 머무는 동안 생텍쥐페리는 밤을 새며 일을 했다.

　주머니에는 언제나 수북하게 종이들이 꽂혀 있었고 그 종이에는 그가 가느다란 붓으로 그린 길고 짧은 선들이 가득했다. 때로는 사람들 모습도 보였는데 나중에 《어린 왕자》에 실릴 것들이었다. 자신의 비밀을 파헤칠 수 있는 사람은 결국 자신밖에 없는 것이기에 생텍쥐페리는 밤을 새며 이 종이들을 채워나갔고 그렇게 쓴 것들을 속기용 구술 축음기 앞에서 읽어 내려간 것이다.

-《이카르》84호, 1978.

장 르누아르와 앙투안 드 생텍쥐페리.

폴-에밀 빅토르
민속학자, 탐험가

　생텍스는 〈어린 왕자〉 텍스트를 쓰고 그 종이에 첫 번째 크로키들을 그렸다. 훗날 이 크로키들은 책에 삽화로 실린다. 생텍스는 이 크로키 그림에 색을 입히면서 어떤 기법을 써야 할지를 두고 망설였다. 그는 수채화를 좋아하지 않았다. 그리고 색연필은 너무 어린아이들 취향이라고 생각했다. 그래서 나는 수채화와 색연필을 함께 사용하는 방식은 어떠냐고 그에게 제안했다. 그러잖아도 나는 당시 대부분의 그림을 그리는 데 오래전부터 이 방법을 쓰던 중이었다…….

우리 두 사람은 모든 시도를 다 해보았다. 나는 생텍스가 어떤 방식을 선택했는지 정확하게 알지 못한다. 〈어린 왕자〉의 삽화들을 가까이서 바라본 결과 내 생각엔 그가 만년필로 선을 그린 다음 붓으로 잉크를 약간 걷어내면서 색연필로 속을 채우고, 그 위에 수채화를 그리는 식으로 두 기법을 동시에 사용한 것 같다.

– 《이카르》 84호, 1978.

피에르 라자레프
기자, 언론사 사장

생텍쥐페리는 자주 밤에 내게 전화를 걸어 다음과 같이 말하곤 했다. "지금 막 다섯 쪽을 썼어요. 내가 쓴 것을 읽어줄 테니 잘 들어보세요. 어때요, 마음에 들어요?" 다 썼을 때도 내게 직접 이야기를 읽어주었는데 그러면서 생텍쥐페리는 울음을 터뜨리고 말았다. 지금 생각하니 그때 생텍쥐페리가 자신의 마지막이 어린 왕자의 마지막과 닮을 것이란 사실을 어렴풋이 예감했던 게 아닌가 싶다.

넬리 드 보귀에
비밀을 털어놓을 수 있는 친구

그는 슬프고 외로웠으며 그런 상태에서 놀란 표정을 한 어린 왕자들을 크게 신경쓰지 않고 종잇조각들에 그려나갔다. 때로 어린 왕자들은 실망한 표정을 보이기도 했다.

"당신이 그린 이 꼬마 신사는 지금 뭐라고 말을 하는 것 같군요. 자기 생각을 우리에게 말하고 싶어 하는 것 같은데요."

그림을 보며 옆에 있던 어떤 사람이 생텍쥐페리에게 말했다.

"어린 왕자가 대체 뭘 생각할까요!"

아무리 용감무쌍한 사람이라도 피곤한 순간이 오면 머리를 기대고 쉴 만한 어깨를 찾게 마련이다.

"어린 왕자가 생각하는 것은 조금 우울한 것입니다만……"

생텍쥐페리는 혼잣말처럼 중얼거렸다. (중략)

생텍쥐페리 역시 어린아이의 부드러운 목소리로 깊이깊이 숨겨온 비밀을 털어놓아야만 했을까? 어쩌면 그래야만 했는지도 모르지만 그건 결코 잘못을 뉘우치는 고백 같은 것은 아니었다. 누군가 어린 왕자가 들려주는 속내 이야기에서 작가 생텍쥐페리의 생각을 읽어낸 다음 '내가 정확하게 읽었느냐'고 묻는다면 모르긴 몰라도 작가는 그 사람에게 다음과 같이 말하면서 조심하라고 일러줄 것이다. '예, 맞습니다. 정확하게 읽어내셨군요. 하지만 부탁하는데 다른 사람들에게는 말하지 말아주세요.'

- 피에르 슈브리에(넬리 드 보귀에),
《앙투안 드 생텍쥐페리Antoine de Saint-Exupéry》, 갈리마르출판사, 1949.

드니 드 루즈몽
문화사가, 작가, 생텍쥐페리 부부의 친구

뉴욕에서 두 시간 정도 떨어져 있는 시골집 베빈 하우스[51]에서 생텍쥐페리 부부와 함께했다. 나는 이곳에서 매주 서른여섯 시간씩 휴식 시간을 가졌다. 이 집을 찾아낸 사람은 콘수엘로였는데 찾아냈다기보다는 만들어냈다고 해야 할 것이다. 집은 상당한 규모였고, 나무들이 우거지고 바람만 불면 나뭇가지들이 소리 내며 휘어지는 바닷가 곳에 위치한 저택이었다. 뿐만 아니다. 집 옆을 구불구불한 석호潟湖들이 에워싸고 있어서 숲과 열대 섬들이 어우러진 듯한 멋진 풍경을 만들어냈다.

"난 오두막집을 생각했는데 이건 베르사유궁전이잖아!" 그날 저녁 처음 이 저택에 발을 들여놓으면서 토니오[52]가 조금 퉁명스럽게 내뱉은 말이다. 하지만 그날 이후 누구도 그를 이 베빈 하우스에서 다시 나가게 할 수 없었다. 그는 다시 글을 쓰기 시작했는데 그 글은 그가 직접 수채화로 그림을 그려 넣으면서 어린아이들을 위해 쓴 이야기였다. 머리가 벗겨진 거구의 그는 새의 눈처럼 생긴 귀티 흐르는 둥근 두 눈을 부릅뜬 채, 노련한 기계공 못지않은 손놀림으로 유치해 보이는 가느다랗고 작은 붓을 움직였다. 종종 붓이 밖으로 나가려고 하면 혀를 내밀며 얼른 붓을 들어올리곤 했다. 나는 배를 깔고 누워 두 발을 들어올린 채 어린 왕자 포즈를 해주기

도 했다. 그럴 때면 토니오는 어린아이처럼 해맑게 웃으면서 말했다. "언젠가 이 그림을 사람들에게 보여주면서 이게 바로 나라고 떠들어낼 것 같은데!" 저녁이 되면 그는 우리에게 두꺼운 책의 이 부분 저 부분을 읽어주었다(언젠가는 이 책을 읽어주면서 "사후 출간될지도 모르는 책[《성채》가 그 책이다]을 읽어주겠다"는 말을 하기도 했다). 밤이 늦어서 피곤했던 나는 자리에서 일어났는데(다음 날 아홉 시에 뉴욕에서 약속이 있던 날이다) 토니오는 내 침실까지 쫓아와 담배를 피워대며 이런저런 이야기를 늘어놓곤 했다. 당시 나는 이 사람이 한시도 생각하기를 멈추지 않는 야릇한 뇌를 지녔다는 인상을 받았다…….

— 《한 시대의 일기Journal d'une époque : 1926~1946》, 갈리마르출판사, 1968.

앙드레 모루아
소설가, 비평가, 프랑세즈아카데미 회원

바다가 보이는, 뉴욕 인근의 베빈 하우스에서 그가 〈어린 왕자〉를 쓴 것이 불과 4년 전이다. 생텍쥐페리 부부는 이 저택을 구해놓고 두 사람이 살기에는 어울리지 않게 크고 야릇한 집에 스스로 놀랐다. 많은 방을 보며 두 사람만 아니라 그들의 유령도 함께 살려는 게 아닐까 수군대는 사람이 있다 해도 이상할 게 없었다. 저택은 노스포트Northport 이튼 넥Eatons Neck(롱아일랜드 어서로큰)에 자리 잡고 있었다. 여러 갈래의 길과 갈대숲으로 둘러싸인 적막한 곳이었다. 강한

바람이 불고 쌀쌀한 미국의 가을이 찾아오면 일대 나무들에는 붉은 단풍이 들어 마치 불이 난 것만 같았다. 나는 드니 드 루즈몽과 함께 이 집에 도착했다(1942년 10월). 오후 내내 우리 두 사람은 생텍스가 들려주는 멋진 이야기들을 들었다. 인도차이나에서 시작해 파리 뒷골목 이야기까지, 사하라사막에서 칠레까지 그는 쉼 없이 이야기를 해나갔다. 타고난 이야기꾼이었다…….

저녁을 먹고 난 후 생텍스는 체스를 두었다. 체스를 끝낸 후에는 카드를 펼치고는 내가 한 번도 본 적이 없는 신기한 마술을 보여주면서 집에 온 사람들을 즐겁게 해주려고 마술사가 되기도 하고 시인이 되기도 했다. 자정쯤 되었을 때 그는 서재로 들어갔는데, 잠을 자는 게 아니라 아침 일곱 시가 될 때까지 작은 소행성에 올라탄, 자신의 분신이기도 한 상징적 인물인 어린 왕자 이야기를 쓰고 그림을 그렸다. 한밤중에도 고래고래 소리를 치며 우리를 불러 그림을 봐달라고 했는데 그만큼 그림이 자기 마음에 들었던 것이다. 자신의 인생을 이렇게 스스로 강요하고 아낌없이 써버리는 것은 천재의 한 특권이다.

– 《문학 소식들Les Nouvelles littéraires》, 1946. 11. 7.

벽에 올라가 있는 어린 왕자와
누워 있는 어린 왕자, 스케치(1942년 여름).

막스 젤레Max Gelée를 위해 그린 그림들(1943년 5월).
[왼쪽] "이게 바로 오늘날의 비행 훈련생이구먼. 비행이란 느리다는 것이 무엇인지를 배우는 것이고……."
[오른쪽] "이륙은 날개만 있다고 되는 게 아니란 말이야."

막스 젤레
프랑스 공군 장군, 1943년 5월 당시 Ⅱ/33 공군부대 사령관

다시 우리를 만나게 되자 생텍쥐페리는 나를 따로 부르더니 말했다. "어서 이리 와서 나비 채집가라고 놀림받던 내가 무엇을 그렸는지 좀 보세요……!"

생텍쥐페리는 아주 조심조심《어린 왕자》프랑스어판 초판본을 한 권 꺼내 내게 보여주었다. 그는 단 한순간도 이 책에서 손을 떼지 않았다. 그에게서 도저히 이 책을 빼앗을 수 없을 것 같았다! 그는 내게 설명을 시작했다.

"내가 이걸 그리느라 정말 얼마나 고생했는지 몰라요. 그림 한 장을 완성하려고 매번 여러 차례 다시 그려야 했거든요. 책을 내주는 출판사에서 영 만족을 못하는 거예요. 자, 이걸 좀 보세요. 이 그림이 나를 엄청나게 고생시킨 겁니다. 거대한 나무 세 그루가 자라는 둥근 지구 같은 별을 그리려고 했죠. 우선 나무 한 그루를 그릴 수 있었어요. 일단 한 그루를 그리는 데는 대충 성공했다 싶어서 용기 내어 나머지 두 그루를 그리려고 했죠. 그런데 다시 그리는 대신 먼저 그린 나무를 120도씩 두 번 회전시켜서 그대로 갖다 놓았어요. 마침내 나는 바오밥나무가 세 그루 있는 그림을 그릴 수 있었죠……."

당시 생텍쥐페리는 II/33 부대에 8개월 동안 두 번 배치되었는데 엄청난 스트레스를 받고 있었다. 당시 그가 그린 두 장의 데생만 보더라도 짐작할 수 있다.

이 데생들을 보면 어린 왕자는 다양한 환경에 적응해서 살아가는 나비 채집가로 등장한다. 그러나 늘 불행하고, 슬프고 슬픈 사람처럼 보인다. 정원사 옷을 입었지만, 이 어린 왕자는 우울한 눈으로 날개 달린 달팽이를 내려다보면서 입을 연다. "이륙은 날개만 있다고 되는 게 아니란 말이야!"

- 《이카르》 96호, 1981.

쥘르 로이
프랑스 작가, 영국 왕립공군 객원작가

며칠 후 호텔 테라스를 내려가는데 (중략) 그가 하늘을 올려다보면서 나를 기다리고 있었다. 나는 문득 그가, 뉴욕에서 갖고 와 내게 준 〈어린 왕자〉에 나오는 가로등 켜는 남자를 닮았다는 인상을 받았다. 우리는 그의 침실에 들어가 침대에 걸터앉았다. 육중한 몸으로 침대를 짓누르고 야행성 새의 눈을 닮은 부리부리한 두 눈으로는 천장을 주시하면서 그는 목마른 사람처럼 계속 담배 연기를 들이마셨다. 한참을 그러더니 내게 자신의 괴로움을 말했다. 자신의 절망을 고백하고 싶어 하진 않았지만 그는 프랑스가 앓는 병 때문에 몸과 마음에 큰 고통을 당하고 있었다. 당장 프랑스에 도움을 줄 수 없어 그는 애를 태웠고 그의 말에 따르면 프랑스도 숨이 차 헐떡거렸다. 생텍쥐페리 때문에 프랑스라는 이름의 평범한 땅덩어리는 우리에게 사랑해야 하는 조국이 되어갔고, 억압 속에서 모든 인류의 적들에 맞서 싸워야만 했다.

이때부터 내게는, 발췌본으로 읽은 《어느 인질에게 보내는 편지》와 당시 막 읽었던 〈어린 왕자〉가 생텍쥐페리가 겪고 있던 것과 똑같은 절망 속에 쓰인 것처럼 여겨졌다.

- 《생텍쥐페리의 열정Passion de Saint-Exupéry》, 갈리마르출판사, 1951.

피에르 길랭 드 베누빌
프랑스 작가, 정치가

그 후 꾸준하게 나는 가능한 한 자주 생텍쥐페리를 만났다. 그가 우리 집에 오기도 했고, 우리가 그의 아파트에 찾아가기도 했다. 복도를 지나가다 보니 그가 있는 방의 바닥에 흩어진 종이들이 보였다. 그는 우리를 거실로 안내했고 마실 것을 준비해주었다. 책도 몇 권 주었는데 그 중에는 스스로 자서전으로 여기고 있음을 잘 알게 해주는 〈어린 왕자〉도 들어 있었다. 그는 웃으며 책을 건넸는데 왠지 자신의 사진을 건네는 듯했다.

— 《콩플뤼앙스Confluences》 12~14호, 1947.

조르주 펠리시에
알제의 외과의사, 생텍쥐페리의 친구

앙투안은 그의 책에 대해 오직 한 가지만을 비판했다(그는 이 책에 유난히 애착을 보였다). 그 비판이란 '다소 너무 많은 행성들을 넣었다'는 것이었다. 앙투안의 이 말은 〈어린 왕자〉의 계속되는 행성 여행에서 어느 한 부분을 잘라내고 싶다는 뜻이다. 나는 앙투안에게 들어서 그의 이런 마음을 잘 알았다. 그는 가로등 켜는 직업을 가진 사나이 부분을 삭제하고 싶어 했던 것이다.

— 《생텍쥐페리의 다섯 번의 여행Les Cinq Visages de Saint-Exupéry》, 플라마리옹출판사, 1951.

존 필립스
미국 사진기자

이 어린 왕자가 서류들 속에서 튀어나오는 것을 나는 여러 번 보았다. 그러던 어느 날 생텍스에게 어떻게 해서 이 장난꾸러기같이 생긴 짓궂은 어린 왕자를 만들게 되었는지 물었다. 질문을 받은 그는, 어느 날 흰 종이 한 장을 앞에 놓고 가만히 쳐다보았더니 어린아이 하나가 불쑥 나타났다고 답했다. 그래서 생텍스가 물었단다.

"넌 대체 누구니?"

그랬더니 그 아이가 "난 어린 왕자야"라고 답했다고 한다.

미국 사진기자 존 필립스와 함께(이탈리아 사르데냐주 알게로, 1944년 5월).

생텍스가 퍼즐을 풀면서 쉬거나 할 때는 굳이 어린 왕자의 도움이 필요 없었겠지만, 그럼에도 어린 왕자는 늘 그의 곁에 있었던 듯하다.

-《잘 가시오, 생텍스Au revoir, Saint-Ex》, 갈리마르출판사, 1994.

앤 모로 린드버그
조종사 찰스 린드버그의 아내

생텍스의 동화가 도착했고, 나는 책을 받자마자 그 자리에서 한 번에 읽어버렸다. 그런데 그가 쓴 전쟁 이야기보다 더 깊은 슬픔이 느껴졌다. 정말 훨씬 더 슬픈 이야기였다. 반은 우화이고 반은 어린아이들을 위한 동화 같은 이 매혹적 작품에서는, 물론 신중하고 작은 터치들이 작품 곳곳을 빛내고 있었다. 동화라고? 아니다. 어떻게 보든 결코 어린아이들을 위한 동화는 아니었다. 그는 아이를 키워본 적이 없다. 그의 어린 왕자는 아이가 아니라 성자였다. 어린이의 심장을 가진 어른이었다. 도스토옙스키의《백치》처럼 정말로 '맑은 마음' 그 자체였다……. 그리고 가슴 깊은 곳의 슬픔이었고, 영원히 없어지지 않는 우울이었으며, 목마름이었고, 영원히 그만 둘 수 없어 찾아 헤매는 발걸음이었다. 그를 위로해주고 싶은 사람이 나만은 아니었을 것이다 (이 글을 쓰면서 생텍쥐페리는 불행하고, 아프고, 고독했었음을 나는 간파했다). 그런데 그를 어떻게 위로해줄 것인가. 말도 안 되는 이야기 아닌가.

이 이야기에는 아주 아름다운 것들이 들어 있다. 이 아름다운 것들은 매우 예민한 상태이며 다정다감한 동시에 상처를 가지고 있다. 또 몇 가지 대답도 있다. 대답을 듣는다고? 아니다. 이 이야기는 인생 상담을 하러 온 사람에게 들려줄 그런 우스꽝스러운 답 같은 건 일체 갖고 있지 않다. 어린 왕자는 그런 것들을 발견하지 못했다. 그리고 아마도 영원히 발견하지 못할 것이다. 그래서 난 걱정이 된다. 그는 희생을 하러 갈 테고, 전쟁터를 향해 죽음을 맞이하러 갈 것이다. 이야기 속에서 찾지 못했던 답을 그곳에서 찾을 수 있다는 사실을 깨달았기에.

- 1943년 3월 29일의 일기,《전시 문집》, 갈리마르출판사, 1982.

생 모리스 드 레망[53]의 정원에 있는
작가 앙투안의 어머니
마리 드 생텍쥐페리Marie de Saint-Exupéry의
모습(1910년경).

시몬 드 생텍쥐페리
앙투안 드 생텍쥐페리의 누나, 고문서 학자

나는 7년 동안 줄곧 극동아시아에 머물렀고 앙투안이 실종되었다는 소식을 들은 것도 이때였다. 이 7년 동안의 외국 생활을 끝내고 1946년에 돌아온 나는 그제야 이 작은 책을 알게 되었고 가슴이 먹먹해졌다. 어릴 때 앙투안이 써서 보냈던 편지들에 등장하는 캐리커처들이 변신해서 이 책에 다시 나타나 있었다……

미국인들은 그를 친절하게 대해주었고 또 소설 《전시 조종사》 덕택에 신뢰를 얻었음에도 미국 생활은 앙투안에게 커다랗게 작용했다. 점령당한 프랑스와 알 수 없는 가족들 소식 때문에 괴로워했지만 미국에 머물던 많은 프랑스 동포들이 보인 태도 때문에 그는 더 괴로웠다. 형제, 남매들과 생 모리스 드 레망 성에서 보낸 어린 시절, 온갖 꽃들이 피어 있고 주변에 조그만 숲들이 있는 정원에서 놀던 기억을 앙투안은 하나도 잊지 않았다. 〈어린 왕자〉는 하나의 탈출인 동시에, 중학생이 될 때까지 어린 시절이라는 마술에 걸려 작은 행성에서 흠뻑 취해 살았던 앙투안의 행복했던 모든 기억이 집약된 작품이었다. 책을 보니 분신과도 같은 아이가 다시 돌아와 위험을 무릅쓰고 고된 일을 하는 조종사를 만나고 있다. 조종사

동생 앙투안이 그린 누나 시몬 드
생텍쥐페리의 초상화(날짜 미상).

는 때론 비행기가 고장이 나 사막에 홀로 떨어져 목마름, 죽음의 공포, 고독과 싸워야 했고 그럴 때면 누런 뱀들이 그를 노렸다. 앙투안이 〈어린 왕자〉의 그림들 속에 그의 온 마음을 담았다면 그것은 이 그림들이 작가로서 넘지 말아야 할 선이 있어 도저히 고백할 수 없었던 비밀스러운 감정들을 나타내줄 수 있었기 때문이다. 앙투안은 어머니에게 보낸 편지에서 다음과 같이 쓴 적이 있다. "내면의 삶은 말하기 어려워요……. 그런 걸 말하겠다고 하면 건방진 거겠죠." 흘러간 옛날에 대한 그리움, 동화가 아닌 다른 형식의 글로는 표현하기 어려웠을 꽃들과 그가 친밀하게 길들여놓았던 짐승들 그리고 가슴속에 간직했던 보물 같은 시적 느낌들, 이런 것들이 모두 그림에 숨어들어 있었다.

－《프랑스와 프랑스 동맹 공공 박물관 소장품Musées et collections publiques de France et de l'Union française》17호, 1958.

레옹 베르트
프랑스 예술 평론가, 〈어린 왕자〉를 헌정받은 생텍쥐페리의 친구

생텍쥐페리는 미소 하나로 사람들과 좌중을 사로잡곤 했다. 그는 사람을 가리지 않고 누구하고도 예상치 못한 갑작스런 관계를 맺곤 했다. 그에게는 어린아이들을 매혹하는 능력만이 아니라 동화 속에 나오는 인물들 못지않게 그들 역시 모두 진실하다는 사실을 어른들에게 설득하는 힘이 있었다. 생텍쥐페리는 그의 안에 살고 있는 어린아이를 한 번도 쫓아낸 적이 없다. 어른들은 몇 가지 단편적 조각들을 함부로 엮고 의심스러운 빛을 그릇되게 비춰가며 자신과 비슷한 어른들을 만나곤 한다. 그러나 아이는 어른들을 절대적 빛으로 비추며 바라본다. 아이에게는 사람을 잡아먹는 식인 괴물이든 잠자는 숲속의 미녀든 똑같이 다 분명한 것들이다. 아이는 확신으로 가득 찬 세계에서 산다. 생텍쥐페리는 사람들에게 이

레옹 베르트.

런 확신을 줄 수 있는 놀라운 재주를 갖고 있다. 생텍쥐페리 덕분에 우리 모두는 자신을 되돌아
보게 되었다. 마치 동화 속에 나오는 엄지 동자[54]처럼."

–《내가 아는 그대로의 생텍쥐페리Saint-Exupéry, tel gue Je l'ai connu》, 비비안해미출판사, 1994.

레옹 베르트에게 준 데생. "내 영혼, 비가 오는 날들. A."라고 쓰여 있다.

"이 어른은 이 세상에서 나와 가장 친한 친구인 것이다"

《어느 인질에게 보내는 편지》 미국
판(1943년 6월).
이 텍스트는 레옹 베르트가 쓴 탈
출기 《33일》의 서문으로 쓰였다.

추억을 찾아서

앙투안 드 생텍쥐페리

―

"담쟁이덩굴에 덮인 다 쓰러져가는 낡은 벽"

우리는 같은 어린 시절을 보내고 어른이 되었다. 갑자기 내 기억 속에서 담쟁이덩굴에 덮인 다 쓰러져가는 그 낡은 벽이 떠오른다. 우리는 겁 없는 아이들이었어. 누군가 말했지. "왜 겁을 내니? 문을 밀고 들어가봐……."

담쟁이덩굴에 덮인 다 쓰러져가는 낡은 벽. 마르고, 구멍 나고, 햇살을 받고 있는 보잘것없는 벽. 우리는 뱀이라고 말했지만 사실은 도마뱀들이 담쟁이덩굴들 사이에서 부스럭거렸고, 죽음을 의미하는 그 도마뱀들이 도망치는 것까지 우리는 좋아했다. 마당의 조약돌들은 모두 따뜻했지. 우리는 동그란 그 돌들이 달걀인 양 품에 안고 있기도 했다. 흙 한 줌도, 작은 나뭇가지 하나도 따스한 햇살에 모든 비밀을 드러내고 있었다. 시골의 여름은 그 모든 풍요와 충만함으로 벽으로 가려진 이쪽을 지배했다. 멀리 성당의 종루가 보였고 종소리가 울려왔다. 푸른 하늘은 허공을 가득 채웠으며, 농부들은 밀을 베고 신부님은 병충해를 막느라 포도나무에 황산구리를 열심히 바르고 계셨다. 친척분들은 부모님들과 함께 거실에서 브리지 게임을 했다. 60년 동안, 태어나서 죽을 때까지, 이 땅에서 햇살을 잠시 빌려 이 밀을 키우고 집을 건사해온 이 세대 사람들을 우리는 '근위대'라고 불렀다. 거대한 두 대양 사이에서 그리고 과거와 미래 사이에서 가장 위협받는 이 외로운 섬 같은 곳에서 우리는 살아가고, 우리 자신을 발견하길 좋아했던 것이다.

누군가 말했다. "열쇠를 돌려봐……."

왼쪽에서 오른쪽으로 마리-마들렌Marie-Madeleine,
가브리엘Gabrielle, 프랑수아François, 앙투안, 시몬
Simone 드 생텍쥐페리(1907년경).

아이들에게는 이 문, 작고, 빛바랜 초록색을 칠한 낡은 배처럼 생긴 이 문을 여는 것이 금지
되었다. 마치 녹이 슨 시간의 출구처럼 또는 바다에 가라앉은 오래된 닻처럼 생긴 큼직한 자물
쇠를 만지는 것도 금지되었다.

"자 다들 앉자……." 아무 소리도 들리지 않았다. 우리는 새살이 돋아나게 해주는 듯한 시원
한 바람, 향기, 축축한 습기를 마음껏 즐겼다. 우리는 마치 세계의 후미진 끝에 버려진 듯했다.
이렇게 새살이 돋아나는 느낌이 든다는 건 여행을 한다는 걸 의미하기 때문이다.

"우리는 지금 세상의 뒷면에 와 있는 거야……."

- 《남방 우편기》, 1929.

"단 하나의 별이 우리들 위로 떨어졌다"

도망가자, 중요한 건 이것이었다. 내가 열 살이었을 때 우리는 고미다락방에 은신처를 하나 마련해두었다. 죽은 새들, 배 터진 낡은 트렁크들, 이상하게 생긴 옷가지들이 있는, 인생이라는 무대의 숨겨진 뒷모습 같은 곳이었다. 우리끼리는 이런 것들을 숨겨놓은 보물이라고 불렀다. 우리들에게는 동화에서나 볼 수 있던 오래된 고택 속에 보관된 사파이어, 오팔, 다이아몬드 같은 보물들이었기 때문이다. 물론 우리의 보물은 빛이 거의 나지 않았다. 벽장의 벽과 대들보가 튼튼한 것도 보물들 때문이었다. 이 거대한 들보들은 언제 닥칠지 모르는 위험에서 집을 보호해주었다. 시간으로부터도 보호해주었다. 우리 집에서 시간은 정말로 큰 적이었다. 들보들은 우리를 대대손손 시간으로부터 보호해주면서 과거를 숭배했다. 거대한 들보들. 하지만 우리들만이 이 집이 배 위에 던져져 있다는 것을 알고 있었다. 오직 우리들만이 그 배의 화물창과 선창에 가볼 수 있었고, 새들이 어디로 들어와 죽어가는지도 알 수 있었다. 다락방 기둥과 들보 위를 기어다니는 도마뱀들을 우리는 모두 잘 알고 구별할 수 있었다. 다락방 밑 거실에서는 어른들이 손님들과 이야기를 나누거나 예쁜 여자 손님들이 춤을 추기도 했다. 안전한 것 같았으나 그건 착각이었다! 모르긴 몰라도 술들도 마셨던 것 같다. 흑인 하인들이 흰 장갑을 끼고 시중을 들었다. 덧없이 지나가는 이들이었다! 우리는 높은 벽장에서 지붕 틈새를 뚫고 새어 나오는 푸른빛을 보았다. 작은 틈새였지만 단 하나의 별이 우리들 위로 떨어졌다. 우리를 위해 하늘 전체를 대표해서 찾아왔음이 분명했다. 별 때문에 병이 들기도 하고 또 우리가 몸을 돌리면 별은 우리를 죽게 한다.

우리는 다락방에서 펄쩍 뛰어내려 오곤 했다. 언제나 우리가 알지 못하는 예측할 수 없는 상황들이 펼쳐지곤 했다. 보물들 때문에 들보들이 무너져 내리기도 했다. 우지끈거리며 무너질 때마다 우리는 나무를 깊이 들여다봤다. 그건 깠을 때 안에서 낱알이 나오는 콩깍지 같은 껍질에 지나지 않았다. 오래된 두꺼운 껍데기가 벗겨지면 그 밑에 있던 다른 것이 드러나기 마련이다. 그건 다이아몬드처럼 딱딱한 별일 수도 있었다. 어느 날 우리는 남쪽으로 혹은 북쪽으로 걸어갔다. 혹은 우리들 속으로 별을 찾아 떠난 것인지도 모른다. 도망을 간 것이다.

– 《남방 우편기》, 1929.

"별 하나하나는 가야 할 진정한 한 방향을 따라갈 뿐이다"

나는 사하라사막에서 3년을 지냈다. 나 역시 다른 많은 사람들처럼 사하라의 마술을 꿈꾸었다. 겉으로 보기엔 모든 것이 고독하고 헐벗은 것 같겠지만 사하라에서의 삶을 아는 이라면 이 몇 년이 자신이 살아본 가장 아름다운 시간임을 알고 눈물을 흘릴 것이다. (중략)

사하라는 아무리 멀리 눈길을 줘도 하나의 풍경만을 보여줄 뿐이다. 조금 더 정확히 말하면 모래언덕은 드물고 자갈 섞인 모래사장이 많은 지형이다. 이곳엔 지루함을 느끼지 않을 수 없게 하는 모든 조건이 다 갖춰져 있다고 할 수 있다. 하지만 눈에 보이지 않는 신령들이 수많은 방향과 경사지와 신호를 만들어놓았기에 사하라는 마치 여인처럼 살아 있는 비밀스러운 살집을 느끼게 하기도 한다. 사하라는 하나의 모습이 아니다. 모든 것이 스스로 방향을 잡아 아무도 가지 않은 길을 간다. 심지어 침묵조차 서로 다르다. (중략)

모든 것이 자신의 길을 가는 데 열중한다. 별 하나하나는 가야 할 진정한 한 방향을 따라갈 뿐이다.

모든 별이 동방박사의 별이다. 별들은 각자가 섬기는 신을 위해 일하는 것이다. 이 별이 멀리 떨어져 있어 가기 힘들고 어마어마한 거리에 있어서 장벽처럼 느껴지는 우물 방향을 가리킨다면, 저 별은 물이 말라버린 우물을 가리킬 수도 있다. 별 자체의 물이 말라버리기도 한다. 말라버린 우물과 당신 사이에 나 있는 길에는 경사 같은 것은 없다. 또 다른 별은 유랑 민족들이 자주 이야기했으나 의견 차이가 나서 당신은 가보지 않았던 오아시스로 인도하는 안내인 역할을 하기도 한다. 오아시스와 당신 사이에 자리한 사막은 많은 동화들이 깔린 푸른 풀밭이다. (중략)

거의 있을 것 같지 않은 극지방들이 아주 먼 곳에서 자석처럼 이 사막을 끌어당긴다. 기억 속에 여전히 살아 있는 어린 시절의 집이 그 증거 아닌가. 그가 있다는 것만 알 뿐, 그 외에 그에 대해서는 아무것도 알려진 것이 없는 친구."

– 《어느 인질에게 보내는 편지》, 1943.

장미 부인에게 보내는 편지

이본느에게

이본느, 그대에게 많은 것을 감사드립니다. 일일이 밝힐 수는 없지만(중요한 것들은 언제나 눈에 보이지 않는 법이니까……), 감사하다는 말을 전하고 싶다는 마음이 내게 솟아나는 것만 봐도 그대에게 감사할 일이 있었던 거죠.

하지만 어쨌든 뭐라고 해야 좋을지 모르겠군요. 정원에게 고맙다고 인사를 하는 사람은 없을 테니까요. 나는 늘 사람들을 두 종류로 구분하곤 합니다. 한쪽에는 정원 같은 사람들이 있고 또 한쪽에는 궁정 같은 사람들이 있다고 보는 거죠. 궁정 같은 사람들은 궁에 있는 사람들을 궁 안에서 이곳저곳 산책시키죠. 그러면서 사방이 막힌 네 벽 안에서 아무 소리도 못 하게 입을 막으려고 합니다. 사람들은 소리를 내기 위해 그들과 말을 하지 않을 수 없게 됩니다. 궁정에서 침묵을 지킨다는 건 정말로 끔찍한 일입니다.

하지만 정원에서는 사람들이 산책을 하죠. 침묵을 지키며 숨을 내쉴 수도 있고요. 편안하게 있지요. 그러면 사람들 앞에 놀라운 일들이 그냥 펼쳐져요. 일부러 행복 따위를 찾아 나설 필요가 없어요. 나비가 날아오고 풍뎅이가 기어 오며 온몸이 반짝거리는 벌레가 모습을 보이는 거예요. 꿈을 꾸는 겁니다. 풍뎅이는 자신이 어디로 가는지 아는 것 같아요. 아주 바쁘게 움직이는 모습을 보여요. 이거 정말로 놀라운 일 아닌가요. 그렇죠. 꿈을 꾸는 거예요. 풍뎅이가 가고 나면 그다음에는 나비가 와요. 나비가 넓은 꽃잎에 내려앉는 것을 보면 사람들은 속으로 생각하죠. '저놈이 여기가 바빌론의 정원인 줄 아는 모양이군. 공중에서 흔들흔들한다는 공중정원 말이야……' 이러다 하늘에 별들이 하나둘 보이기 시작해서 서너 개로 늘어나면 모두 입을 다물고 하늘을 쳐다보죠.

아닙니다. 나는 그대에게 전혀 감사하지 않습니다. 그대는 언제나 있는 그대로 있을 뿐입니다. 다만 나는 그대의 집에서 산책을 하고 싶을 뿐입니다.

나는 다른 걸 한 가지 더 생각해요. 한쪽에는 국도 같은 사람들이 있고 또 한쪽에는 오솔길 같은 사람들이 있다는 생각이 들어요. 국도 같은 사람들은 나를 짜증나게 합니다. 몇십 킬로미터씩 늘어선 도로 경계석들 사이사이에 깔아놓은 자갈길은 정말 싫어요. 이 사람들은 미리 정해진 어딘가를 향해 행진을 해요. 한몫 챙기러 가거나 한자리하러 가려는 거겠죠. 하지만 몇십 킬로미터씩 늘어선 도로 경계석들 대신에 오솔길을 따라가다 보면 개암나무들이 나와요. 천천히 개암을 까먹으면서 느릿느릿 걷는 거죠. 그냥 그곳에 있는 거예요. 걸음을 옮길 때마다 그 자리에 있는 거예요. 다른 곳이 아니라 그 자리에. 몇십 킬로미터씩 경계석을 길게 늘어놓을 필요가 없어요……."

– 1944년 5월

데생과 수채화

앙투안 드 생텍쥐페리

—

1930년대 말에서 1940년대 초까지의 데생들.

★
★
★
★
★
★
★

"언덕 뒤편은
참 고마운 곳이야."

1930년대 말에 그린 데생들.

"어른들은 참 이상해."

넬리 드 보귀에에게 주기 위해 그린 데생.

[말풍선] "아! 장 제라르 플뢰리Jean-Gérard Fleury, 이 돼지 새끼가 나를 따라잡으면 다시는 너를 못 볼지도 몰라. 생텍스." 메서슈미트 109[55](독일 비행기)에 쫓기는 블로흐 174[56](프랑스 비행기).

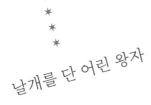

날개를 단 어린 왕자

날개를 단 어린 왕자(아래)는 2차 세계 대전 당시 프랑스에서 벌어진 공중전(1940년 5월과 6월)을 기록한 이 그림들에서 처음 모습을 보였다. 이 전투에 생텍쥐페리도 조종사로 참전했다.

레옹 베르트에게 쓴 편지(1939).

넬리 드 보귀에가 보관 중인 데생으로, 1930년대에 그린 것.

"모든 별들이 꽃으로
피어났어."

별꽃이 핀 나무, 원고 옆의 낙서.

"그러니까 지구에
아무도 없다는 말입니까?"

넬리 드 보귀에가 보관 중인 데생들로, 우의적인 두 개의 수수께
끼를 보여준다.
[왼쪽] "그런 거 해서 뭐해?"
[오른쪽] "요컨대 그녀는 지겹다는 거야."

15장의 삽화를 위한 스케치[144쪽을 볼 것].

앙투안 드 생텍쥐페리의 영감이 시작되는 근원이기도 했던 작고 미미한 동물들: 〈나비 채집가〉(〈어린 왕자〉를 위한 스케치, 1942년 여름); 작은 개를 갖고 있는 인물(1930년대 말); 달팽이를 바라보는 어린 왕자(스케치, 1942년 여름); 유키라는 이름의 개; 〈어린 왕자〉의 호랑이를 위한 스케치(1942년 여름).

생텍쥐페리의
동물원

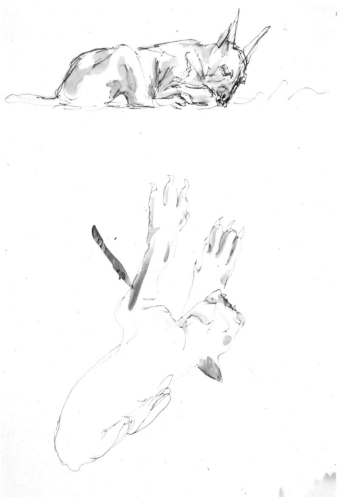

KAUMAIRE 48
COMER

첫 초고와 데생들

끈을 묘사한 그림들

왼쪽 그림은 풍선을 든 어린 왕자.
아래 그림은 여우와 있는 어린 왕자. 두 그림 모두 연필화(1942~1943).

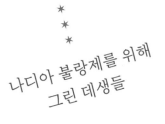

〈어린 왕자〉를 타이핑한 원고와 함께 피아니스트
나디아 불랑제에게 보낸 데생 두 점(1942).

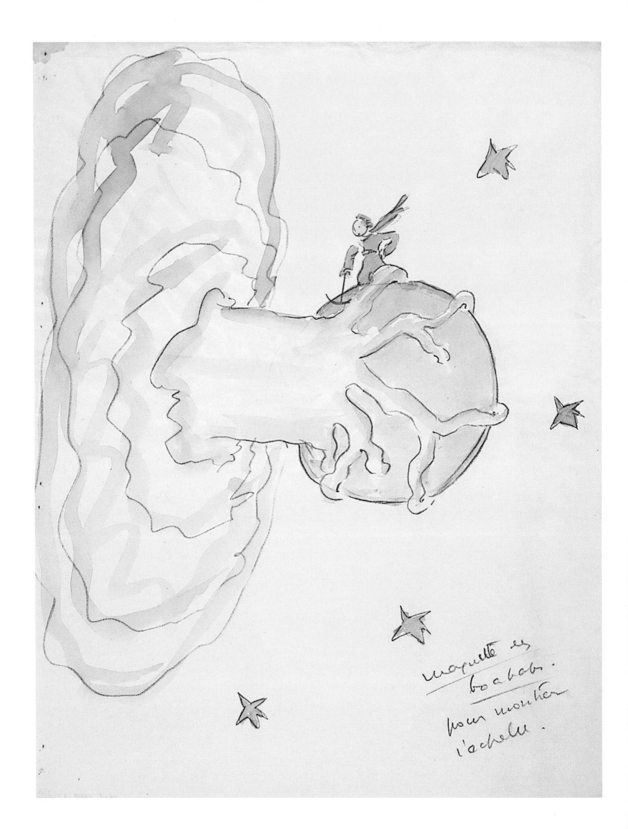

루이스 갈랑티에르를 위해
그린 스케치들

이 두 데생은 생텍쥐페리가 그의 책을 번역한 루이스 갈랑티에르에게 준 것들[25쪽 참고]이다(1943년 1월).
[왼쪽] "사다리를 놓기 위해 그린 바오밥나무 모형."
[오른쪽] "이것은 데생이 아니라 사다리를 보여주기 위한 모형이다."

실비아 해밀턴에게 준
데생들

낡은 담에 올라간 어린 왕자가 뱀
과 이야기하는 장면[26장 171쪽]
과 왕 스케치[10장 126쪽].

코끼리 무리[5장 110쪽]와 사냥꾼[21장 156쪽].
〈어린 왕자〉 인쇄용 원본 수채화들이다(1943).

"어린 왕자가 죽었다.
그는 도저히 믿을 수가 없었다."

"나는 또한 네 줄짜리 메모를 당신에게 보냈습니다만 당신은 이 행동을 나무라지 않았습니다. 그래서 눈에 보이지 않는 작은 소녀를 만들어내어 이렇게 동봉합니다. 어린 왕자를 가지고 그렇게 한 것처럼 이 어린 소녀를 내 친구로 삼은 다음 이야기를 하려고 합니다. (중략) 이 소녀는 지금 아주 기분이 좋지 않습니다. 왜냐하면 그 아이는 내가 자기의 든든한 친구라는 것을 아직 모르기 때문입니다."
– 〈이름 모를 여인에게 보내는 편지〉(알제리, 1943~1944).

Création croûte spasme, recherche sans a savoir possible. Poète extrêmement mais contraste en moi avec celui. Tue ce qui le pense ne s'oppose à lui. Rompre net, sans repos en temps croquis (sur soi mais d'après total et autre ni ni dehors. Pour tous les conquête des femmes sans la discussion, heureux avec chaque après — mais il en s'agit jamais dans lui le femme. ti car il ne peut rien à la ait dans. Il colorié. Plutôt il manque. Aucun effort social. Que l'on n'existe sur lui. Le miracle en.

어린 왕자의 변신.
헤다 스턴에게 작가가 맡긴 필사본 원고(1942~1943).

〈이름 모를 여인에게
보내는 편지〉(1943~1944)

"사람들이 부를 때면 그녀는 항상 없었다……. 저녁이 되어도 돌아온 적이 없다……. 전화도 하지 않고……. 난 정말 그녀와 사이가 좋지 않다."
[편지지 위에] "나에게 전화도 하지 않고 나를 보러 오지도 않다니 참 못됐다. 난 기억력이 그렇게 나쁜 사람이 아니고 그래서 나는……."
[새] "너의 편지, 끝이야, 아니야! 이제 난 그걸 갖고 가야만 해……."
[어린 왕자] 미안해! 완전히 나를 잊어버린 한 여자친구에게 지금 편지를 쓰는 중이야……."
— 〈이름 모를 여인에게 보내는 편지〉(알제리, 1943~1944).

Le Petit Prince

어린 왕자

내 생각에는 그가 탈출을 하기 위해
이동하는 철새들을 이용했을 것 같다.

ANTOINE DE SAINT-EXUPÉRY

Le Petit Prince

레옹 베르트에게

나는 이 책을 어른에게 바친 데 대해 어린이들에게 용서를 구
한다. 물론 내게는 그럴 만한 이유가 하나 있다. 이 어른은 이
세상에서 나와 가장 친한 친구인 것이다. 또 다른 이유가 하나
더 있는데 이 어른이 모든 걸, 어린이들을 위한 책들까지도 모
두 이해한다는 것이다. 세 번째 이유도 있는데, 지금 프랑스에
사는 이 어른이 굶주리고 추위에 떤다는 것이다. 그는 위로받
아야 할 처지다. 그래도 이 모든 이유가 다 부족하다면 이 어른
이 아니라 옛날 어린 시절의 그에게 이 책을 바치기로 하겠다.
어른들은 누구나 다 처음엔 어린아이들이었다. (그러나 그것을
기억하는 어른은 그다지 많지 않다.) 그러면 이제 이 헌사를 다음과
같이 고쳐 써야겠다.

어린 소년이었을 때의
레옹 베르트에게

1

여섯 살 적에 나는 《직접 겪은 이야기》라는 제목의 원시림에 관한 책에서 기가 막힌 그림 한 점을 본 적이 있다. 맹수를 잡아먹고 있는 거대한 보아뱀을 그린 그림이었다. 위의 그림은 이 그림을 그대로 옮겨놓은 것이다.

그 책에는 이렇게 쓰여 있었다. "보아뱀은 먹이를 씹지도 않고 통째로 집어삼킨다. 그러고 나서는 꼼짝도 하지 않고 먹은 것이 소화될 때까지 여섯 달 동안 잠을 잔다."

나는 그때 밀림 속 모험에 대해 한참 생각해보고 난 끝에 색연필을 들고 내 나름대로 내 생애의 첫 그림이라고 할 수 있는 것을 그렸다. 나의 그림 1호였다. 아래 그림이 그것이다.

나는 그 걸작을 어른들에게 보여주면서 내 그림이 무섭지 않느냐고 물었다.

그러면 어른들은 "모자가 뭐가 무섭다는 거니?" 하고 반문했다.

내 그림은 모자를 그린 게 아니었다. 그것은 코끼리를 소화시키는 보아뱀이었다. 그래서 나는 어른들이 알아볼 수 있도록 보아뱀의 안을 그려주었다. 어른들은 언제나 설명을 해주어야만 했다. 이렇게 해서 나의 그림 2호가 그려졌다.

어른들은 속이 보이든 안 보이든, 그따위 보아뱀을 그리는 그림은 집어치우고 차라리 그 시간에 지리, 역사, 산수 그리고 문법 쪽에 관심을 가져보는 게 좋겠다고 충고를 해주었다. 이렇게 해서 나는 여섯 살 적에 화가라는 멋진 직업을 포기해버리고 말았다. 내가 그린 그림 1호와 2호가 성공을 거두지 못한 것에 크게 낙심해버렸던 것이다. 어른들은 언제나 스스로는 아무것도 이해하지 못한다. 아주 자주 설명을 해주어야 하니 참 맥빠지는 노릇이 아닐 수 없다.

그래서 다른 직업을 선택하지 않을 수 없게 된 나는 비행기 조종하는 법을 배웠다. 세계의 여기저기 거의 안 가본 데가 없이 나는 날아다녔다. 그러고 보니 어른들이 그림 같은 거 그리지 말고 그 대신 공부하라고 했던 지리는 정말로 내게 많은 도움을 준 셈이었다. 한번 슬쩍 보고도 나는 중국과 애리조나를 구별할 수 있었다. 지리는 특히 내가 비행기를 타고 가다 밤에 길을 잃었을 때 아주 유용하게 쓰였다. 나는 이렇게 살아오는 동안 수없이 많은 점잖은 사람들과 헤아릴 수 없이 많은 접촉을 가져왔다. 어른들 틈에서 오랫동안 살아온 것이다. 나는 가까이에서 그들을 볼 수 있었다. 그렇다고 해서 그들에 대한 내 생각이 나아진 건 별로 없었다.

조금 지혜로워 보이는 사람을 만날 때면 나는 늘 간직하고 다니던 예전에 그린 나의 그림 1호를 가지고 그 사람을 시험해보곤 했다. 그 사람이 정말로 뭘 이해할 줄 아는 사람인지 알고 싶었던 것이다. 그러나 매번 사람들은 "모자군" 하고 대답해버리고 말았다. 나는 그런 사람들에게 보아뱀 이야기나 원시림 이야기를 별도로 들려주지 않고 그가 이해할 수 있는 이야기를 했다. 가령, 브리지 게임이니 골프니 정치니 넥타이니 하는 것들에 대해 이야기를 한 것이다. 그러면 내 말을 듣고 있던 어른들은 매우 착실한 한 청년을 알게 된 것을 몹시 기뻐하곤 했다.

2

그래서 여섯 해 전에 비행기가 고장이 나서 사하라사막에 떨어졌을 때까지 나는 마음을 터놓고 진정으로 이야기를 할 사람 하나 만나지 못한 채 지내왔다. 비행기 모터 한 군데가 부서져버렸다. 기사도 승객도 없었으므로 나는 혼자서 어려운 수리를 시도해볼 작정이었다. 그것은 나에게는 죽느냐 사느냐의 문제였다. 겨우 일주일 동안 마실 물밖에 남아 있지 않았다.

첫날 밤 나는 사람 사는 고장에서 몇천 마일 떨어진 사막에 누워 잠이 들었다. 나는 대양 한가운데에서 뗏목을 타고 표류하는 사람보다 더 외로운 처지였다. 그러니 해가 뜰 무렵, 야릇한 목소리가 나를 불러 깨웠을 때 내가 얼마나 놀랐을 것인가. 누군가 내게 말을 건 것이다.

"저기…… 양 한 마리만 그려줘!"

"뭐라고?"

"양 한 마리만 그려줘……."

나는 벼락이라도 맞은 듯 깜짝 놀라 그 자리에서 벌떡 일어났다. 눈을 비비고 사방을 살펴보았다. 그랬더니 정말로 이상하게 생긴 작은 사내아이가 나를 심각한 얼굴로 바라보고 있었다. 그 아이를 그린 그림이 여기 있다. 이 그림이 내가 훗날 어린 왕자를 모델로 그린 그림들 중에서 가장 훌륭한 것이다. 그러나 물론 내 그림이 모델보다 훨씬 덜 매력적이다. 하지만 그것은 내 잘못이 아니다. 여섯 살 적에 어른들이 화가로 성공할 수 없다고 나를 낙심시켰기 때문에 속이 보이기도 하고 보이지 않기도 하는 보아뱀을 그린 후로는 화가가 되길 포기하고 더는 그림 그리는 공부를 하지 않았으니까 말이다.

어쨌든 나는 그 조그만 사내아이의 느닷없는 출현에 너무 놀라서 눈을 휘둥그렇게 뜨고 바라보았다. 내가 사람 사는 고장에서 몇천 킬로미터 멀리 떨어진 곳에 있었다는 사실을 여러분은 잊지 말기 바란다. 그런데 그 어린아이는 길을 잃은 것 같지도 않아 보였고 또 피곤과 배고픔과 목마름과 두려움에 시달리는 것 같아 보이지도 않았다. 사람 사는 고장에서 몇천 킬로미터 떨어진 사막 한가운데서 길을 잃은 어린아이 같은 구석이라고는 찾아보려야 찾아볼 수가 없었다. 나는 가까스로 정신을 차리고 어린아이에게 말을 걸었다.

"그런데…… 너는 지금 여기서 뭘 하는 거니?"

그러자 그 아이는 아주 중요한 이야기나 되듯 천천히 작은 목소리로 다시 되풀이해서 말했다.

"부탁이야…… 양 한 마리만 그려줘……."

알 수 없는 신비한 일이라도 너무나 인상 깊게 그 일을 당하면 사람은 누구나 그 자리에서 거부를 하지 못하는 법이다. 사람 사는 고장에서 몇천 킬로미터 떨어진 곳에서 언제 죽을지 모를 위험을 맞이한 와중에 참 터무니없는 짓으로 느껴지기는 했지만 나는 주머니에서 종이 한 장과 만년필을 꺼냈다. 그러자 내가 공부한 것은 지리, 역사, 산수, 문법이라는 생각이 나서 그 어린아이에게, 나는 그림을 그릴 줄 모른다고 (조금 기분이 언짢아져서) 말했다. 그

이 그림이 내가 훗날 어린 왕자를 모델로 그린 그림들 중에서 가장 훌륭한 것이다.

랬더니 그 아이가 대답했다.

"괜찮아. 양 한 마리만 그려줘."

　　양은 한 번도 그려본 적이 없었으므로 포기하고, 대신 내가 그릴 수 있는 단 두 가지 그림들 중 하나를 그려주었다. 속이 보이지 않는 보아뱀을 그려서 보여준 것이다. 그러자 그 어린아이는 놀랍게도 이렇게 대답을 하는 것이었다.

　　"아냐, 아냐, 보아뱀 안의 코끼리는 싫어. 보아뱀은 아주 위험해. 그리고 코끼리는 아주 거추장스럽고. 내가 사는 곳은 아주 작거든. 그래서 내게는 양이 필요해. 양을 그려줘."

　　그래서 나는 양을 그렸다.

　　그 아이는 그림을 주의 깊게 바라보더니 입을 열었다.

　　"안 돼! 그 양은 벌써 병이 들었는걸. 다시 하나 그려줘."

　　나는 옆에 있는 그림처럼 또 한 마리를 그렸다.

　　내 친구는 그제야 너그러운 모습으로 상냥한 미소를 지으며 말했다.

　　"보다시피…… 이건 양이 아니라 숫양이잖아. 뿔이 있으니까……."

　　그래서 나는 또다시 그렸다.

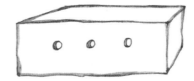

　　그러나 그것도 앞의 것들과 마찬가지로 퇴짜를 맞았다.

　　"그건 너무 늙었어. 난 오래 살 수 있는 양을 갖고 싶어."

　　나는 서둘러 비행기 모터를 분해해야 했으므로 더는 참지 못하고 그림 한 장을 되는대로 끼적거려놓고는 한마디 툭 던졌다. 그 그림이 옆에 있는 그림이다.

　　"이건 상자야. 네가 원하는 양은 그 안에 있어."

　　나는 나의 어린 심판관의 얼굴이 환히 밝아지는 걸 보고 속으로 놀라지 않을 수 없었다.

"이게 바로 내가 원하던 거야! 이 양을 먹이려면 풀을 많이 주어야 할까?"

"왜 그런 걸 묻지?"

"내가 사는 곳은 아주 작거든……."

"거기 있는 걸로 아마 충분할 거다. 내가 그려준 건 아주 작은 양이니까."

그는 고개를 숙여 그림을 들여다보았다.

"그렇게 작지도 않은걸…… 그런데 어머! 잠이 들었네……."

나는 이렇게 해서 어린 왕자를 알게 되었다.

3

그가 어디서 왔는지를 아는 데는 오랜 시간이 걸렸다. 어린 왕자는 내게 여러 가지 많은 것을 물어보면서도 내 질문에는 전혀 귀를 기울이는 것 같지 않았다. 그가 우연히 한 말들을 들으면서 조금씩 모든 것을 알게 되었다. 가령, 내 비행기를 처음 보았을 때 (내 비행기는 그리지 않으련다. 그것은 내가 그리기엔 너무나도 복잡한 그림이니까.) 그는 이렇게 물었다.

"이 물건은 도대체 뭐야?"

"이건 물건이 아냐. 날아다니는 거야. 비행기야. 내 비행기."

내가 날아다닌다는 것을 그에게 가르쳐주면서 나는 자랑스러워졌다. 그랬더니 그가 소리쳤다.

"뭐! 아저씨가 하늘에서 떨어졌다고?"

"그래." 나는 겸손하게 대답했다.

"야! 그것 참 재미있다……."

그리고 어린 왕자가 귀엽게 까르르 웃어댔다. 나는 그 웃음소리에 기분이 언짢아졌다. 내 불행을 진지하게 생각해주지 않는 것 같았기 때문이다.

"그럼 아저씨도 하늘에서 왔구나! 어느 별에서 왔어?"

나는 이 질문을 받자 문득 그의 존재의 신비로움을 이해하는 데 한줄기 빛이 비치는 것 같아 답을 하는 대신 불쑥 되물었다.

"그럼 넌 어느 별에서 왔니?"

하지만 그는 대답을 하지 않고 내 비행기를 바라보면서 천천히 고개만 끄덕였다.

"저걸 타고서는 멀리서 오진 못했겠군……."

그리고 한참 동안 꿈을 꾸듯 깊은 생각에 잠기더니 주머니에서 내가 그려준 양 그림을 꺼내고는 그 보물을 골똘히 들여다보았다.

그가 슬쩍 내비친 거의 고백이나 다름없는 '다른 별들' 이야기에 내가 얼마나 호기심으로 몸이 달았을지는 여러분도 충분히 짐작할 수 있을 것이다. 나는 조금 더 알아야만 했기에 계속해서 어린 왕자에게 질문을 던졌다.

"얘야, 넌 어디서 왔니? '네가 사는 곳'이란 어디를 두고 하는 말이니? 양을 어디로 데려가려는 거니?"

그는 말없이 생각에 잠겨 있다가 대답했다.

"아주 잘됐어. 아저씨가 준 상자가 밤에는 양에게는 집이 될 테니까 말야. 잘됐어."

"그렇고말고. 그리고 네가 얌전하게만 굴면 낮에 양을 매놓을 수 있는 고삐를 하나 줄게. 말뚝도 주고."

내 제안이 어린 왕자를 몹시 놀라게 한 듯했다.

"매놓다니! 참 괴상한 생각이네……."

"하지만 매놓지 않으면 아무 데나 돌아다니다가 길을 잃을지도 몰라."

그러자 내 친구는 다시 까르르 웃음을 터뜨렸다.

"아니, 가긴 어디로 가?"

소행성 B612에 서 있는 어린 왕자.

"어디든지, 곧장 앞으로……."

그랬더니 어린 왕자는 진지한 표정을 지으며 말했다.

"괜찮아, 내가 사는 곳은 아주 작으니까!"

그러고서는 어딘지 조금 서글픈 목소리로 다시 덧붙였다.

"앞으로 곧장 가봐야 멀리 갈 수도 없는걸……."

4

나는 이렇게 해서 아주 중요한 두 번째 사실을 알게 되었다. 그것은 그가 사는 별이 집 한 채보다 클까 말까 하다는 것이었다!

하지만 그건 내게 놀라운 일이 아니었다. 지구, 목성, 화성, 금성같이 사람들이 이름을 붙여놓은 커다란 떠돌이별들 말고도 몇백 개가 넘는 떠돌이별들이 있는데 어떤 것들은 너무나 작아서 망원경으로도 보기 힘들 정도라는 사실을 나는 잘 알고 있었던 것이다. 천문학자가 이런 작은 별을 발견하면 이름 대신 번호를 매겨준다. 이를 테면 "소행성 325" 하는 식으로 부르는 것이다.

나는 어린 왕자가 살던 별이 소행성 B612호라고 믿을 만한 상당한 근거를 가지고 있다. 그 행성은 1909년에 딱 한 번, 터키 천문학자의 망원경에 잡힌 적이 있었다.

그 당시 이 터키 천문학자는 국제 천문학회에서 자신의 발견을 당당하게 증명해 보였다. 그러나 그가 입은 옷 때문에 아무도 그의 말을

믿지 않았다. 어른들이란 모두 이런 식이다.

터키의 한 독재자가 국민들에게 서양식 옷을 입지 않으면 사형에 처한다고 강요한 것은 소행성 B612호의 명성을 위해서는 다행스러운 일이었다. 그 천문학자는 1920년에 아주 우아한 옷을 입고 다시 증명을 해 보였다. 그러자 이번에는 모두 그의 주장에 동의했다.

내가 소행성 B612호에 관한 이처럼 세세한 이야기들과 그 번호까지도 밝히는 것은 모두 어른들 때문이다. 어른들은 숫자를 좋아한다. 새로 친구를 사귀었다고 이야기를 하면 어른들은 가장 중요한 것은 물어보는 일이 없다. "그 애 목소리는 어떠니? 그 앤 어떤 놀이를 좋아하니? 나비를 수집하니?" 이런 질문들을 어른들은 절대로 하지 않는 것이다. 대신 "그 앤 몇 살이니? 형제는 몇이고? 몸무게는? 아버지 수입은 얼마나 되지?" 하고 묻는다. 그제야 그 친구가 어떤 사람인지 알게 되었다고 어른들은 생각하는 것이다. 만약 어른들에게 "장밋빛 벽돌집을 보았어요. 창가에는 제라늄 화분이 있고 지붕에는 비둘기들이 앉아 있는데요……"라고 말하면서 집을 그려 보이면 어른들은 그 집이 어떤 집인지 상상하지 못한다. 어른들에게는 "10만 프랑짜리 집을 보았어요"라고 말해야 한다. 그러면 그들은 "야, 근사하겠구나!" 하고 소리친다.

그래서 "어린 왕자가 멋진 아이였고, 웃었고, 또 양 한 마리를 갖고 싶어 했다는 사실들을 들어 어린 왕자가 정말로 있다는 증거로 삼는다"면 어른들은 어깨를 으쓱하고는 그렇게 말하는 여러분을 어린아이 취급할 것이다. "누군가 양 한 마리를 갖고 싶다고 하면 그것은 그가 정말로 존재하기 때문"이라고 말하면 안 되는 것이다. 반대로 "그가 떠나온 별은 소행성 B612호입니다"라고 숫자를 섞어서 말하면 수긍하고 더는 질문을 해대며 귀찮게 굴지 않을 것이다. 어른들은 다 그렇다. 그들을 나쁘게 생각해서는 안 된다. 어린 아이들은 어른들을 항상 너그럽게 대해야만 한다.

하지만 인생을 이해하는 우리는 오히려 숫자 같은 것은 아랑곳하지 않는다! 나는 이 이야기를 동화처럼 시작하고 싶었다. 이렇게 말하고 싶었던 것이다.

"옛날 옛날에 자기보다 좀 클까 말까 한 별에 어린 왕자가 살았는데, 그에게는 친구가 필요해……." 인생을 이해하는 사람들에게는 이런 식으로 시작되는 이야기가 훨씬 더 진실한 느낌을 주었을 것이다.

나는 사람들이 내가 쓴 이 책을 건성으로 읽지 않기를 바라기 때문에 이런 말을 하는 것이다. 이 추억을 이야기하자니 엄청난 슬픔이 밀려온다. 내 친구가 그의 양과 함께 떠나가 버린 지도 벌써 여섯 해가 된다. 내가 여기서 그를 묘사해보려고 애쓰는 것은 그를 잊지 않기 위해서다. 친구를 잊어버린다는 것은 슬픈 일이 아닐 수 없다. 누구에게나 다 친구가 있었던 것은 아니다. 나의 친구인 그를 잊는다면 나는 숫자밖에는 흥미가 없는 어른들과 똑같은 사람이 될지도 모른다. 내가 그림물감 한 상자와 연필 몇 자루를 산 것은 이런 까닭에서였다. 여섯 살 적에 속이 보이기도 하고 보이지 않기도 하는 보아뱀 말고는 그려본 일이 없는 사람이 이 나이에 다시 그림을 그린다는 것이 정말 얼마나 힘든 일이 될지 알 수가 없다! 물론 되도록 실물에 가까운 초상화를 그려보려고 노력은 하겠다. 하지만 꼭 성공하리란 자신은 없다. 어떤 그림은 괜찮은데 또 어떤 그림은 닮지를 않았다. 키도 그릴 때마다 조금씩

달라지곤 한다. 여기서는 어린 왕자가 너무 크고 저기서는 너무 작다. 그의 옷 색깔 역시 자신이 없다. 그래서 나는 이렇게 저렇게 더듬더듬 그려본다. 중요한 어떤 자세한 부분을 잘못 그릴지도 모른다. 하지만 그건 용서해주어야 한다. 내 친구는 설명 같은 것을 해준 적이 없기 때문이다. 내가 자기와 비슷하다고 생각했는지도 모르겠다. 그러나 불행히도 나는 상자 안쪽에 있는 양을 꿰뚫어 볼 줄 모른다. 나도 어쩌면 어른들처럼 되어버린 건 아닌지 모르겠다. 아마 늙어버린 모양이다.

5

나는 어린 왕자의 별과 출발과 여행들에 대해 날마다 조금씩 알아갈 수 있었다. 어린 왕자가 무심결에 하는 말들을 통해 서서히 알게 된 것이다. 바오밥나무의 비극적 이야기도 마찬가지로 그렇게 해서 사흘째 되는 날 알게 되었다.

이번에도 역시 양의 도움을 받았는데, 심각한 의문이라도 생긴 듯이 어린 왕자가 느닷없이 내게 물었다.

"양이 키 작은 관목들을 먹는다는 게 정말이야?"

"그럼, 정말이지."

"아! 그럼 잘됐네!"

양이 작은 나무를 먹는다는 것이 왜 그리 중요한 사실인지 나는 이해할 수가 없었다. 그러나 어린 왕자는 말을 이었다.

"그럼 바오밥나무도 먹겠지?"

나는 어린 왕자에게 바오밥나무는 작은 나무가 아니라 성당만큼이나 키가 큰 거대한 나무이며, 코끼리를 한 무리 데려간다 하더라도 바오밥나무 한 그루를 다 먹어 치우지 못할 것이라고 일러주었다.

코끼리 떼 한 무리라는 말에 어린 왕자는 웃으며 말했다.

"그러면 코끼리 위에 다른 코끼리를 포개놓아야겠네……."

그런데 그가 똑똑하게도 이런 말을 덧붙였다. "바오밥나무도 커다랗게 자라기 전에는 작은 나무지?"

"물론 그렇지! 그런데 너는 왜 양들이 작은 바오밥나무를 먹었으면 하는 거니?"

어린 왕자는 "아이 참!" 하며, 그것은 뻔한 것이라는 듯이 대꾸했다. 그래서 나는 혼자서 그 수수께끼를 푸느라 한참 동안 머리를 짜내야만 했다.

어린 왕자가 사는 별에는 실제로 다른 모든 별과 마찬가지로 좋은 풀과 나쁜 풀들이 있었다. 따라서 좋은 풀의 좋은 씨앗과 나쁜 풀의 나쁜 씨앗이 있었다. 하지만 씨앗은 눈에 보이지 않는다. 그것들은 땅속 깊이 은밀한 곳에 잠들어 있는데 그중 하나가 갑작스레 잠에서 깨어나고 싶다는 기분에 사로잡힌다. 그러면 그 씨앗은 기지개를 켜고, 아무 해가 없는 귀엽고 조그만 싹을 태양을 향해 쏘옥 내민다. 그것이 무나 장미의 싹이면 그대로 내버려두어도 된다. 하지만 나쁜 식물의 싹이면 눈에 띄는 대로 뽑아버려야 한다. 그런데 어린 왕자의 별에는 무서운 씨앗들이 있었다……. 바오밥나무 씨앗이었다. 그 별의 땅은 바오밥나무 씨앗투성이였다. 그런데 바오밥나무는 너무 늦게 손을 쓰면 영영 없앨 수가 없게 된다. 바오밥나무가 별을 온통 차지하고

는 뿌리를 내리면서 별에 구멍을 뚫어버린다. 그래서 별은 작은데 바오밥나무가 너무 많으면 나무들이 끝내 별을 산산조각 내고 마는 것이다.

"그건 규율의 문제야." 훗날 어린 왕자가 말했다. "아침에 몸단장을 하고 나면 정성 들여 별을 몸단장해줘야 해. 규칙적으로 신경을 써서 장미

나무들과 구별할 수 있게 되면 바로 그 바오밥나무를 뽑아주어야 해. 바오밥나무가 아주 어릴 때는 장미와 매우 비슷하거든. 귀찮기는 하지만 쉬운 일이야."

하루는 내게 어린 왕자가 내가 사는 나라의 어린이들 머릿속에 꼭 박히도록 예쁜 그림 하나를 잘 그려보라고 충고했다. "아이들이 언젠가 여행을 할 때 그게 도움이 될 수도 있을 거야. 할일을 뒤로 미뤄도 때로는 아무렇지도 않을 수 있지만 바오밥나무의 경우에는 그랬다가는 큰 재난이 따르는 법이야. 게으름뱅이가 사는 어느 별을 알아. 그는 작은 나무 세 그루를 무심히 내버려두었는데 그게 그만······.”

　그래서 어린 왕자가 가르쳐주는 대로 나는 게으름뱅이의 별을 그렸다. 나는 성인군자 같은 어투로 말하기는 싫다. 그러나 사람들이 바오밥나무의 위험을 너무도 모르고, 혹시 소행성에 들어가서 길을 잃게 될지도 모를 사람이 있다면 그가 겪을 위험이 너무 크기 때문에, 처음이자 마지막으로 성인군자 같은 어투로 이렇게 말하려 한다. “어린이들이여! 바오밥나무를 조심하라!” 내가 이 그림에 이처럼 정성을 들인 것은 내 친구들이 오래전부터 나처럼 멋모르고 지나쳤던 그 위험을 알려주기 위해서다. 이 그림을 통해 내가 전하는 교훈은 소중한 것이어서 이 그림을 그리느라 수고할 만한 가치가 있다. 어쩌면 여러분은 내게 다음과 같이 물을지도 모른다. 이 책에 있는 다른 그림들은 왜 바오밥나무 그림만큼 웅장하지 않느냐고.

　대답은 간단하다. 다른 그림들도 그렇게 그리려 애써보았지만 뜻대로 잘되지 않았다. 바오밥나무를 그릴 때에는 급박한 마음에 나도 모르게 열심이 솟아났던 것이다.

6

　아! 어린 왕자, 난 이렇게 해서 너의 작고 쓸쓸한 생활을 조금씩 조금씩 알아가게 되었어. 너는 오랫동안 마음을 아늑하게 해주는 해 질 녘 풍경 말고는 달리 마음을 달랠 데가 없었지. 나흘째 되는 날 아침, 나는 그 새로운 사실을 알았지. 네가 내게 이렇게 말했거든.

　“나는 해가 지는 풍경을 좋아해. 해 지는 걸 보러 가자······.”

　“하지만 기다려야 해······.”

　“뭘 기다려?”

　“해가 지길 기다려야지.”

　너는 처음에는 몹시 놀란 표정이었으나 곧 스스로 생각해도 우습다는 듯 웃음을 터뜨렸지. 그리고 말했지. "내가 아직도 내 별에 있는 줄 알았거든!"

　실제로 그랬다. 모두 알고 있듯이 미국이 정오일 때 프랑스에서는 해가 진다. 프랑스로 단숨에 달려갈 수만 있다면 해가 지는 광경을 볼 수 있을 것이다. 그러나 안타깝게도 프랑스는 너무 멀리 떨어져 있다. 하지만 너의 조그만 별에서는 의자를 몇 발짝 뒤로 물려놓기만 하면 된다. 그래서 언제나 원할 때면 너는 해가 지는 석양을 바라볼 수 있었어……

"어느 날 나는 해가 지는 걸 마흔네 번이나 보았어!"

잠시 후 넌 다시 말했지.

"아저씨도 알겠지만, 너무 슬플 때에는 해 지는 풍경을 좋아하게 되고 말아……."

"마흔네 번이나 본 날, 그럼 너는 그만큼 몹시 슬펐다는 거구나?"

그러나 어린 왕자는 이 질문에는 아무 대답이 없었다.

7

닷새째 되는 날, 역시 양 덕분에 어린 왕자의 생활에 있는 비밀을 한 가지 더 알게 되었다. 어린 왕자가 불쑥, 오랫동안 혼자 어떤 문제를 곰곰이 생각하던 끝에 튀어나온 말인 듯 느닷없이 내게 물었다.

"양은 작은 나무를 먹으니까 꽃도 먹겠지?"

"양은 닥치는 대로 다 먹지."

"가시가 있는 꽃도?"

"그럼. 가시가 있는 꽃도 먹고말고."

"그럼 가시는 무슨 소용이 있는 거야?"

난 알지 못했다. 나는 그때 모터에 꼭 조여진 볼트를 풀어내느라 온 정신을 다 쏟고 있었다. 비행기 고장이 아주 심각한 것처럼 보이기 시작했고 무엇보다 마실 물이 바닥을 보여서 최악의 상태가 닥칠까 싶어 무척 불안했다.

"가시는 무슨 소용이 있는 거지?"

어린 왕자는 한번 질문을 하면 쉽게 포기하는 적이 없었다. 나는 볼트 때문에 신경이 곤두서 있어서 되는대로 아무렇게나 대답을 해버렸다.

"가시는 아무짝에도 쓸모가 없어. 꽃들이 공연히 심술부리는 거지."

"아!"

잠시 아무 말이 없다가 어린 왕자는 원망스럽다는 듯 나에게 이렇게 톡 쏘아붙였다.

"그럴 리가 없어! 꽃들은 연약해. 순진하고. 꽃들은 자신들이 할 수 있는 대로 자신을 보호하려는 거야. 가시가 있으니까 무서운 존재가 된 줄로 믿는 거야……."

나는 아무 대꾸도 하지 않았다. 그 순간 나는 '이 볼트가 계속 버티면 망치로 두들겨서라도 빼내야지' 하는 생각을 했다. 그때 어린 왕자가 또다시 내 생각을 방해하며 말을 걸어왔다.

"그럼 아저씨 생각으로는 꽃들이……."

"아니야, 아니야! 난 아무 생각도 안 했어! 그냥 되는 대로 대답했을 뿐이야. 내겐 지금 해야 할 아주 중요한 일들이 있어!"

그는 깜짝 놀라서 나를 쳐다봤다.

"중요한 일이라고?"

망치를 손에 들고 손가락은 시꺼멓게 기름투성이가 되어 그가 보기에는 매우 흉측해 보이는 물체 위로 몸을 기울이는 나의 모습을 어린 왕자가 바라보고 있었다.

"아저씨는 어른들처럼 말하잖아!"

그 말에 나는 조금 부끄러워졌다. 그런데도 그는 사정없이 덧붙였다.

"아저씨는 모든 걸 혼동하고 있어…… 모든 걸 마구 뒤섞고 있어!"

그는 정말로 화가 나 있었다. 불어오는 바람에 온통 금빛인 그의 머리칼이 휘날렸다.

"나는 진홍빛 얼굴을 한 신사가 사는 별을 알아. 그는 꽃향기라고는 맡아본 적이 없는 사람이야. 별을 바라본 적도 없고. 아무도 사랑해본 일도 없고. 오로지 계산만 하면서 살아왔어. 그래서 하루 종일 아저씨처럼 '나는 중요한 일을 하는 사람이야. 중요한 일을 하는 사람이야'라고 똑같은 말만 되풀이하면서 마음이 교만으로 가득 차 있었어. 하지만 그건 사람이 아니야. 버섯이지!"

"뭐라고!"

"버섯이라니까!"

어린 왕자는 화가 나서 얼굴이 하얗게 질렸다.

"몇백만 년 전부터 꽃들은 가시를 만들어왔어. 양도 몇백만 년 전부터 그 꽃들을 먹어왔고. 그런데도 꽃들이 아무짝에도 쓸모없는 가시를 왜 만들어 내는지 알아보는 게 중요한 일이 아니란 말이야? 양과 꽃들이 전쟁을 하는데 그런 건 중요한 게 아니라는 거지? 그런 건 시뻘건 얼굴의 뚱뚱한 신사가 하는 계산보다 더 중요한 게 못 된다는 거지? 그래서 이 세상 어디에도 없고 오직 나의 별에만 있는, 이 세상에 단 하나뿐인 한 송이 꽃을 내가 알고 있고, 작은 양이 어느 날 아침 자기가 무슨 짓을 하는지 알지도 못한 채 단번에 그 꽃을 먹어버릴 수도 있는데 이런 건 모두 하나도 중요하지 않다는 말이지?"

어린 왕자는 얼굴이 빨개져서 말을 이어갔다.

"몇백만 개의 별들 속에서 단 한 송이밖에 존재하지 않는 꽃을 사랑하는 사람은 그 별들을 바라보는 것만으로도 행복할 거야. 속으로 '내 꽃이 저 하늘 어딘가에 있겠지……' 하고 생각할 수 있거든. 하지만 양이 그 꽃을 먹어버린다면 그에게는 갑자기 하늘의 모든 별이 사라지는 것과 마찬가지일 거야! 그런데도 그게 중요하지 않다는 거야?"

어린 왕자는 더 말을 잇지 못하더니 별안간 흐느껴 울기 시작했다. 어둠이 내린 뒤였다. 나는 손에서 연장을 놓아버렸다. 망치도, 볼트도, 목마름도, 죽음도 모두 하찮게 생각되었다. 어떤 별, 어떤 행성 위에, 나의 별인 이 지구 위에 내가 위로해주어야 할 어린 왕자가 하나 있는 것이다! 나는 두 팔로 그를 끌어안았다. 그리고 부드럽게 흔들면서 그에게 말했다. "네가 사랑하는 꽃은 이제 위험하지 않아…… 내가 양의 입에 채울 부리망을 하나 그려줄 테니까…… 너의 꽃을 위해서는 갑옷도 하나 그려줄게…… 나는 또…….." 더는 무어라 말을 해야 좋을지 알 수 없었다. 나 자신이 무척 서툴게 느껴졌다. 어떻게 그를 진정시키고, 어떻게 해야 그의 마음을 다시 붙잡을 수 있을지…… 난 알 수 없었다. 눈물의 나라는 그처럼 신비로운 것이었다!

8

　나는 곧 그 꽃에 대해 더 잘 알게 되었다. 어린 왕자의 별에는 전부터 꽃잎이 한 겹인 아주 소박한 꽃들이 있었다. 그 꽃들은 거의 자리를 차지하지 않았고 누구의 마음도 혼란스럽게 하지 않았다. 그것들은 어느 날 아침 풀숲에 나타났다가는 저녁이 되면 사그라졌다. 그런데 어딘지 모를 곳에서 날아온 씨앗에서 그 꽃의 싹이 텄고, 싹이 자라자 어린 왕자는 다른 꽃들의 가지와는 닮지 않은 그 꽃의 여린 가지들을 아주 가까이에서 감시했다. 어쩌면 새로운 종류의 바오밥나무인지도 모를 노릇이었다. 그러나 그 작은 나무는 곧 성장을 멈추고 꽃을 피울 준비를 하기 시작했다. 커다란 꽃망울이 자리를 잡아가는 것을 지켜보던 어린 왕자는 어떤 기적이 일어나 새로운 모습이 나타날 것만 같은 예감이 들었다. 그러나 꽃은 그 초록색 방에 숨어 언제까지고 아름다워질 준비만 하고 있었다. 꽃은 세심하게 빛깔을 고르고 있었다. 천천히 옷을 입으면서 꽃잎을 하나씩 하나씩 다듬고 있었다. 그 꽃은 개양귀비꽃처럼 후줄근한 모습으로 밖에 나타나고 싶지 않았다. 자신의 아름다움이 한껏 밝은 빛을 발할 때, 그때 비로소 모습을 보이고 싶었다. 아! 너무나도 귀여운 꽃이었다! 그 꽃의 신비스러운 몸단장은 며칠이고 계속되었다. 그리하여 어느 날 아침, 해가 떠오르는 바로 그 시각에 그 꽃은 마침내 모습을 드러냈다.

그런데 그처럼 공들여서 몸치장을 했으면서도 그 꽃은 하품을 하며 말했다.

"아! 이제 막 잠이 깼답니다…… 죄송해요…… 제 머리가 온통 헝클어져 있네요……."

하지만 그때 어린 왕자는 감탄을 억누를 수 없었다.

"정말 아름답군요!"

"그렇죠? 그리고 난 해와 같은 시간에 태어났답니다……." 꽃이 살며시 대답했다.

어린 왕자는 꽃이 그다지 겸손하지는 않다는 점을 알아챘다. 하지만 그 꽃은 너무도 마음을 설레게 하지 않는가?

잠시 후 꽃이 다시 말했다. "아침 식사를 할 시간이군요. 친절을 베풀어 제 생각을 좀 해주시겠어요……." 어린 왕자는 그 말에 어쩔 줄 몰라 하며 신선한 물이 담긴 물뿌리개를 찾아다가 물을 뿌리고 꽃의 시중을 들었다.

이렇게 그 꽃은 태어나자마자 까다로운 허영심으로 그를 괴롭혔다. 어느 날은 자기가 갖고 있는 네 개의 가시 이야기를 하면서 이렇게 말하기도 했다.

"호랑이들이 발톱을 세우고 와도 좋아요!"

"내 별에는 호랑이는 없어요. 그리고 호랑이는 풀을 먹지도 않아요"라고 어린 왕자는 이의를 제기했다.

"저는 풀이 아니에요." 그 꽃이 살며시 대답했다.

"미안해요……."

"난 호랑이 따위는 조금도 무섭지 않지만 바람은 질색이랍니다. 혹시 바람막이 같은 것이 있으세요?"

'바람이 질색이라…… 식물로서는 안된 일이군. 이 꽃은 여간 까다로운 게 아니야…….' 어린 왕자는 이렇게 예사롭지 않게 받아들였다.

"저녁에는 나에게 유리 덮개를 씌워주세요. 당신의 별은 매우 춥군요. 설비도 좋지 않고요. 내가 살던 곳은……."

그러나 꽃은 더는 말을 잇지 못했다. 그 꽃은 씨앗의 형태로 온 것이었다. 다른 세상에 대해서 아는 게 있을 리가 없었다. 그처럼 뻔한 거짓말을 하려다 들킨 게 부끄러워진 꽃은 어찌 됐든 어린 왕자에게 잘못을 뒤집어씌울 생각에 연거푸 두세 번 기침을 해댔다.

"내가 말한 바람막이는요?"

"찾아보려는 참이었는데 당신이 말을 계속했잖아요!"

그러자 꽃은 그래도 어린 왕자에게 가책을 느끼게 하려고 억지 기침을 했다.

그리하여 어린 왕자는 사랑에서 우러나온 선한 마음을 가지고 있으면서도 꽃을 의심하기 시작했다. 그는 대수롭지 않은 말들을 심각하게 받아들였고 그 결과 몹시 불행해졌다.

어느 날 그는 나에게 속마음을 털어놓았다. "꽃의 말에 귀를 기울이지 말았어야 해. 꽃들의 말엔 절대로 귀를 기울이면 안 되는 법이야. 바라보고 향기를 맡기만 해야 해. 내 꽃은 내 별을 향기로 뒤덮었어. 그런데도 나는 그것을 즐길 줄 몰랐어. 그 발톱 이야기에 정말 화가 났지만 실은 가엾게 여겼어야 옳았던 거야……."

그는 또 이렇게도 말했다.

"나는 그때 아무것도 이해할 줄 몰랐어. 그 꽃의 말이 아니라 행동을 보고 판단했어야만 해. 그 꽃은 나에게 향기를 선사했고 내 마음을 환하게 해주었어. 결코 도망치지 말았어야 하는 건데! 그 어설픈 속임수들 뒤에 숨어 있는 사랑을 눈치챘어야 하는 건데 그랬어. 꽃들은 원래 그처럼 모순된 존재거든! 하지만 난 꽃을 사랑하기에는 너무 어렸던 거야."

9

나는 어린 왕자가 철새들의 이동을 이용해서 그의 별을 떠나왔으리라 짐작한다. 떠나는 날 아침 그는 별을 깨끗하게 정돈해놓았다. 불을 뿜는 화산을 쑤셔가며 정성스레 청소했다. 그의 별에는 불을 뿜는 활화산이 두 개 있었다. 그 화산들은 아침밥을 데우는 데 아주 편리했다. 불이 꺼진 화산도 하나 있었다. 그러나 그의 말처럼 "어떻게 될지 알 수 없는 일이었다." 그는 그래서 불 꺼진 사화산도 잘 청소했다. 화산들은 잘 청소되어 있을 때는 폭발하지 않고 부드럽게, 규칙적으로 타오른다. 화산의 폭발은 벽난로의 불과 마찬가지인 것이다. 물론 우리가 사는 지구 위에 있는 화산을 청소하기에는 우리가 너무 작다. 그래서 화산이 폭발하고 우리는 숱한 곤란을 겪게 된다.

어린 왕자는 좀 서글픈 심정으로 이제 막 돋아난 바오밥나무의 싹들도 뽑아냈다. 그는 다시는 돌아오지 못할 수도 있다고 생각했다. 그런데 손에 익은 그 모든 일이 그날 아침엔 유난히 다정하게 느껴졌다. 그래서 그 꽃에 마지막으로 물을 주고 유리 덮개를 씌워주려는 순간 그는 울고 싶은 심정이 되었다.

"잘 있어." 그가 꽃에게 말했다.

그러나 꽃한테서는 아무 대답이 없었다.

"잘 있어." 그가 다시 한 번 더 말했다.

꽃은 기침을 했다. 하지만 감기 때문이 아니었다.

"내가 어리석었어." 마침내 꽃이 입을 열었다. "용서해줘. 부디 행복하게 지내."

비난조의 말을 들을 줄 알았던 어린 왕자는 놀라고 말았다. 그는 유리 덮개를 공중에 든 채로 어찌할 바를 몰라 멍하니 서 있었다. 꽃의 그 차분하고 다정한 태도를 도저히 이해할 수 없었다.

"그래, 난 너를 좋아해." 꽃이 말했다. "넌 그걸 전혀 몰랐지. 내 잘못이었어. 아무래도 좋아. 하지만 너도 나만큼 바보였어. 부디 행복해…… 유리 덮개는 내버려둬. 그런 건 이제 필요 없어."

"하지만 바람이 불면……."

"내 감기가 그리 대단한 건 아냐…… 서늘한 밤공기는 오히려 내게 좋을 거야. 난 꽃이니까."

"하지만 짐승들이……."

"나비들을 만나려면 두세 마리 벌레쯤은 견뎌야지. 나비는 정말 아름다운 것 같아. 나비가 아니면 누가 나를 찾아주겠어? 너는 멀리 있을 테고. 커다란

그는 불을 뿜는 화산을 쑤셔가며 정성스레 청소했다.

짐승들은 두렵지 않아. 나한테는 발톱들이 있으니까."

그러면서 그녀는 천진난만하게 네 개의 가시를 꺼내서 보여주었다. 그러고는 몇 마디 덧붙였다.

"그렇게 꾸물거리지 마. 자꾸 신경 쓰이잖아. 떠나기로 결심했으면 빨리 가."

꽃은 울고 있는 자신의 모습을 어린 왕자에게 보이고 싶지 않았다. 그토록 자존심이 강한 꽃이었다……

10

그의 별은 소행성 325, 326, 327, 328, 329, 330과 같은 구역에 있었다. 그래서 어린 왕자는 일거리를 구하고 견문도 넓힐 생각으로 같은 구역에 있는 이 별들부터 찾아보기로 했다.

첫 번째 별에는 왕이 살고 있었다. 그 왕은 자줏빛 천과 흰 담비 모피로 지은 옷을 입고 매우 단순하면서도 위엄 있는 왕좌에 앉아 있었다.

"아! 신하가 하나 오는군!" 어린 왕자가 오는 것을 보자 왕이 큰 소리로 외쳤다. 어린 왕자는 의아한 생각이 들었다. '나를 한 번도 본 적이 없는데 어떻게 나를 알아본단 말인가!'

왕에게는 세상이 아주 간단하다는 것을 어린 왕자는 모르고 있었다. 왕에게는 모든 사람이 다 신하였던 것이다.

"짐이 너를 좀 더 잘 볼 수 있게 가까이 다가오너라." 어떤 사람의 왕 노릇을 하게 된 것이 무척 자랑스러워진 왕이 말했다.

어린 왕자가 앉을자리를 찾았으나 그 별은 흰 담비 모피의 호화스러운 망토로 온통 다 뒤덮여 있었다. 그래서 그는 서 있었고 피곤해서 하품을 하고 말았다.

"왕의 면전에서 하품하는 것은 궁정 예법에 어긋나는 일이니라. 하여 하품을 금지하노라." 왕이 말했다.

"하품을 참을 수가 없어요. 먼길을 여행해서 오느라 잠을 자지 못했거든요……." 어리둥절해진 어린 왕자가 말했다.

"그렇다면 네게 명하노니 하품을 하도록 하라." 왕이 말했다. "하품하는 것을 본 지도 여러 해가 되었구나. 하품하는 모습은 짐에게는 신기한 구경거리니라. 자! 또 한 번 하품을 해보아라. 어명이니라."

"그렇게 말씀하시니까 겁이 나서, 어찌…… 하품이 나오지 않는군요……." 얼굴을 붉히며 어린 왕자가 말했다.

"으흠! 으흠!" 왕이 대답했다.

"그렇다면, 짐은 이제…… 그대에게 명하노니, 어떤 때는 하품을 하고 어떤 때는 하지 말……."

왕은 뭐라고 빠른 어조로 중얼중얼했다. 화가 난 기색이었다.

왜냐하면 왕은 무엇보다 자신의 권위가 존중되기를 원했기 때문이다. 불복종은 용서할 수 없는 것이었다. 그는 절대군주였던 것이다. 하지만 왕은 동시에 매우 선량한 사람이었기에 사리에 맞는 명령을 내렸다.

"만약에 짐이 어떤 장군더러 물새로 변하라고 명령했는데 장군이 이 명령에 따르지 않았다면 그건 그 장군의 잘못이 아니니라, 그건 짐의 잘못이니라"라고 그는 평상시에 늘 말하곤 했다.

"앉아도 될까요?" 어린 왕자가 기어들어 가는 목소리로 물었다. 그러자 흰 담비 모피로 된 망토 한 자락을 위엄 있게 걷어올리며 왕이 대답했다.

"너에게 앉기를 명하노라."

그러나 어린 왕자는 의아해했다. 별은 아주 조그마했다. 왕이 여기서 대체 무엇을 다스린다는 거지?

"폐하…… 한 가지 여쭈어봐도 될까요……."

"네게 명하노니 질문을 하라."

"폐하…… 폐하께서는 무엇을 다스리고 계신지요?"

"모든 것을 다스리노라." 왕은 아주 간단히 대답했다.

"모든 것을요?"

왕은 신중한 몸짓으로 자신의 별과 다른 모든 행성과 항성을 가리켰다.

"그 모든 것을 다요?" 어린 왕자가 물었다.

"그 모든 것을 내가 다스리노라……." 왕이 대답했다

그는 절대군주였을 뿐 아니라 온 우주의 왕이기도 했던 것이다.

"그럼 별들도 폐하께 복종하나요?"

"물론이니라. 즉각 복종하노라. 규율을 어기는 것을 짐은 용서치 아니하니
라." 왕이 말했다.

그러한 굉장한 권력에 어린 왕자는 경탄했다. 그도 그러한 권능을 가질 수 있다면 의자를 뒤로 물리지 않고서도 하루에 마흔네 번 아니라 일흔두 번이라도, 아니 백 번, 이백 번이라도 해가 지는 풍경을 볼 수 있을 게 아닌가! 그래서 버려두고 온 그의 작은 별에 대한 추억 때문에 조금 슬퍼져서 어린 왕자는 용기를 내어 왕께 간곡히 청을 드려보았다.

"저는 해가 지는 것을 보고 싶습니다…… 부디 저를 기쁘게 해주세요…… 해가 저물도록 명을 내려주세요……."

"짐이 어떤 장군에게 나비처럼 이 꽃에서 저 꽃으로 날아다닐 것을 명령하거나 비극 작품을 한 편 쓰라고 명령하거나 혹은 바닷새로 변하도록 명령했는데 장군이 그 명령을 받고도 명령을 수행하지 않는다면 그의 잘못일까, 짐의 잘못일까?"

"폐하의 잘못이시지요." 어린 왕자가 단호하게 말했다.

"옳으니라. 누구에게든 그가 이행할 수 있는 것을 요구해야 하는 법이니라." 왕은 계속 말을 이어갔다. "권위는 무엇보다도 사리에 근거를 두어야 하느니라. 만일 네가 너의 백성에게 바다에 몸을 던지라고 명령한다면 그들은 혁명을 일으킬 것이니라. 내가 복종을 요구할 권한을 갖는 것은 나의 명령들이 이치에 맞는 까닭이다."

"그럼 제가 해 지는 것을 보게 해주십사 한 것은요?" 한번 한 질문은 절대로 잊어버리지 않는 어린 왕자가 왕에게 자신의 부탁을 상기시켰다.

"해가 지는 것을 보게 해주겠노라. 짐이 꼭 그렇게 하도록 하겠노라. 하지만 내 통치술에 따라 조건이 갖춰질 때까지 기다리겠노라."

"언제 그렇게 되나요?" 어린 왕자가 캐물었다.

"으흠! 으흠!" 왕은 먼저 큼직한 달력을 들추면서 대답했다. "오늘 저녁…… 오늘 저녁…… 오늘 저녁 일곱 시 사십 분경이 될 것이니라! 그때가 되면 너는 짐의 명령이 얼마나 잘 이행되는지 보게 될 것이다."

어린 왕자는 하품을 해댔다. 해 지는 것을 못 보게 되어 섭섭했다. 그리고 벌써 조금 지루해졌다.

"이제 저는 여기서 더는 할일이 없군요. 다시 떠나가 보겠습니다!"

"떠나지 말라." 신하를 두게 되어 몹시 자랑스러웠던 왕이 대답했다. "떠나지 말라, 너를 대신으로 임명하노라!"

"무슨 대신이오?"

"음…… 법무대신이니라!"

"하지만 재판할 사람이 아무도 없는데요!"

"그건 아직 모를 일이다." 왕이 말했다. "짐은 아직 왕국을 다 순시해보지 않았느니라. 짐은 매우 연로한데 사륜마차를 둘 자리도 없고, 걸어 다니자니 피곤해서 그만."

"아! 제가 벌써 다 보았어요." 허리를 굽혀 별의 저쪽을 다시 한 번 바라보며 어린 왕자가 말했다. "저쪽에도 아무도 없는데요……."

"그럼 너 자신을 심판하거라. 그것이 가장 어려운 일이니라. 다른 사람을 심판하는 것보다 자기 자신을 심판하는 게 훨씬 어려운 법이거든. 네가 너 스스로를 훌륭하게 심판할 수 있다면 그건 네가 참으로 지혜로운 사람인 까닭이니라." 왕이 대답했다.

"저는 어디서든 저를 심판할 수 있어요. 꼭 여기서 살 필요는 없습니다." 어린 왕자가 말했다.

"으흠! 으흠! 짐의 별 어딘가에 늙은 쥐 한 마리가 있는 것만 같구나. 밤이면 소리가 들리느니라. 그 늙은 쥐를 심판하거라. 때때로 그를 사형에 처해도 좋다. 그러면 그의 생명이 너의 심판에 달려 있게 될 것이다. 그러나 매번 그에게 특사를 내려 그를 아끼도록 하라. 단 한 마리밖에 없으니 말이다." 왕이 대답했다.

"저는 사형선고를 내리는 건 싫습니다. 아무래도 난 가야겠습니다." 어린 왕자가 대답했다.

"안 된다." 왕이 말했다.

어린 왕자는 떠날 채비를 마쳤으나 늙은 왕의 마음을 상하게 하고 싶지는 않았다.

"폐하의 명령이 어김없이 복종되길 원하신다면 제게 이치에 맞는 명령을 내려주시면 되지 않습니까. 이를테면 일 분 내로 떠나도록 제게 명령을 내릴 수 있으십니다. 제 생각에는 지금 조건이 다 마련된 것 같습니다만……."

왕이 아무 대답도 하지 않았으므로, 어린 왕자는 머뭇거리다가 한숨을 한 번 내쉬고는 별을 떠났다.

그때 왕이 황급히 외쳤다. "너를 짐의 대사로 임명하노라."

왕에게서는 위엄이 넘쳐났다.

'어른들은 정말 이상해.' 어린 왕자는 여행을 하면서 속으로 이렇게 중얼거렸다.

11

두 번째 별에는 허영심에 젖은 사람이 살고 있었다.

"아! 아! 저기 나를 찬양하는 사람이 찾아오는군!" 어린 왕자가 눈에 들어오자마자 허영심 많은 사람이 멀리서부터 외쳤다.

허영심 많은 사람들에겐 다른 사람 모두가 자기를 찬양해주는 사람들로 보이는 것이다.

"안녕하세요. 야릇한 모자를 쓰고 계시군요." 어린 왕자가 말했다.

"인사를 하기 위해서지." 허영심 많은 사람이 대답했다. "나에게 사람들이 박수를 치고 환호를 보낼 때 답례를 하기 위해서인 거야. 그런데 불행하게도 이리로 지나가는 사람이 아무도 없어."

"아, 그래요?" 무슨 말인지 잘 알아듣지 못한 어린 왕자가 물었다.

그러자 허영심 많은 사람이 "두 손을 마주 두드려봐"라고 가르쳐주었다.

어린 왕자는 두 손을 마주 두드렸다. 허영심 많은 사람이 모자를 들어올리며 점잖게 답례했다.

'왕을 방문할 때보다 더 재미있군.' 어린 왕자는 속으로 중얼거렸다. 그래서 그는 다시 두 손을 마주 두드렸다. 허영심 많은 사람이 모자를 들어올리며 다시 답례했다.

오 분쯤 되풀이하고 나니 어린 왕자는 그 장난이 재미없어졌다.

"어떻게 하면 모자가 떨어지지요?" 어린 왕자가 물었다.

그러나 허영심 많은 사람은 어린 왕자의 말을 듣지 못했다. 허영심 많은 사람들에게는 오로지 칭찬하는 말만 들리는 법이다.

"너는 정말로 나를 그렇게 찬양하는 거니?" 그가 어린 왕자에게 물었다.

"찬양한다는 게 뭔데요?"

"찬양한다는 건 내가 이 별에서 가장 미남이고, 가장 옷을 잘 입으며, 가장 부자이고, 가장 똑똑한 사람이라고 인정해주는 거지."

"하지만 이 별에는 아저씨 혼자밖에 없잖아요!"

"나를 기쁘게 해줘. 어쨌든 나를 찬양해주면 그만이야."

"아저씨를 찬양해요. 그런데 그게 아저씨하고 무슨 상관이 있어요?"

어깨를 조금 들썩하면서 어린 왕자가 말했다. 그리고 어린 왕자는 그 별을 떠났다.

'어른들은 정말 참 이상해.'

어린 왕자는 여행을 하면서 속으로 이렇게 중얼거렸다.

12

그다음 별에는 술꾼이 살고 있었다. 아주 짧은 방문이었지만 어린 왕자는 깊은 우울에 빠져버렸다.

"거기서 뭘 하고 있어요?"

빈병 한 무더기와 술이 가득 찬 병 한 무더기를 앞에 놓고 아무 말 없이 앉아 있는 술꾼을 보고 어린 왕자가 물었다.

"술을 마시고 있어." 침울한 표정으로 술꾼이 대꾸했다.

"왜 술을 마셔요?" 어린 왕자가 물었다.

"잊기 위해서지." 술꾼이 대답했다.

"무엇을 잊으려고요?" 벌써 측은한 생각이 든 어린 왕자가 물었다.

"부끄러움을 잊으려고." 머리를 숙이며 술꾼이 대답했다.

"뭐가 부끄러운데요?" 돕고 싶다는 생각에 어린 왕자가 자세히 캐물었다.

"술을 마시는 게 부끄러워!" 이렇게 말하고 술꾼은 입을 다물어버렸다.

그래서 난처해진 어린 왕자는 그 별을 떠났다.

'어른들은 정말 정말 참 이상해.' 어린 왕자는 여행을 하면서 속으로 이렇게 중얼거렸다.

13

네 번째 별은 사업가의 별이었다. 그 사람은 어찌나 바쁜지 어린 왕자가 왔지만 고개도 들지 않았다.

"안녕하세요. 담뱃불이 꺼졌네요." 어린 왕자가 말했다.

"셋에다 둘을 더하면 다섯, 다섯에다 일곱을 더하면 열둘, 열둘에 셋을 더하면 열다섯. 안녕. 열다섯에 일곱을 더하면 스물둘, 스물둘에 여섯을 더하면 스물여덟. 다시 담뱃불을 붙일 시간이 없어. 스물여섯에 다섯을 더하면 서른하나라. 후유! 그러니까 5억 162만 2,731이 되는구나."

"뭐가 5억이란 거예요?"

"응? 너 아직도 거기 있었니? 5억 100만…… 뭐더라…… 생각이 안 나는구나…… 너무 일이 많아서 도대체…… 나는 중요한 일을 하는 사람이야. 허튼소리 할 시간이 없어! 둘에다 다섯을 더하면 일곱……."

"무엇이 5억이에요?" 한번 한 질문은 절대 포기해본 적이 없는 어린 왕자가 다시 물었다.

사업가가 머리를 들었다.

"이 별에서 54년 동안 살고 있는데 내가 방해를 받은 적은 딱 세 번뿐이었어. 첫 번째는 22년 전이었는데, 어디서 날아왔는지 모를 웬 풍뎅이가 떨어졌어. 글쎄 그놈이 요란한 소리를 내는 바람에 덧셈을 계산하다가 네 군데나 틀렸지. 두 번째는 11년 전이었는데, 류머티즘이라는 신경통 때문이었어. 난 운동 부족이거든. 한가하게 산보나 하고 그럴 시간이 없으니까. 난 중요한 일을 하는 사람이라서 그래. 세 번째는…… 바로 지금이야! 가만있자, 내가 조금 전에 5억 100만 하고……."

"무엇이 5억 100만 이라는 거예요?"

사업가는 조용히 일하기는 글렀다는 걸 깨달았다.

"때때로 하늘에 보이는 그 작은 것들 말이다."

"파리 떼?"

"천만에. 반짝거리는 작은 것들 말이다."

"꿀벌?"

"천만에. 게으름뱅이들을 멍청히 공상에 빠지게 만드는 금빛으로 빛나는 작은 것들 말이야. 한데 난 중요한 일을 하는 사람이거든! 공상에 잠길 시간이 없어."

"아! 별 말이군요?"

"그래, 맞았어. 별들이야."

"5억 개의 별들을 가지고 뭘 하는 거예요?"

"5억 162만 2,731개야. 나는 중요한 일을 하는 사람이야. 또 난 정확해."

"그 별들을 가지고 뭘 하는 거예요?"

"뭘 하느냐고?"

"네."

"아무것도 안 해. 그것들을 소유하는 거야."

"별들을 소유한다고요?"

"그래."

"하지만 내가 전에 본 어느 왕은……."

"왕은 소유하지 않아. 그들은 '다스리지.' 그건 아주 다른 얘기야."

"그럼 그 별들을 소유하는 게 아저씨에게 무슨 소용이 되나요?"

"부자가 되는 거지."

"부자가 되는 게 무슨 소용이 있어요?"

"다른 별들이 발견되면 그걸 사는 데 쓰는 거야."

어린 왕자는 '이 사람도 그 술주정뱅이와 비슷하게 생각한다'는 느낌이 들었다. 그래도 그는 질문을 계속했다.

"별들을 어떻게 소유한다는 거죠?"

"별들이 누구 거지?" 사업가가 투덜대듯이 되물었다.

"모르겠는걸요. 별들은 그 누구의 것도 아니에요."

"그러니까 내 것이지. 내가 제일 먼저 별을 갖는다는 생각을 했으니까."

"그러면 아저씨 것이 되는 건가요?"

"물론이지. 임자 없는 다이아몬드는 그걸 발견한 사람의 소유가 되는 거지. 임자 없는 섬을 발견하면 그것도 발견한 사람 소유가 되고. 네가 어떤 좋은 생각을 제일 먼저 해내면 특허라는 것을 받아야 해. 그럼 그것이 네 소유가 되는 거야. 그래서 나는 별들을 소유하는 거야. 나보다 먼저 그것들을 소유할 생각을 한 사람은 아무도 없었거든."

"그건 맞는 말이네요. 그런데 아저씨는 그 별들을 가지고 뭘 할 건데요?"
어린 왕자가 물었다.

"그것들을 관리하지. 세어보고 또 세어보고 하지. 그건 힘든 일이야. 하지만 나는 진지한 사람이거든!" 사업가가 답을 했다.

어린 왕자에게는 시원한 답이 아니었다.

"나는 말이에요, 머플러를 소유하고 있을 때는 그걸 목에 두르고 다닐 수가 있어요. 또 꽃을 소유하고 있을 때는 그 꽃을 꺾어서 가지고 다닐 수도 있고. 하지만 아저씨는 별들을 딸 수가 없잖아요!"

"그럴 수는 없지. 하지만 그것들을 은행에 맡길 수는 있지."

"그게 무슨 말이에요?"

"조그만 종잇조각에다 내 별의 숫자를 적어 그것을 서랍에 넣고 잠근단 말이야."

"그게 다예요?"

"그럼, 그게 다야."

어린 왕자는 생각했다. '그거 재미있는데. 아주 시적이고. 하지만 그리 중요한 일은 아니군.'

어린 왕자는 중요한 일에 대해 어른들과 매우 다른 생각을 가지고 있었다.

"나는 말이에요, 꽃을 한 송이 소유하고 있는데 매일 물을 줘요. 세 개의 화산도 소유하고 있어서 매주 그을음을 청소해주곤 해요. 불 꺼진 화산도 청소해주니까 모두 합해서 산이 세 개란 말이에요. 불 꺼진 산도 언제 어떻게 될지 알 수 없는 노릇이거든요. 내가 그들을 소유하고 있는 건 내 화산들에게나 내 꽃에게 유익한 일이에요. 하지만 아저씨는 별들에게 유익하지 않잖아요……."

사업가는 무슨 말을 하려고 했으나 해야 할 말을 찾지 못했다. 어린 왕자는 그 별을 떠났다.

'어른들은 정말 참 이상해.' 어린 왕자는 여행을 하면서 속으로 중얼거렸다.

14

다섯 번째 별은 무척 흥미로운 별이었다. 그것은 모든 별 중에서도 가장 작은 별이었다. 가로등 하나와 그 가로등을 켜는 사람 한 명이 있을 자리밖에 없었다. 하늘 한구석, 집도 없고 사람이 살지도 않는 별에서 가로등과 가로등 켜는 사람이 무슨 소용이 있는지 어린 왕자는 도무지 이해할 수가 없었다. 그렇지만 속으로 중얼거렸다.

'이 사람은 어리석은 사람인지도 몰라. 그래도 왕이나 허영심 많은 사람이나 사업가, 혹은 술꾼보다는 덜 어리석은 사람이지. 적어도 그가 하는 일은 하나의 의미를 지녔으니까. 그가 하나의 가로등을 켤 때에는 별 한 개를, 혹은 꽃 한 송이를 더 태어나게 하는 거나 마찬가지야. 가로등을 끌 때면 그 꽃이나 별을 잠들게 하는 거고. 그거 꽤나 아름다운 직업인 것 같군. 아름다우니까 정말로 유익한 것이고.'

그 별에 다가서면서 어린 왕자는 가로등 켜는 사람에게 공손히 인사했다.

"안녕하세요, 아저씨. 왜 지금 막 가로등을 껐어요?"

"안녕. 그건 명령이야."

가로등 켜는 사람이 대답했다.

"명령이 뭐예요?"

"내 가로등을 끄는 거지. 잘 자."

그리고 그는 다시 불을 켰다.

"왜 지금 막 가로등을 다시 켰어요?"

"명령이야." 가로등 켜는 사람이 대답했다.

"무슨 말인지 모르겠는걸요." 어린 왕자가 말했다.

"하나도 알 필요가 없어. 명령은 명령이니까. 잘 잤니!" 가로등 켜는 사람이 말했다.

그리고 가로등을 껐다.

"난 정말 끔찍한 직업을 갖고 있는 거야."

그러고 나서는 붉은 바둑판무늬 손수건을 꺼내 이마의 땀을 닦았다.

"난 정말 끔찍한 직업을 갖고 있는 거야. 예전에는 이 일이 이해할 만한 일이었어. 아침에 불을 끄고 저녁이면 다시 켰으니까. 그래서 나머지 낮 시간에는 쉬고 나머지 밤 시간에는 잠을 잘 수 있었거든……."

"그럼, 그 후 명령이 바뀌었나요?"

"명령이 바뀌지 않았으니까 그게 문제지! 이 별은 해가 갈수록 빨리 도는데 명령은 바뀌지 않았단 말이야!" 가로등 켜는 사람이 말했다.

"그래서, 어떻게 되었어요?" 어린 왕자가 물었다.

"그래서 이제는 이 별이 일 분마다 일회전을 하니까 일 초도 쉴 새가 없는거야. 일 분에 한 번씩 껐다 켰다 해야 하지."

"그거 참 신기하네요! 아저씨네 별에서는 하루가 일 분이라니 말이에요!"

"조금도 신기할 것 없어. 우리가 이야기를 한 지 벌써 한 달이 지났단다." 가로등 켜는 사람이 말했다.

"한 달이나요?"

"그래, 삼십 분이니까 삼십 일이지! 잘 자." 그리고 그는 다시 가로등에 불을 켰다.

어린 왕자는 그를 바라다보았다. 그토록 명령에 충실한 가로등 켜는 사람이 좋아졌다. 의자를 뒤로 물리면서 해 지는 걸 보고 싶어 하던 지난날이 생각났다. 어린 왕자는 친구를 도와주고 싶었다.

"저 말이에요…… 쉬고 싶을 때 쉴 수 있는 방법이 있어요."

"나야 언제나 쉬고 싶지." 가로등 켜는 사람이 말했다.

사람은 누구나 성실하면서도 게으를 수 있는 것이다.

어린 왕자는 계속 말을 했다.

"아저씨 별은 정말 너무 작아서 세 발짝만 성큼성큼 옮겨놓으면 한 바퀴 돌 수가 있어요. 언제나 햇빛 속에 있으려면 천천히 걸어가기만 하면 되는 거예요. 쉬고 싶을 때면 걸어가기만 하면 되죠…… 그럼 하루해가 원하는 만큼 길어질 수 있어요."

"그건 별로 도움이 되지 못하겠는걸. 내가 무엇보다 좋아하는 건 잠을 자는 거니까." 가로등 켜는 사람이 말했다

"그거 참 유감이군요." 어린 왕자가 말했다.

그러고 나서 그는 가로등을 껐다.

'저 사람은 다른 모든 사람, 왕이나 허영심 많은 사람이나 술꾼, 혹은 사업가 같은 사람들에게 멸시를 받을 테지. 하지만 내가 보기에는 우스꽝스럽지 않은 사람은 저 한 사람뿐이야. 그건 저 사람이 자기 자신이 아닌 다른 일에 전념하기 때문일 거야.' 더 멀리 여행을 계속하면서 어린 왕자는 이런 생각을 했다.

그는 섭섭해서 한숨을 내쉬면서 이런 생각도 했다.

'내가 친구로 삼을 수 있었던 사람은 저 사람뿐이었는데. 그렇지만 그의 별은 너무 작아. 두 사람이 있을 자리가 없으니……'

어린 왕자는 스물네 시간 동안 천사백사십 번이나 해가 지는 축복을 받았기 때문에 이 별을 사랑했지만 누구에게도 이 사랑을 고백할 수가 없었다.

15

여섯 번째 별은 열 배나 더 큰 별이었다. 그 별에는 노신사 한 분이 살면서 엄청나게 큰 책들을 쓰고 있었다.

"자! 탐험가가 하나 오는군!" 어린 왕자를 보고 노신사가 큰 소리로 외쳤다.

어린 왕자는 책상에 걸터앉아 잠시 숨을 돌렸다. 이미 얼마나 긴 여행을 했는가!

"어디서 오는 길이냐?" 노신사가 물었다.

"이 두꺼운 책은 뭐예요? 여기서 뭘 하시는 거예요?" 어린 왕자가 물었다.

"난 지리학자란다." 노신사가 말했다.

"지리학자가 뭐예요?"

"어디에 바다와 강이 있고, 어디에 도시와 산이 있으며, 어디에 가면 사막이 나오는지를 아는 학자지."

"그거 참 재미있네요. 그거야말로 직업다운 직업이군요!" 어린 왕자는 지리학자의 별을 한 번 휘 둘러보았다. 그처럼 위풍당당한 별을 그는 본 적이 없었다.

"할아버지의 별은 참 아름다워요. 넓은 바다도 있나요?"

"난 그런 걸 알 수 없단다." 지리학자가 대답했다.

"그래요? (어린 왕자는 실망했다.) 그럼 산들은요?"

"난 그런 걸 알 수 없단다." 지리학자가 대답했다.

"그럼 도시와 강과 사막은요?"

"난 그것도 알 수 없단다." 지리학자가 말했다

"할아버지는 지리학자라고 했잖아요?"

"그렇지. 하지만 난 탐험가가 아니거든. 내겐 탐험가가 절대적으로 부족하단다. 도시와 강과 산, 바다와 태양과 사막을 세러 다니는 건 지리학자가 하는 일이 아냐. 지리학자는 아주 중요한 사람이니까 한가로이 돌아다닐 수가 없지. 서재를 떠날 수가 없어. 서재에서 탐험가들을 만나고, 그들에게 여러 가지 질문을 해서 그들의 기억을 책에다 기록하는 거야. 탐험가의 기억 중에 흥미로운 게 있으면 지리학자는 그 사람의 품행을 조사하지."

"그건 왜요?"

"탐험가가 거짓말을 하면 지리책에 커다란 이변이 일어나니까. 탐험가가 술을 너무 많이 마셔도 그렇고."

"그건 왜요?" 어린 왕자가 말했다.

"술에 잔뜩 취한 사람에겐 모든 게 둘로 보이거든. 그렇게 되면 지리학자는 산이 하나밖에 없는 곳에다 산 두 개를 기록하게 되거든."

"나쁜 탐험가가 될 수 있는 어떤 사람 하나를 난 알고 있어요." 어린 왕자가 말했다.

"그럴 수 있지. 그래서 탐험가의 품행이 훌륭하다고 생각될 때에는 그가 발견한 것을 조사하지."

"가보시나요?"

"아니지, 그건 너무 번거로우니까. 그 대신 탐험가에게 증거를 제시하라고 요구하는 거야. 예컨대 커다란 산을 발견했을 때는 그 산의 커다란 돌멩이를 가져오라고 요구하지."

지리학자는 갑자기 흥분했다.

"그런데 너는 멀리서 왔지! 너 탐험가 맞지! 너의 별이 어떤 별인지 이야기를 해다오!"

그러더니 지리학자는 노트를 펴고 연필을 깎았다. 탐험가의 이야기를 처음에는 연필로 적고, 그가 증거를 가져오기를 기다렸다가 잉크로 적는 것이었다.

"자, 시작해볼까?" 지리학자가 물었다.

"아, 내 별은 별로 흥미로울 게 없어요. 아주 작거든요. 화산이 셋 있어요. 두 개는 불이 있는 화산이고 한 개는 불이 꺼진 화산이지요. 하지만 언제 어떻게 될지 몰라요."

"그래, 언제 어떻게 될지 알 수 없지." 지리학자가 말했다.

"내겐 꽃 한 송이도 있어요."

"꽃은 기록하지 않는단다." 지리학자가 말했다.

"왜요? 그게 더 예쁜데요!"

"꽃들은 덧없는 존재니까."

"'덧없는 존재'라는 게 뭐예요?"

"지리책은 모든 책들 중에 가장 귀한 책이야. 지리책은 절대로 유행에 뒤지는 법이 없단다. 산들이 위치를 바꾸는 일은 매우 드물거든. 바닷물이 말라 버리는 일도 매우 드물고. 우리는 영원한 것들을 기록하는 거야."

"하지만 불 꺼진 화산들이 다시 깨어날 수도 있어요. '덧없는 존재'가 뭐예요?"

어린 왕자가 말을 가로막았다.

"화산이 꺼져 있든, 산이 깨어 있든 우리에겐 마찬가지야. 우리에게 중요한 건 산이지. 산은 변하지 않거든."

"그런데 '덧없는 존재'라는 게 뭐예요?" 한번 한 질문은 결코 포기해본 적이 없는 어린 왕자가 다시 물었다.

"그건 머지않은 장래에 사라져버릴 위험에 처해 있다는 뜻이지."

"내 꽃도 머지않은 장래에 사라져버릴 위험에 처해 있나요?"

"물론이지."

'내 꽃은 덧없는 존재야. 세상에 대항할 무기라곤 네 개의 가시밖에 없고! 그런데 나는 그 꽃을 내 별에 혼자 내버려두고 왔어!' 어린 왕자는 이런 생각을 했다.

이것이 어린 왕자에게 첫 번째로 찾아온 후회스러운 느낌이었다. 그러나

그는 다시 용기를 냈다.

"할아버지 생각엔 내가 어디에 가보는 게 좋을까요?" 어린 왕자가 물었다.

"지구라는 별로 가봐. 평판이 좋은 별이거든……."

그리하여 어린 왕자는 자기 꽃을 생각하며 다시 길을 떠났다.

16

일곱 번째 별은 따라서 지구였다.

지구는 그렇고 그런 별이 아니었다! 그곳에는 111명의 왕(물론 흑인 왕을 포함해서)과 7,000명의 지리학자, 90만 명의 사업가가 살고 있었고, 술주정뱅이만 해도 750만 명이 넘었으며, 허영심 많은 사람들은 3억 1,100만 명이나 되었으니 모두 약 20억 명쯤 되는 어른들이 살고 있다.

전기가 발명되기 전까지는 여섯 개 대륙 전체에 46만 2,511명이나 되는 가로등 켜는 사람들을 진짜 군대처럼 유지해야 했다는 이야기를 들으면 여러분은 지구라는 별이 얼마나 큰 별인지 짐작할 것이다.

그래서 좀 멀리 떨어진 곳에서 보면 눈부시게 멋진 광경이 펼쳐진다. 그들이 군대처럼 움직이는 모습은 오페라의 발레에서처럼 질서정연한 것이었다. 맨 처음에는 뉴질랜드와 오스트레일리아의 가로등 켜는 사람들 차례였다. 가로등을 켜고 나면 그들은 잠을 자러 갔다. 그러고 나면 중국과 시베리아의 가로등 켜는 사람들이 나타났다. 그들 역시 무대 뒤로 살짝 몸을 감추고 나면 이번에는 러시아와 인도의 가로등 켜는 사람들이 모습을 보인다. 그 다음에는 아프리카와 유럽의 가로등 켜는 사람들, 또 그다음에는 남아메리카의 가로등 켜는 사람들, 그다음에는 북아메리카의 가로등 켜는 사람들이 차례로 나타났다. 장엄한 광경이었다.

오직 단 한 사람밖에 없는 북극의 가로등 켜는 사람과 남극에 있는 그의 동료만이 한가롭고 태평한 생활을 했다. 그들은 1년에 두 번만 일을 했다.

17

재치를 부리려다 보면 조금 거짓말을 하는 수가 있다. 가로등 켜는 사람들에 대해 내가 한 이야기는 아주 정직한 것은 못 된다. 지구를 잘 알지 못하는 사람들에게 자칫 지구에 대해 잘못된 생각을 갖게 할 수도 있는 이야기였다. 사람들이 지구에서 차지하는 자리란 실은 아주 작다. 지구에서 사는 20억 사람들이 어떤 모임에서처럼 서로 좀 바짝 붙어 서 있다면 가로세로 20마일 정도의 광장에도 충분히 다 들어갈 것이다. 그들을 태평양의 아주 작은 섬에 차곡차곡 쌓아놓을 수도 있을 것이다.

물론 어른들은 이런 말을 믿지 않을 것이다. 그들은 자신들이 굉장히 많은 자리를 차지한다고 생각하기 때문이다. 그들은 자기들이 바오밥나무처럼 중요하다고 생각한다. 사정이 이렇다 보니 어른들에게 계산을 해보라고 일러주는 게 좋겠다. 숫자를 좋아하는 그들이니까. 그럼 어른들은 기분이 좋아질 것이다. 하지만 여러분은 그 문제를 푸느라 시간을 낭비할 필요가 없다. 그건 쓸데없는 짓이다. 여러분은 내 말을 믿지 않는가.

어린 왕자는 그래서 지구에 발을 들여놓았을 때 사람이라곤 통 보이지 않는 데 놀랐다. 잘못해서 다른 별을 찾아온 게 아닌가 한창 겁이 나 있을 때 달빛 색깔의 고리가 모래 속에서 꿈틀거리는 것이 보였다.

"안녕." 어린 왕자가 무턱대고 말을 건넸다.

"안녕." 뱀이었다.

"지금 내가 도착한 별이 무슨 별이지?" 어린 왕자가 물었다.

"지구야. 아프리카지." 뱀이 대답했다.

"그래! ……지구에는 사람이 아무도 안 사니?"

마침내 어린 왕자가 다시 입을 뗐다.
"넌 아주 재미있게 생긴 짐승이구나. 손가락처럼 가느다랗고……."

"여긴 사막이야. 사막에는 아무도 없어. 지구는 커다랗거든." 뱀이 말했다.

어린 왕자는 돌에 앉아 눈을 들어 하늘을 올려다봤다.

그리고 입을 열었다. "누구든 언제고 다시 자기 별을 찾아낼 수 있도록 별들이 환히 불을 밝히는 건지 궁금해. 내 별을 바라보렴. 바로 우리들 위에 있어…… 그런데 어쩜 저렇게 멀리 있을까!"

"아름답구나. 여긴 뭐 하러 왔니?" 뱀이 물었다.

"어떤 꽃하고 골치 아픈 일이 좀 있어." 어린 왕자가 말했다.

"그랬구나." 뱀이 말했다.

그리고 둘은 서로 잠자코 있었다.

"사람들은 어디에 있지? 사막은 조금 외롭군……." 마침내 어린 왕자가 다시 입을 뗐다.

"사람들 가운데 있어도 외롭기는 마찬가지야." 뱀이 말했다.

어린 왕자는 그를 한참 동안 바라보았다.

"넌 아주 재미있게 생긴 짐승이구나. 손가락처럼 가느다랗고……."

"그래도 난 왕의 손가락보다도 더 힘이 세단다." 뱀이 말했다.

어린 왕자는 미소를 지어 보였다.

"그렇게 힘이 세 보이지 않는데…… 발도 없고…… 여행도 할 수 없잖아."

"난 너를 배보다 더 멀리 데려다줄 수 있어." 뱀이 말했다.

뱀은 어린 왕자의 발목을 금팔찌처럼 휘감았다.

"내가 건드리기만 하면 누구든 자신이 태어난 땅으로 돌아가지. 하지만 너는 순진하고 또 다른 별에서 왔으니까……."

어린 왕자는 아무 대꾸도 하지 않았다.

"네가 측은해 보이는구나. 무척이나 연약한 몸으로 이 화강암 지구에 오다니. 네 별이 몹

시 그리울 때면 언제고 내가 너를 도와줄 수 있을 거야. 난 그럴 힘이……."

"응, 잘 알았어. 그런데 넌 왜 늘 수수께끼처럼 말을 하니?"

"난 그 모든 수수께끼를 다 풀 수 있으니까." 뱀이 말했다.

그러고는 둘은 아무 말도 하지 않았다.

18

어린 왕자는 사막을 가로질러 갔지만 꽃 한 송이밖에 만나지 못했다. 꽃잎이 석 장 달린 보잘것없는 꽃이었다.

"안녕." 어린 왕자가 말했다.

"안녕." 꽃이 말했다.

"사람들은 어디에 있지?"

어린 왕자가 정중하게 물었다.

그 꽃은 언젠가 대상隊商이 지나가는 것을 본 적이 있었다.

"사람들? 한 예닐곱 사람 되는 것 같아. 몇 해 전에 그 사람들을 본 적이 있어. 하지만 그들이 지금 어디 있는지는 모르겠어. 그들은 바람 따라 몰려다니거든. 그들은 뿌리가 없어서 몹시 곤란을 겪는 거야."

"안녕." 어린 왕자가 말했다.

"안녕." 꽃이 말했다.

19

어린 왕자는 높은 산 위로 올라갔다. 그때까지 그가 아는 산이라곤 무릎에 닿는 화산 세 개가 고작이었다. 불 꺼진 화산은 의자로 이용하곤 했다. 그래서 이런 생각이 들었다. '이렇게 높은 산이라면 이 별과 사람들 모두를 한눈에 볼 수 있을 거야……' 그러나 바늘 끝처럼 뾰족뾰족한 산봉우리만 보일 뿐이었다.

"안녕." 어린 왕자는 혹시나 해서 말을 해봤다.

"안녕…… 안녕…… 안녕……" 메아리가 대답했다.

"너는 누구니?" 어린 왕자가 말했다.

"너는 누구니…… 너는 누구니…… 너는 누구니……" 메아리가 대답했다.

"내 친구가 되어줘. 나는 외로워." 어린 왕자가 말했다.

"나는 외로워…… 나는 외로워…… 나는 외로워……" 메아리가 대답했다.

'참 이상스러운 별도 다 있군! 아주 메마르고, 아주 날카롭고, 아주 삭막하고. 게다가 사람들은 상상력이 없어서 다른 사람이 한 말만 되풀이하고……. 나의 별에는 꽃 한 송이가 있었지. 그 꽃은 언제나 먼저 말을 걸어왔는데……'

20

그러나 어린 왕자는 모래사막과 바위와 눈을 헤치고 오랫동안 걸은 끝에 마침내 길을 하나 발견했다. 길이란 모두 사람들 있는 곳으로 통하기 마련이다.

"안녕." 어린 왕자가 말했다.

장미가 만발한 정원이었다.

"안녕." 장미꽃들이 말했다.

어린 왕자는 그 꽃들을 바라보았다. 모두 어린 왕자의 꽃을 빼닮은 꽃들이었다.

"너희들은 누구니?" 깜짝 놀란 어린 왕자가 그들에게 물었다.

"우리는 장미꽃이야." 장미꽃들이 말했다.

"이 별은 아주 메마르고, 아주 날카롭고, 아주 삭막해."

"아, 그렇구나."

그러자 어린 왕자는 자신이 아주 불행하게 느껴졌다. 이 세상에 자기와 같은 꽃은 하나뿐이라고 그의 꽃은 그에게 말했다. 그런데 똑같은 꽃들 오천 송이가 정원 하나 가득 있는 게 아닌가!

'내 꽃이 이걸 보면 몹시 화를 낼 거야.' 어린 왕자는 이런저런 생각을 했다. '기침을 지독히 해대면서 창피한 모습을 보이지 않으려고 죽는시늉을 할 거야. 그럼 난 간호하는 척을 하지 않을 수 없겠지. 그러지 않으면 나까지 창피하게 만들려고 정말로 죽어버릴지도 몰라……'

또 이런 생각도 떠올랐다. '이 세상에 오직 하나뿐인 꽃을 가진 부자인 줄 알았는데 내가 가진 꽃은 그저 평범한 꽃 한 송이에 지나지 않았어. 그 꽃하고 내 무릎밖에 안 오는 화산 세 개를 가지고선 뭐 대단한 왕자도 못 되겠군. 그중 하나는 영영 불이 꺼져버렸는지도 모르고……'

풀밭에 누워 어린 왕자는 울었다.

21

여우가 나타난 것은 바로 그때였다.

"안녕." 여우가 말했다.

"안녕." 어린 왕자는 공손히 대답하고 몸을 돌렸지만 아무것도 보이지 않았다.

"나 여기 있어. 사과나무 밑에……." 좀 전의 그 목소리가 말했다.

"너는 누구지? 참 예쁘구나……." 어린 왕자가 말했다.

"난 여우야." 여우가 말했다.

"이리 와서 나하고 놀아." 어린 왕자가 제의했다. "난 정말 슬퍼……."

"난 너와 함께 놀 수가 없어." 여우가 말했다. "나는 길들여지지 않았거든."

"아! 미안해." 어린 왕자가 말했다.

그러나 곰곰이 생각해본 후에 물었다.

"'길들인다'는 게 무슨 말이야?"

"너는 여기 사는 애가 아니구나. 넌 무얼 찾고 있니?" 여우가 물었다.

"난 사람들을 찾고 있어. '길들인다'는 게 무슨 말이야?" 어린 왕자가 물었다.

"사람들은 총을 가지고 있고 사냥을 하지. 그게 우리를 참 난처하게 해! 그들은 암탉도 길러. 그것이 그들의 유일한 관심사지. 너는 지금 암탉을 찾니?" 여우가 물었다.

"아니야. 난 친구들을 찾고 있어. '길들인다'는 게 무슨 말이야?" 어린 왕자가 말했다.

"너무나 잊혀진 것인데, 그건 '관계를 맺는다'는 말이야." 여우가 말했다.

"관계를 맺는다고?"

"물론이지." 여우가 말했다. "내게 너는 아직은, 수많은 다른 소년들과 다를 바 없는 한 아이에 불과해. 그래서 난 널 필요로 하지 않고, 너도 날 필요로 하지 않지. 난 너에게 수많은 다른 여우와 똑같은 한 마리 여우에 지나지 않는 거야. 하지만 네가 나를 길들인다면 우린 서로를 필요로 하는 사이가 되고 난 너에게, 넌 나에게 이 세상에 오직 하나밖에 없는 존재가 되는 거야……."

"무슨 말인지 알 것 같아." 어린 왕자가 말했다.

"꽃 한 송이가 있었는데…… 그 꽃이 나를 길들인 거야."

"그럴지도 모르지." 여우가 말했다. "지구에서는 온갖 일이 다 일어나니까……."

"아, 아니야! 그건 지구에서가 아니야." 어린 왕자가 말했다.

여우는 몹시 궁금해하는 기색을 보였다.

"그럼 다른 별에서?"

“그래.”

“그 별엔 사냥꾼들이 있지?”

“아니, 없어.”

“그거 참 이상하군! 그럼 암탉은?”

“없어.”

“세상에 완벽한 것이란 없어.” 여우는 한숨을 내쉬었다.

그러나 여우는 다시 자기 생각을 이야기했다.

“내 생활은 단조롭단다. 나는 암탉을 쫓고 사람들은 나를 쫓지. 닭들은 모두 똑같고 사람들도 모두 그 사람이 그 사람이야. 그래서 난 좀 심심해. 하지만 네가 나를 길들인다면 내 생활은 환하게 밝아질 거야. 다른 모든 발소리와는 다른 발소리를 알게 되겠지. 다른 발소리들은 나를 땅 밑으로 기어들어가게 하겠지만 네 발소리는 음악 소리처럼 땅속 굴에 있는 나를 밖으로 불러낼 거야! 그리고 저길 봐! 저기 밀밭이 보이지? 난 빵은 먹지 않아. 밀은 내게 소용이 없는 거야. 밀밭은 내게 아무것도 생각나게 하지 않아. 그건 서글픈 일이지! 그런데 너는 금빛 머리칼을 가졌어. 그러니 네가 나를 길들인다면 정말 놀라운 일이 일어나는 거야! 밀은 금빛이라서 너를 생각나게 할 거니까. 그래서 나는 밀밭에 부는 바람 소리를 사랑하게 될 거야……. ”

여우는 입을 다물고 어린 왕자를 오래오래 바라다보았다.

“부탁이야…… 나를 길들여줘!” 여우가 말했다.

“그래, 나도 그러고 싶어.” 어린 왕자가 대답했다. “하지만 내게는 시간이 많지 않아. 친구들을 찾아봐야 하고 경험해야 할 것도 많아.”

“우린 우리가 길들인 것 말고는 알 수가 없어.” 여우가 말했다. “사람들은 이제 아무것도 겪어볼 시간이 없어. 그들은 상점에서 이미 만들어져 있는 것들을 사거든. 그런데 친구를 파는 상점은 없으니까 사람들은 이제 친구도 없는 거지. 친구를 가지고 싶다면 나를 길들여줘.”

“그럼 어떻게 해야 해?” 어린 왕자가 물었다.

"참을성이 있어야 해." 여우가 대답했다. "우선 네게서 좀 멀리 떨어져서 이렇게 풀밭에 앉아 있어. 난 너를 곁눈질해 볼 거야. 넌 아무 말도 하지 마. 말은 오해의 근원이지. 날마다 넌 조금씩 더 가까이 다가앉을 수 있어……."

다음 날 다시 어린 왕자는 그리로 갔다.

"언제나 같은 시각에 오는 게 더 좋을 거야." 여우가 말했다.

"가령, 네가 오후 네 시에 온다면 난 세 시부터 행복해지기 시작할 거야. 시간이 다가올수록 난 점점 더 행복해지겠지. 네 시가 되면 나는 벌써 흥분해서 안절부절못하고 있을 거야. 그러면서 행복이 얼마나 값진 것인지를 알게 되겠지! 하지만 네가 아무 때나 오면 몇 시에 곱게 마음의 준비를 해야 하는지 알 수가 없어…… 의례儀禮가 필요한 거야."

"의례가 뭐야?" 어린 왕자가 물었다.

"그것도 우리가 너무 자주 잊고 있는 거야." 여우가 말했다. "그건 어떤 날을 다른 날들과 다르게 만들고, 어느 한 시간을 다른 시간들과 다르게 만드는 거지. 예를 들면 내가 아는 사냥꾼들에게도 의례가 있어. 그들은 목요일이면 마을 처녀들과 춤을 추지. 그래서 목요일은 신나는 날이야! 난 포도밭까지 산보를 가고. 사냥꾼들이 아무 때나 춤을 추면 하루하루가 모두 똑같이 되어버리잖아. 그럼 난 하루도 휴가가 없게 될 거고……."

어린 왕자는 이렇게 해서 여우를 길들이게 되었다. 이별의 시간이 다가왔을 때 여우가 말했다.

"아! ……눈물이 나올 것만 같아."

"그건 네 잘못이야. 나는 너의 마음을 아프게 하고 싶지 않았어. 하지만 너는 내가 널 길들여주길 원했잖아……." 어린 왕자가 말했다.

"물론 그래." 여우가 말했다.

"한데 넌 울려고 하잖아!" 어린 왕

"가령 네가 오후 네 시에 온다면 난 세 시부터 행복해지기 시작할 거야……."

자가 말했다.

"물론 그래." 여우가 말했다.

"그러니 넌 아무것도 얻은 게 없잖아!"

"얻은 게 있지. 밀밭의 색깔이 있으니까 말이야." 여우가 말했다.

잠시 후 그가 다시 말을 이었다.

"다시 가서 장미꽃들을 봐. 너의 장미꽃이 이 세상에서 하나뿐이라는 사실을 깨닫게 될 거야. 그리고 내게 돌아와서 작별 인사를 해줘. 그러면 선물로 네게 비밀을 하나 알려줄게."

어린 왕자는 다시 장미꽃들을 보러 갔다.

장미꽃들에게 어린 왕자가 말했다. "너희들은 나의 장미와 조금도 닮지 않았어. 너희들은 아직 아무것도 아니야. 아무도 너희들을 길들이지 않았고 너희들 역시 아무도 길들이지 않았어. 너희들은 예전의 내 여우와 같아. 그는 수많은 다른 여우들과 똑같은 여우일 뿐이었어. 하지만 내가 그를 친구로 만들었기 때문에 이제 그는 이 세상에서 오직 하나뿐인 여우가 된 거야."

이 말을 들은 장미꽃들은 난감해졌다.

"너희들은 아름답지만 텅 비어 있어." 어린 왕자가 계속 말했다. "너희들을 위해서 죽을 수 있는 사람이 아무도 없을 테니까. 물론 나의 꽃은 지나가는 행인에겐 너희들과 똑같이 생긴 것으로 보이겠지. 하지만 그 꽃 한 송이가 내겐 너희들 모두보다도 더 중요해. 내가 그 꽃에 물을 주었기 때문이지. 내가 바람막이로 보호해준 것도 그 꽃이기 때문이지. 내가 벌레를 잡아준 것도 (나비가 되라고 두세 마리 남겨둔 것 말고) 그 꽃이기 때문이지. 불평을 하거나 자랑을 늘어놓거나, 때로 아무 말 없이 침묵을 지키는 것까지 모두 들어주었으니까. 내 장미꽃이기 때문이야."

그리고 그는 여우에게로 돌아갔다.

"안녕." 어린 왕자가 말했다.

풀밭에 누워 어린 왕자는 울었다.

"안녕." 여우가 말했다.

"내 비밀이 이거야. 아주 간단해. 오로지 마음으로 보아야만 잘 보인다는 거야. 중요한 건 눈으로는 보이지 않는 거야."

"중요한 건 눈으로는 보이지 않는 거야." 잘 기억해두기 위해 어린 왕자는 되뇌었다.

"너의 장미꽃을 그토록 소중하게 만드는 건 네가 장미꽃을 위해 소비한 시간들이야."

"내가 장미꽃을 위해 소비한 시간들이야……." 잘 기억해두기 위해 어린 왕자는 되뇌었다.

"사람들은 이 진리를 잊어버렸어." 여우가 말했다. "하지만 넌 그걸 잊어버리면 안 돼. 너는 네가 길들인 것에 언제까지나 책임이 있지. 너는 네 장미꽃에 책임이 있어……."

"나는 내 장미꽃에 책임이 있어……." 잘 기억해두기 위해 어린 왕자는 되뇌었다.

22

"안녕하세요?" 어린 왕자가 말했다.

"안녕." 선로 바꾸는 일을 하는 전철수轉轍手가 인사를 받았다.

"아저씬 여기서 뭐 하는 거예요?" 어린 왕자가 물었다.

"기차 승객들을 천 명씩 묶어서 가려내고 있어. 그들을 싣고 가는 기차를 오른쪽으로 보내기도 하고 왼쪽으로 보내기도 하지." 전철수가 말했다.

그때 급행열차 한 대가 환하게 불을 켠 채 천둥처럼 큰 소리를 내고 다가오면서 전철수가 일하는 작은 작업실을 뒤흔들었다.

"저 사람들은 몹시 바쁜가 봐요. 뭘 찾고 있는 거예요?" 어린 왕자가 물었다.

"기관사 자신도 모른단다." 전철수가 말했다

그러자 반대 방향에서 불을 밝힌 두 번째 급행열차가 요란한 소리를 내며 다가왔다.

"그들이 벌써 돌아오는 건가요?" 어린 왕자가 물었다.

"아까와 같은 사람들이 아니야. 서로 다른 길을 가는 거지."

"살던 곳에 만족하지 못한 모양이죠?" 어린 왕자가 물었다.

"자기가 있는 곳에 만족하는 사람은 하나도 없단다." 전철수가 말했다.

그러자 불을 밝힌 세 번째 급행열차가 천둥소리를 내며 달려왔다.

"저 사람들은 먼젓번 승객들을 쫓아가는 건가요?" 어린 왕자가 물었다.

"그들은 쫓아가거나 하지 않는단다." 전철수가 말했다. "그들은 기차 안에서 잠들었거나 아니면 하품을 하고 있어. 오직 어린아이들만이 유리창에 코를 납작 대고 있을 뿐이지."

"어린아이들만이 자신이 무엇을 찾는지 알고 있어요." 어린 왕자가 말했다. "그들은 누더기 인형에 자신의 시간을 허비해요. 그렇게 인형은 그들에겐 아주 중요한 것이 되는 거죠. 그래서 그걸 빼앗기면 어린아이들은 울어버려요……."

"그런 아이들은 운이 좋은 거지." 전철수가 말했다.

23

"안녕하세요." 어린 왕자가 말했다.

"안녕." 장사꾼이 말했다.

그는 새로 나온 갈증을 가라앉히는 알약을 파는 사람이었다. 일주일에 한 알씩 먹으면 마시고 싶다는 욕망을 느끼지 않게 되는 약이었다.

"왜 이런 걸 팔아요?" 어린 왕자가 물었다.

"이건 시간을 굉장히 절약해주거든. 전문가들이 계산을 해봤는데, 매주 오십삼 분씩 절약할 수 있단다." 장사꾼이 말했다

"그 오십삼 분으로 뭘 하는데요?"

"자기가 하고 싶은 걸 하는 거지……."

'만일 나에게 마음대로 사용할 시간이 오십삼 분 있다면, 나는 아주 천천히 샘으로 걸어갈 텐데…….' 어린 왕자는 이런 생각을 했다.

24

사막에서 비행기가 고장을 일으킨 지 여드레째 되는 날이었다. 나는 비축해두었던 물의 마지막 남은 한 방울을 마시며 장사꾼에 대한 이야기를 듣고

는 어린 왕자에게 말했다.

"너의 추억들은 참 아름답구나. 그런데 난 아직도 비행기를 고치지 못했어. 마실 물도 다 떨어졌고. 천천히 샘으로 걸어갈 수만 있다면 나도 행복하겠다!"

"내 친구 여우는……." 어린 왕자가 말했다.

"꼬마 친구, 지금 여우 이야기를 할 때가 아니야!"

"왜?"

"목이 말라 죽게 생겼으니까 말이야……."

그는 내 말을 알아듣지 못하고 이렇게 대답했다.

"죽어간다고 해도 친구를 한 사람 가지고 있다는 건 좋은 일이야. 난 여우를 친구로 갖고 있어서 기쁘고……."

'이 애는 얼마나 큰 위험이 있는지 짐작을 못하는군.' 나는 이런 생각이 들었다. 아이는 배고픔도 갈증도 느끼지 않았다. 그 아이에겐 햇빛만 조금 있으면 그것으로 충분했다.

그런데 그가 나를 바라보더니 내 마음을 안다는 듯 대답을 해왔다.

"나도 목이 말라…… 우물을 찾으러 가요……."

나는 내키지 않는다는 제스처를 보였다. 광활한 사막 한가운데에서 무턱대고 우물을 찾아 나선다는 건 당치도 않은 짓이기 때문이다. 하지만 우리는 걷기 시작했다.

몇 시간 동안을 아무 말 없이 걷고 나니 어둠이 내리고 별들이 반짝거리기 시작했다. 갈증 때문에 열이 조금 나 있던 나는 꿈속에서처럼 그 별들을 바라보았다. 어린 왕자가 한 말들이 내 기억 속에서 몰려다녔다.

"너도 목이 마르니?" 내가 물었다.

하지만 그는 내 질문에 대답을 하지 않고 그저 이렇게만 말했다.

"물은 마음에도 좋은데……."

나는 그의 대답을 이해하지 못했으나 잠자코 있었다…… 그에게 질문해서는 안 된다는 걸 나는 알았다.

그는 지쳐 있었다. 그는 그 자리에 주저앉았다. 나도 그의 곁에 앉았다. 잠시 침묵을 지키던 그가 다시 입을 열었다.

"별들이 아름다워. 그건 보이지 않는 꽃 한 송이가 있기 때문이야……."

나는 "물론이지" 하고 대답하고는 말없이 달빛 아래 주름처럼 펼쳐져 있는 모래언덕들을 바라보았다.

"사막은 아름다워." 그가 다시 말했다.

사실이었다. 나는 언제나 사막을 좋아했다. 사막에서는 모래언덕에 올라가 앉으면 아무것도 보이지 않고, 아무 소리도 들리지 않는다. 그러나 고요함 속에 빛나는 무언가가 있다…….

"사막이 아름다운 건 어딘가에 샘을 감추고 있기 때문이야……." 어린 왕자가 말했다

나는 순간, 모래사막이 퍼뜨리는 신비로운 빛살이 무엇인지 알 것 같아 흠칫 놀라고 말았다. 어린 시절 나는 오래된 낡은 집에서 살았다. 그런데 그 집에 보물이 감춰져 있다는 이야기가 전해 내려왔다. 물론 보물을 발견한 사람은 아무도 없었고, 그것을 찾으려고 덤벼든 사람도 아마 없었을 것이다. 그런데도 그 보물 때문에 그 집 전체에 매력이 넘쳐흘렀다. 우리 집은 가장 깊숙한 곳에 보물을 감추고 있는 것이었다…….

"그래, 집이건 별이건 혹은 사막이건 그것들을 아름답게 하는 건 눈에 보이지 않는 법이지!" 내가 어린 왕자에게 말했다.

"아저씨가 나의 여우와 같은 의견이어서 기뻐." 그가 말했다.

어린 왕자가 잠이 들었으므로 나는 그를 안고 다시 걷기 시작했다. 가슴이 뭉클했다. 부서지기 쉬운 어떤 보물을 안고 가는 느낌이었다. 마치 이 지구에는 그보다 더 부서지기 쉬운 건 없을 듯한 느낌마저 들었다. 창백한 이마, 감긴 두 눈, 바람결에 나부끼는 머리칼을 달빛 아래서 바라보며 나는 생

각했다. '내가 보는 것은 껍질에 지나지 않아. 가장 중요한 건 눈에 보이지 않아……'

그의 살짝 열린 입술이 보일 듯 말 듯한 미소를 지었으므로 나는 또 생각했다. '잠든 이 어린 왕자가 나를 이토록 감동시키는 것은 꽃 한 송이에 기울인 그의 성실함, 그가 잠들어 있을 때에도 램프의 불꽃처럼 그의 마음속에서 빛나는 한 송이 장미꽃 때문일 거야……' 그러자 그가 더욱 부서지기 쉬운 존재라는 생각이 들었다. 램프의 불은 잘 보호해주어야 한다. 그 불은 한줄기 바람에도 꺼질 수 있는 것이다. 그렇게 걸어가다가 나는 동이 틀 무렵 우물을 발견했다.

25

"사람들은 부랴부랴 급행열차에 몸을 싣지만 자신들이 무엇을 찾으러 가는지는 잘 몰라. 그래서 초조해하며 제자리만 맴도는 거야……" 어린 왕자가 말했다.

그리고 그가 다시 말을 이었다.

"그럴 필요가 없는데……"

우리가 찾은 우물은 사하라사막의 여느 우물들과는 달랐다. 사하라의 우물들은 그저 모래에 파놓은 구멍에 지나지 않는다. 하지만 우리가 찾은 우물은 마을 우물과 흡사했다. 그러나 그곳에 마을이라곤 없었기에 나는 꿈을 꾸는 게 아닌가 싶었다.

"이상하군." 나는 어린 왕자에게 말했다. "모든 게 갖춰져 있잖아. 도르래, 물통, 밧줄까지……"

그는 웃으며 줄을 잡고 도르래를 잡아당겼다. 그러자 바람이 오랫동안 잠을 잘 때 낡은 풍차가 돌아가는 대신 삐걱거리듯, 도르래는 그렇게 삐걱댔다.

그는 웃으며 줄을 잡고 도르래를 잡아당겼다.

"아저씨, 들리지?" 어린 왕자가 말했다. "우리가 우물을 깨웠더니, 우물이 노래를 하네……."

나는 그에게 힘든 일을 시키고 싶지 않았다.

"내가 할게. 네겐 너무 무거워."

나는 천천히 우물을 둘러쌓은 돌들 위로 두레박을 들어올려 떨어지지 않게 놓아두었다. 내 귓전에서는 계속 도르래의 노랫소리가 울렸고, 아직도 출렁이는 물속에서는 일렁이는 햇살이 보였다.

"이 물을 마시고 싶어. 물을 좀 줘……." 어린 왕자가 말했다.

그 말을 듣자 나는 그가 무엇을 찾고 있었는지 깨달았다.

나는 두레박을 그의 입술로 가져갔다. 그는 눈을 감고 물을 마셨다. 축제처럼 즐거웠다. 그 물은 보통 음료와는 다른 종류의 것이었다. 그것은 별빛 아래서 걸어온 내 발걸음과 도르래의 노래와 내 두 팔의 노력으로 태어났다. 그것은 마치 선물을 받았을 때처럼 마음을 기쁘게 하는 것이었다. 내가 어린아이였을 때는 크리스마스트리에서 반짝이던 불빛과 자정 미사에서 듣던 음악 소리 그리고 사람들의 다정한 미소가 내가 받은 선물들을 더욱 빛이 나게 해주었다.

"아저씨네 별에 사는 사람들은 한 정원 안에 장미꽃을 오천 송이나 가꾸지만, 자기들이 찾는 걸 거기서 찾지는 못해……." 어린 왕자가 말했다.

"그래. 찾지 못한단다." 내가 대답했다.

"그렇지만 한 송이 꽃이나 물 한 모금에서도 얼마든지 찾던 것들을 찾을 수가 있어……."

"물론이지." 내가 대답했다.

어린 왕자가 덧붙였다.

"그러나 눈은 그런 걸 보지 못해. 마음으로 찾아야 해."

나는 물을 마셨다. 길게 숨을 내쉬었다. 해가 돋으면 모래는 꿀 색깔을 띤

다. 나는 그 꿀 색깔에도 행복했다. 그러니 왜 고생을 하면서…….

"약속을 지켜줘야 해." 어린 왕자가 내게 슬며시 말했다. 그는 다시 내 옆에 앉아 있었다.

"무슨 약속이었지?"

"약속했잖아…… 양에게 부리망을 씌워준다고…… 난 그 꽃을 책임져야만 해!"

나는 끼적거려두었던 그 그림을 주머니에서 꺼냈다. 어린 왕자는 그림들을 보고 웃으며 말했다.

"아저씨가 그린 바오밥나무는 배추하고 비슷하게 생겼어…….."

"아, 그러네!"

몹시 자랑스럽게 생각하던 그림이었는데!

"이 여우는…… 귀가…… 꼭 뿔이 난 것만 같고…… 귀가 너무 길잖아!"

그는 또 웃었다.

"넌 공평하지 못해. 나는 속이 보이거나 안 보이거나 하는 보아뱀밖에는 못 그린다는 것을 너도 알잖아."

"아, 그건 괜찮아. 아이들은 다 알아보니까." 그가 말했다.

나는 그래서 연필로 양의 부리망을 그렸다. 그것을 어린 왕자에게 주면서 가슴이 미어지는 느낌이었다.

"너는 내가 모르는 어떤 계획이 있는 것 같은데…….."

그러나 그는 이 말에는 대답하지 않고 이렇게 말했다.

"내가 지구에 떨어진 지가…… 내일이면 꼭 일 년이야…….."

그러고서는 잠시 묵묵히 있더니 다시 말을 이었다.

"바로 이 근처에 떨어졌어…….."

그는 얼굴을 붉혔다.

그러나 왠지 모르게 나는 또다시 야릇한 슬픔이 솟구치는 것을 느꼈다. 그러면서도 문득 한 가지 의문이 떠올랐다.

"그럼 일주일 전 내가 너를 알게 된 그날 아침, 사람 사는 고장에서 몇천 킬로미터 떨어진 여기서 네가 혼자 걷던 건 우연이 아니었구나? 네가 처음 떨어진 지점으로 돌아가고 있었던 거지?"

어린 왕자는 다시 얼굴을 붉혔다.

그래서 머뭇거리면서 나는 말을 이었다.

"아마 일 년이 되어서 그랬던 거겠지?"

어린 왕자는 또 얼굴을 붉혔다. 그는 묻는 말에 결코 대답하지 않았으나 얼굴을 붉힌다는 것은 '그렇다'는 뜻이 아닌가?

"아! 난 두려워." 내가 말했다.

그런데 그는 이렇게 대답하는 것이었다.

"아저씨는 이제 일을 해야 해. 기계가 있는 곳으로 돌아가야 해. 난 여기서 아저씨를 기다릴게. 내일 저녁에 다시 돌아와……."

하지만 나는 안심이 되지 않았다. 여우 생각이 떠올랐다. 길들여지도록 자신을 내맡기면 울지 않을 수 없게 되니깐…….

26

우물 옆에는 폐허가 된 해묵은 돌담이 남아 있었다. 다음 날 저녁 일을 하고 돌아오면서 보니 어린 왕자가 그 위에 올라가 다리를 늘어뜨린 채 앉아 있었다. 그리고 이런 말을 하는 게 들렸다.

"기억 나지 않니? 정확히 딱 여기는 아니야!"

그가 다시 대꾸하는 걸로 보아 모르긴 몰라도 또 다른 목소리가 말을 하는 것이 분명했다.

"아니야! 아니야! 날짜는 맞지만 장소는 여기가 아니야……."

나는 돌담으로 걸어갔다. 여전히 아무도 보이지 않았고 목소리도 들을 수

169

없었다. 그런데도 어린 왕자는 또다시 대꾸했다.

"……물론이지. 모래 위 내 발자국이 어디서 시작되는지 가서 보면 알 거야. 거기서 날 기다리면 돼. 오늘밤 그리로 갈게."

나는 돌담에서 20미터쯤 되는 거리에 있었는데 여전히 아무것도 눈에 띄지 않았다.

어린 왕자는 잠시 침묵을 지키다가 다시 말했다.

"네가 갖고 있는 독은 좋은 거니? 틀림없이 나를 오랫동안 아프게 하지 않을 자신이 있는 거지?"

나는 가슴이 조여와 우뚝 멈춰 서고 말았다. 무슨 이야기인지 여전히 난 알 수가 없었다.

"그럼 너는 이제 가봐. 난 내려갈 테야!" 그가 말했다.

그래서 나도 담벼락 밑을 바라보았는데 그 자리에서 펄쩍 뛰고 말았다! 그곳엔 삼십 초 만에 사람을 처형할 수 있는 노란 뱀 하나가 어린 왕자를 향해 몸을 꼿꼿이 세우고 있었던 것이다. 나는 권총을 꺼내려고 호주머니를 뒤지며 막 뛰어갔다. 그러나 내 발소리에 뱀은 물줄기가 스며들 듯 모래 속으로 스르르 미끄러져 들어가더니 가벼운 쇳소리를 내며 전혀 서두르지 않고 돌틈 사이로 교묘히 사라져버렸다.

나는 눈처럼 하얗게 질린 채 막 담 밑으로 뛰어내리려는 나의 어린 왕자를 간신히 품에 안을 수 있었다.

"이게 도대체 어찌 된 일이니? 이젠 뱀들하고 이야기를 다 하고!"

나는 그가 밤낮없이 목에 두르고 있는 그 금빛 머플러를 목에서 풀어냈다. 그런 다음 관자놀이에 물을 적시고 물을 먹여주었다. 그러나 이제 더는 그에게 물어볼 용기가 나지 않았다. 그는 나를 진지한 얼굴로 바라보더니 내 목에 두 팔을 감고 끌어안았다. 총에 맞아 죽어가는 새처럼 그의 가슴이 뛰는 것이 느껴졌다.

"아저씨가 비행기 어디에 고장이 났는지 알아냈다니 난 정말 기뻐. 아저씨

"그럼 너는 이제 가봐. 난 내려갈 테야!"

는 이제 집에 돌아갈 수 있을 거야……."

"그걸 어떻게 알았니?"

하다 보니 뜻밖에도 비행기를 고치는 데 성공했다는 걸 막 그에게 알리려던 참이었다!

어린 왕자는 내 물음에는 아무 대답도 하지 않고 이렇게 덧붙였다.

"나도 오늘 집에 돌아가……."

그러더니 우울한 표정으로 말했다.

"훨씬 더 멀고, 훨씬 더 어려워, 내가 갈 길이……."

무언가 심상찮은 일이 일어났다는 것을 느낄 수 있었다. 나는 그를 어린 아기처럼 품안에 꼬옥 껴안았지만, 그럼에도 내가 붙잡을 사이도 없이 그의 몸이 깊은 심연으로 곧장 빨려드는 것만 같았다…….

그의 두 눈은 심각한 빛을 띤 채 멀리 아득한 곳을 바라보았다.

"나에게는 아저씨가 준 양이 있어. 그리고 양을 넣어둘 상자도 있고 또 부리망도 있어……."

그리고 그는 우울한 미소를 지었다.

나는 오랫동안 기다렸다. 그의 몸이 조금씩 조금씩 뜨거워지는 것을 느낄 수 있었다.

"얘야, 너 무서웠던 모양이구나……."

물론이다. 그는 무서워했다! 그러나 부드럽게 웃으면서 말했다.

"오늘 저녁엔 훨씬 더 무서울 거야……."

돌이킬 수 없는 어떤 일이 일어나고 있다는 느낌에 나는 다시금 온몸이 오싹했다. 그 웃음소리를 영영 다시 들을 수 없다는 생각을 내가 견딜 수 없어한다는 사실을 문득 깨달았다. 그 웃음소리는 나에게는 사막의 샘 같은 것이었다.

"얘야, 네 웃음소리를 다시 듣고 싶구나……."

그러나 그는 이렇게 말했다.

"오늘밤으로 꼭 일 년째가 돼. 나의 별이 내가 작년 이맘때 떨어져 내린 그 자리에 다시 올 거야……."

"얘야, 모두 나쁜 꿈 아니니? 뱀, 만나기로 했단 약속, 별이니 하는 이야기들 모두 말이야……."

그는 내 말에는 대답하지 않고 이렇게 말했다.

"중요한 건 눈에 보이지 않아……."

"물론이지……."

"꽃도 마찬가지야. 어느 별에 사는 꽃 한 송이를 사랑한다면 밤에 하늘을 바라보는 것만으로도 감미로울 거야. 어느 별이든 모두 꽃이 필 테니까."

"물론이지……."

"물도 마찬가지야. 아저씨가 내게 먹여준 물은 음악 같은 것이었어. 도르래와 밧줄 때문에 그랬던 같아…… 아저씨도 기억하지…… 참 좋았어."

"물론이지……."

"밤이면 별들을 바라봐. 내 별은 너무 작아서 어디 있는지 지금은 가르쳐줄 수가 없어. 오히려 잘됐는지도 몰라. 내 별은 아저씨에겐 여러 별들 가운데 하나인 거지. 그럼 아저씨는 내 별일지도 모르니 어느 별이든지 바라보는 게 즐거울 거야…… 그 별들은 모두 아저씨 친구가 되는 거지. 그리고 내가 아저씨에게 선물을 하나 하려고 해……."

그가 다시 웃었다.

"아, 얘야! 그 웃음소리가 난 참 좋아!"

"그게 바로 내 선물이야…… 물도 마찬가지고……."

"무슨 말을 하는 거니?"

"사람들에게 별들이 다 똑같은 게 아니야. 여행하는 사람에겐 별은 길잡이지. 또 어떤 이들에겐 그저 조그만 빛일 뿐이고. 학자들에게는 풀어야 할 문제일 거고. 내가 만난 사업가에겐 별이 황금이지. 하지만 별들은 모두 입을 다물고 있어. 아저씬 어느 누구도 갖지 못한 별들을 가지게 될 거야……."

"그게 무슨 말이니?"

"밤에 하늘을 바라볼 때면 내가 그 별들 중 하나에 살고 있을 테니까, 내가 그 별들 중 하나에서 웃고 있을 테니까 모든 별이 다 아저씨에겐 웃는 것처럼 보일 거야. 아저씬 웃을 줄 아는 별들을 가지게 되는 거야!"

그는 또 웃었다.

"그래서 아저씨의 슬픔이 가셨을 때는 (언제나 슬픔은 가시게 마련이니까) 나를 안 것을 기뻐하게 될 거야. 아저씬 언제까지나 나의 친구로 있을 거야. 나와 함께 웃고 싶을 거고. 그래서 이따금 괜히 창문을 열겠지…… 그럼 아저씨 친구들은 아저씨가 하늘을 바라보고 웃는 걸 보면서 꽤나 놀랄 테지. 그러면 그 친구들에게 이렇게 말해줘. '그래, 별들을 보면 언제나 웃음이 나와버려!' 그러면 아저씨가 미쳤다고 생각할 거야. 내가 아저씨에게 못할 짓을 한 건지도 몰라……."

그리고 그는 다시 웃었다.

"내가 별들이 아니라 웃을 줄 아는 조그만 방울들을 아저씨에게 잔뜩 준 셈이지……." 그리고 그는 또 웃었다. 그러더니 다시 정색을 했다.

"오늘밤은…… 알겠지만…… 오지 마."

"난 네 곁을 떠나지 않을 거야."

"난 아픈 것처럼 보일 거야…… 어쩌면 죽어가는 것처럼 보일 거야. 그렇게 될 거야. 그런 걸 보러 오지 마. 그럴 필요 없어."

"난 네 곁을 떠나지 않을 거야."

그러나 그는 근심스러운 빛이었다.

"내가 이런 말을 하는 건…… 역시 뱀 때문이야. 뱀이 아저씨를 물면 안 되거든…… 뱀들은 사나워. 괜히 장난삼아 물 수도 있거든……."

"난 네 곁을 떠나지 않을 거야."

그러나 무언가 그를 안심시키는 듯했다.

"사실 두 번째 물 때는 독이 없기는 해……."

174

그날 밤 나는 그가 길을 떠나는 걸 보지 못했다. 그가 소리 없이 사라져버린 것이다. 뒤쫓아가서 그를 만났을 때도 그는 빠른 걸음으로 망설임 없이 걸어갔다. 그는 단지 이렇게 말할 뿐이었다.

"아! 아저씨 왔어⋯⋯."

그러고는 내 손을 잡았다. 그러나 그는 또다시 걱정을 했다.

"아저씨가 온 건 잘못이야. 마음이 아플 거야. 정말로 죽는 건 아니지만, 내가 죽는 것처럼 보일 테니까."

나는 아무 말도 하지 않았다.

"아저씨도 알 거야. 거긴 너무 멀어. 이 몸뚱어리를 가지고 갈 수는 없어. 너무 무거워."

나는 아무 말도 하지 않았다.

"그건 벗어버린 낡은 껍질이나 마찬가지야. 낡은 껍질을 갖고 슬퍼할 건 없잖아⋯⋯."

나는 아무 말도 하지 않았다.

그는 조금 낙담한 듯 보였다. 그러나 다시 기운을 내려고 애를 썼다.

"참 좋을 거야. 별들을 바라보는 거 말이야. 별들이란 별은 모두 녹슨 도르래가 달린 우물이 되는 거야. 별들이 모두 내게 마실 물을 부어줄 거야⋯⋯."

나도 입을 다물었다.

"참 재미있을 거야! 아저씨는 오억 개의 작은 방울들을 가지게 되고, 난 오억 개의 샘물을 가지게 될 테니까 말이야⋯⋯."

그러고 나서 그도 아무 말이 없었다. 울고 있었던 것이다.

"여기야. 나 혼자 한 발짝만 더 내딛게 내버려둬."

그러더니 그는 그 자리에 앉았다. 무서웠기 때문이다. 그가 다시 말했다.

"아저씨…… 내 꽃 말인데…… 나는 그 꽃에 책임이 있어! 게다가 그 꽃은 몹시 약하거든! 너무나 순진하고, 외부 세계에 맞서 자기 몸을 방어한다면서 고작 별것도 아닌 가시 네 개밖에 안 가지고 있……."

나는 더는 서 있을 수 없어서 자리에 앉고 말았다. 그가 말했다.

"자…… 이제 다 끝났어……."

그는 또다시 조금 망설이더니 다시 몸을 일으켜 한 발자국 내디뎠다. 나는 꼼짝도 할 수가 없었다.

그의 발목 위에서 노란빛이 한줄기 반짝했을 뿐이다. 그는 잠시 그대로 서 있었다. 그는 비명을 지르지 않았다. 나무가 쓰러지듯 그는 천천히 쓰러졌다. 모래밭이어서 소리조차 들리지 않았다.

27

그게 벌써 여섯 해 전 일이구나……. 이 이야기를 나는 여태껏 한 번도 꺼내지 않았다. 다시 만난 친구들은 내가 살아 돌아온 걸 보고 정말 기뻐했다. 나는 슬펐지만 "피곤하네"라고만 말했다.

이제는 내 슬픔도 조금 가라앉았다. 그러니까 다시 말하면…… 슬픔이 완전히 가신 것은 아니라는 거다. 하지만 나는 그가 자기의 별로 다시 돌아갔다는 걸 잘 알고 있다. 다음 날 해가 떴을 때 그의 몸을 다시 볼 수 없었으므로, 그의 몸이 그리 무겁지 않긴 했지만…… 밤이 오면 나는 별들에 귀기울이는 걸 좋아하게 되었다. 그 별들은 흡사 오억 개의 작은 방울들 같았다…….

나무가 쓰러지듯 그는 천천히 쓰러졌다.

그런데 참으로 야릇한 일이 일어나고 말았다! 어린 왕자에게 그려준 부리망에 가죽끈을 붙여주는 것을 그만 잊어버렸던 것이다! 부리망을 양의 입에 잡아맬 도리가 없게 되었다. 그래서 나는 '그의 별에서 무슨 일이 일어난 것은 아닐까? 양이 꽃을 먹어버리지는 않았나……' 궁금해하곤 한다.

어느 때는 '천만에, 먹지 않았겠지! 어린 왕자는 그의 꽃을 밤새도록 유리 덮개로 잘 덮어놓았을 거야. 양도 잘 지킬 테고……'라는 생각도 해본다. 그러면 나는 행복해진다. 그러면 또 모든 별이 다 부드럽게 웃는 것이다.

어느 때는 또 '한두 번 방심할 수도 있지. 그러면 끝장인데! 어느 날 밤 그가 깜빡하고 유리 덮개 덮는 걸 잊어버렸을 수도 있고, 양이 밤중에 소리 없이 밖으로 나왔을지도 몰라……' 하는 생각이 들기도 한다. 그러면 작은 방울들은 모두 눈물방울로 변한다!

정말 커다란 수수께끼다. 어린 왕자를 사랑하는 여러분에게나 나에게나, 이 세상 어딘가에서 우리가 알지 못하는 한 마리 양이 꽃 한 송이를 먹었느냐, 먹지 않았느냐에 따라서 천지가 온통 달라지니…….

하늘을 바라보라. 마음속으로 물어보라. '양이 그 꽃을 먹었을까, 먹지 않았을까?' 그러면 답에 따라 모든 것이 얼마나 달라지는지 여러분은 알게 될 것이다…….

그런데 어른들은 아무도 이것이 그토록 중요하다는 사실을 결코 이해하지 못할 것이다!

이것은 내게 세상에서 가장 아름답고도 슬픈 풍경이다. 바로 앞에서 본 것과 똑같은 풍경이지만 여러분에게 더 잘 보여주기 위해 다시 한 번 그린 것이다. 어린 왕자가 지상에 나타났다가 사라진 곳이 바로 여기다.

이 그림을 자세히 잘 보아두었다가 여러분이 언제고 아프리카 사막을 여행할 때, 똑같은 풍경이 나오면 알아볼 수 있기를 바란다. 그리고 혹시 이곳을 지나가게 되면, 발걸음을 재촉하지 말고 별빛 밑에서 잠시 기다려보길 간곡히 부탁한다! 그때 만일 한 어린아이가 여러분에게 다가오는데 그 어린아이가 웃고 있고 머리가 금빛이라면, 그리고 묻는 말에 아이가 대답을 하지 않는다면 여러분은 그 아이가 누구인지 알아챌 수 있을 것이다. 그때는 내게 친절을 베풀어주시길 바라니, 이처럼 마냥 슬퍼하도록 나를 내버려두지 말고 빨리 편지를 보내주길 바란다. 그 애가 돌아왔노라고…….

어린 왕자
읽기

어린 왕자의 세계
등장인물과 행성들

델핀 라크루아[1]

—

"우리는 매번 우리의 가슴속에 사는 순진무구한 사람의 말을
들으려고 하지 않는다. 우리 속에 머물면서 우리가 보아야 할 것들을 소중하게 간직한
어린아이가 고개를 들 때마다 그 아이를 억눌러버린다."
- 폴 발레리[2], 〈인간과 조개 L'Homme et la coquille〉, 《바리에테 Variété》 5권

많은 질문들을 받았지만, 어린 왕자는 결코 시원한 답을 한 적이 없다. 생텍쥐페리 역시 대부분의 어른과는 달리 설명 같은 것을 할 생각을 하지 않았다.[3] 어린 왕자에게나 생텍쥐페리에게나 "중요한 것은 눈에 보이지 않는 법이었다." 이런 태도와 세계관은 〈어린 왕자〉를 이해하게 해주는 열쇠인 동시에 사물들을 서로 연결하지만 결코 눈에는 보이지 않는 관계들을 보게 하고 드러나도록 돕기도 한다. 예를 들면 한 인간이 타인과 맺는 관계들, 사물의 구성 원소들, 우리가 동물들이나 꽃들과 맺는 관계들은 우선은 일상적 움직임과 직업을 통해서 형성되지만 결국은 문화와 문명을 통해 구축되면서 문화와 문명을 만들어내기도 한다. 이 관계들은 우리를 풍요롭게 하지만 동시에 책임을 질 것을 요구한다. 생텍쥐페리는 말했다. "인간은 관계들의 매듭일 뿐"[4]이라고. 인간과 세계의 본질에 대한 이런 생각은 〈어린 왕자〉를 쓰는 내내 모든 등장인물들 하나하나에 적용된다. 어떤 이들은 진정한 관계를 맺지 못하고 외롭게 홀로 있다. 진정한 관계를 맺기 위해서는 먼저 남의 말을 들을 줄 알아야 하며 기쁨이든 슬픔이든 나눌 줄도 알아야 하는데, 그렇지 못할 경우 진정한 관계를 맺지 못하고 홀로 있게 되는 것이다. 관계를 맺는다는 것은 삶 속에 그대로 기록되는 하나의 창조 행위이며 삶에 의미를 부여하는 행위이

*

조종사

　〈어린 왕자〉 이야기는 어린 시절의 한 추억에서 시작한다. 이야기를 들려주는 화자는 어렸을 때 원시림에 관한 책을 한 권 읽었는데 그 책에는 《직접 겪은 이야기들》이라는 제목이 붙어 있었다. 그 책에서 본 무서운 그림 때문에 어린아이는 자기도 그림을 그리고 싶다는 강렬한 욕망을 느낀다. 이렇게 해서 그린 그의 첫 그림이 코끼리를 삼키고 소화하는 중인 거대한 보아뱀 그림이다. 하지만 어른들은 그림 뒤에 숨어 있는 진정한 의미를 읽을 수 없어서 어린아이의 감동을 나누어 갖지 못한다. 보아뱀 안에 들어 있는 코끼리를 보여주는, 엑스선으로 찍은 것 같은 두 번째 이미지마저 실패하자 어린아이는 그만 "화가라는 멋진 직업"을 단념하고 만다. 주위에 있던 모든 사람은 이구동성으로 아이에게 그림 대신 "지리, 역사, 산수, 문법" 같은 진지한 과목들을 공부하라고 야단을 치기도 했다.

　어른이 된 화자는 옛날에 그렸던 이 그림을 "지혜로워" 보이거나 또 "이해할 줄 아는" 사람처럼 보이는 이들에게 보여주려고 간직했다고 한다. 그는 손안에 자신의 과거를 마치 회고록처럼 쥐고 있다. 그러나 어른들을 아무리 만나 봐도 모두들 그림을 이해하지 못하고 만다. 그래서 이

사막에 떨어진 조종사와 멀리 그의 비행기가 보인다. 책에는 반영되지 않은 준비 데생 (1942).

어린 왕자와 조종사의 손, 준비 데생(1942).

야기를 들려주는 화자는 이런 경험을 털어놓으면서 우리에게 상상력에 귀를 기울이라고 요구한다. 그리고 눈에 보이는 진부한 것들과 겉모습 그 너머에 있는 세계와 자아를 찾아가 보자고 제안한다.

한 세계에서 다른 세계로 가도, 그리고 어린 시절이 가고 어른이 되어도 고독은 사라지지 않고 계속된다. "친구가 필요"한 어린 왕자처럼, 조종사는 다음과 같이 자신의 삶을 요약해서 들려준다. "나는 마음을 터놓고 진정으로 이야기를 할 사람 하나 만나지 못한 채 지내왔다." 그러다가 그는 마침내 보아뱀 안 코끼리를 알아보는 사막의 어린 신사를 만나게 된다. 어린 왕자의 부탁 덕분에 조종사는 다시 그림을 그린다. 그러면서 다시 어린 시절의 말을 되찾고 즉각적으로 반응을 불러오는 그림들도 되찾으면서 드디어 자아와 세계가 본래부터 하나였다는 잃어버렸던 인식도 되찾게 된다.

조종사는 어린 왕자 덕분에 자신 안에 있었지만 잊고 있던 또 다른 나를 만난다. 사막에서 우물을 찾던 중 그는 옛날 어린 시절을 보낸 집에서 들었던 '보물', '파묻힌'이라는 단어들을 기억해내며 "크리스마스트리에서 반짝이던 불빛, 자정 미사에서 듣던 음악 소리" 그리고 크리스마스 선물을 주고받으며 주변을 환하게 만들어주던 "사람들의 다정한 미소"를 다시 떠올린다. 다시금 눈앞에서 밝게 번쩍이는 "모래사막이 퍼뜨리는 신비로운 빛살"을 찾았다는 건 빛 자체를 찾았다는 뜻이 아니라 사물의 진정한 의미를 재발견해내는 우리의 능력 속에서 반짝이는 빛을 찾았다는 것이다. 우리는 이 빛을 발견하는 능력을 통해, 시계로 측정할 수 있는 객관적 시간 너머에 두텁게 쌓인 시간의 깊이 속에서 사물들과 연결된다.

조종사는 '직업'을 통해 다음과 같이 간단히 자신을 정의한다. "나는 비행기 조종하는 법을 배웠다. 세계의 여기저기 거의 안 가본 데가 없이 나는 날아다녔다." 그 외의 자전적 표식들에 대해서는 입을 다물면서 의도적으로 자신을 숨긴다. 작가가 남긴 초고를 보면 다음과 같은 내용이 나온다. "나는 오랫동안 우편물과 승객들을 실어날랐어. (중략) 나는 또 책도 여러 권 썼지. 그리고 전쟁도 했어." 작가가 그린 망치(고장난 비행기를 고치는 연장)를 들고 있는 데생 두 장과 사막에 고립된 인물들을 그린 데생들은 현재 남아 있지 않다. 어쨌든 조종사는 아주 중요한 역할을 하는데, 다름 아니라 우리에게 이야기를 들려주는 사람이 바로 그다. 우리는 이 사람의 눈을 통해 어린 왕자와 그의 세계를 보게 된다. 이야기를 들려주는 화자는 작가 생텍쥐페리와 동일시되는데 많은 흔적들을 통해 이를 확인할 수 있다. 이 인물의 진실은 어른이 된 그가 자신의 어린 시절과 나누는 대화에, 즉 자신 속에서 숨쉬고 창조하는 어린아이와의 만남 속에 들어 있다. 우리가 어른이 된 다음 우리의 어린 시절은 과연 남아 있는 걸까? 남아 있다면 무엇이 얼마나 남아 있을까? 조종사와 어린 왕자는 같은 인물이다. 물론 서로 다른 시간대에 존재한다. 그들의 음성은 독자들 가슴속에서 다른 메아리를 울릴 테고 독자들은 각각 자신만이 지닌 시간대에 들어가 이 메아리를 다시 해석할 것이다.

*

어린 왕자

"이 생이 끝나도 내세에서 다시 살아날 것이며
덧없는 인생이라는 생각은 터무니없는 것이라는 믿음이
늘 초상화를 그리는 작업을 지배해왔다."
-G. & F. 프랑카스텔[5], 《초상화》

'어린 왕자'라는 이름은 조종사를 만난 후 2장이 끝나갈 때 "나는 이렇게 해서 어린 왕자를 알게 되었다"는 문장을 통해 처음 명시된다. 어린 왕자는 스스로를 단 한 번만 어린 왕자로 지

칭할 뿐이고 자신의 모습도 비유적으로 대충 묘사한다. "이 세상에 오직 하나뿐인 꽃을 가진 부자인 줄 알았는데 내가 가진 꽃은 그저 평범한 꽃 한 송이에 지나지 않았어. 그 꽃하고 내 무릎밖에 안 오는 화산 세 개를 가지고선 뭐 대단한 왕자도 못 되겠군. 그중 하나는 영영 불이 꺼져버렸는지도 모르고……." 그는 아이이기 때문에 '어린' 왕자지만 동시에 왕국을 갖고 있기에 왕자이기도 하다. 옛날의 헤라클레이토스[6] 등의 성현이 말했듯이 "어린이는 왕국인 것이다."

어린 왕자는 "해가 뜰 무렵"에 환한 빛을 내며 마치 태양신 아폴론처럼 신비한 모습으로 나타난다. 그가 내뿜는 빛은 금빛 머리칼과 목에 두르고 다니는 금빛 머플러 탓에 언제나 금빛을 띠고 있다. 이 금빛은 별들의 빛이기도 하다. 뱀이 어린 왕자에게 말하는 것을 들어보자. "너는 순진하고 또 다른 별에서 왔으니까……." 어린 왕자는 동시에 토성형 인간[7]이기도 해서 '해가 지는 석양'을 좋아하는데 이로써 어린 왕자가 슬프고 우울한 모습을 숨기고 있음을 알 수 있다. 어린 왕자는 이 비극적 석양을 즐겨 관조하곤 하는데 석양은 종말인 동시에 영원무궁함을 바라는 욕망을 나타낸다. 석양은 저녁에 빛나는 황금이어서 슬픔, 사랑, 아름다움이 서로 만나는 시간이다. "너무 슬플 때에는 해 지는 풍경을 좋아하게 되고 말아……."

누군가를 사귀는 가장 좋은 방법은 그가 무엇을 좋아하고 무엇을 원하는지를 이해하는 것이다. 어린 왕자는 양을 그린 그림을 갖고 싶었다. 어디서 왔는지 도저히 알 수 없는 강한 힘으로 어린 왕자는 명령을 반복했다. 그랬더니 양이 들어가 있는 상자를 받게 되었고 매우 만족스러

위해다. "이게 바로 내가 원하던 거야!"

　어린 왕자를 그린 스물두 점의 그림들은 똑같지 않고 모두 다르다. 그래서 마치 모델인 어린 왕자가 포착하기 힘든 상태에 있거나, 눈에 들어오는 그의 이미지가 어린 왕자의 전부가 아닌 듯한 인상을 받게 된다. 작가 스스로도 말했다. "어떤 그림은 잘 그린 것 같은데 어떤 그림은 전혀 닮지 않았다." 가장 많이 알려진 어린 왕자 그림은 책표지를 장식한 것으로 자신의 행성 위 두 화산 사이에 서 있는 모습을 그린 그림이다. 작은 꽃 몇 송이가 보이고 어린 왕자의 시선은 "심각한 빛을 띤 채 멀리 아득한 곳을 바라보았다." 어린 왕자를 그린 그림들 중 가장 위풍당당한 그림은 왕자처럼 옷을 입은 채 한 손에 칼을 들고 있는 그림인데 그림 밑에는 다음과 같은 설명이 곁들여 있다. "이 그림이 내가 훗날 어린 왕자를 모델로 그린 그림들 중에서 가장 훌륭한 것이다."

　어린 왕자를 그린 그림들 중 가장 "귀여운" 그림은 책 제목이 찍혀 있는 속표지 그림으로 화자가 어린 왕자의 이동 수단을 해석한 그림이다. 그런데 책을 낼 때 반영되지 않은 원고를 보면 다음과 같은 글이 나온다. "그의 두 눈은 어린 왕자를 데려가는 새들을 그린 그림에 떨어져 꽂혔다. 이건 가장 귀여운 그림이다. 그가 말했다. '그러나 나는 꼭 그런 식으로 여행을 하지는 않았어요……' 그는 어딘지 우울해 보이는 미소를 지었다. '그러나 그건, 아저씨에게 말할 수 없어요. 그건 비밀이에요.'"

　그들이 처음 만났을 때 조종사는 깜짝 놀라면서 다음과 같은 사실을 확인한다. "그런데 그 어린아이는 길을 잃은 것 같지도 않아 보였고 또 피곤과 배고픔과 목마름과 두려움에 시달리는 것 같아 보이지도 않았다." 화자는 어린 왕자를 찬찬히 살펴보면서 조금씩 능숙하게 어린 왕자가 말을 하지 않고 숨기는 것이 무엇인지를 알아낸다. 독자들은 이렇게 해서 조종사가 알아내는 과정을 따라가면서 어린 왕자라는 인물을 '길들인다'. 어린 왕자는 '걱정이 많았고', '심각했으며', 또 '진지했다'. 그는 '분노'와 '원한'을 나타낼 수도 있었고 '몰인정'할 수도 있고 '아주 신경질적'일 수도 있었다. '공포'를 느끼고 '후회'를 할 수도 있으며 심지어 때때로 '낙담'을 하기도 했다. 재능을 타고났고 감수성도 예민했다. 동시에 용기

가 있었고 강한 의지를 갖고 있었으며 명철한 사고력과 놀라운 직관도 갖추고 있었다. 책임감을 보여주었고 규율도 잘 지켰으며 자신의 행성을 정성 들여 잘 관리했고 일의 마무리도 야무지게 했다. 그는 그런 자신을 보고 미소 지을 줄 알았으며 언제 어디서든지 자기 자신을 스스로 판단할 줄 알았다.

또한 어린 왕자는 울기도 하는데, 본심에서 우러나와 행동하는 그를 다른 어른들과 구별해주는 것이 바로 이것이었다. 그래서 화자는 감동한 나머지 다음과 같이 결론 내린다. "눈물의 나라는 그처럼 신비로운 것이었다!" 어린 왕자는 미소를 짓기도 하고 잘 웃기도 한다. 그의 웃음은 잠든 세계를 깨우는데 별들을 작은 "방울들"처럼 흔들어대기 때문이다. 이 "터져 나오는 아주 귀여운 웃음"은 "사막의 샘물" 같은 것이고 우주 전체로 그 의미가 확장된다. "밤에 하늘을 바라볼 때면 내가 그 별들 중 하나에 살고 있을 테니까, 내가 그 별들 중 하나에서 웃고 있을 테니까 모든 별이 다 아저씨에겐 웃는 것처럼 보일 거야."

어린 왕자는 질문을 많이 하기도 한다(그 질문들에는 단순한 것, 순진한 것도 있지만 복잡한 것도 있다). 그의 삶은 계속 배워나가는 과정을 따라 흘러간다. 앎을 대하는 어린 왕자의 태도는 다양하다. 어떤 때는 어린아이처럼 배우고 또 어떤 때는 완전히 철이 든 성인처럼 배운다. 어린 왕자는 보아뱀 안에서 코끼리를 보고, 상자 안에 있는 양을 알아보는 능력을 타고난 아이다. 사전에 미리 형식에 따라 표현되지 않았어도 사물들을 간파해낼 줄 안다

그는 지혜를 통해 수수께끼 같은 진실들을 말하기도 한다. 예를 들어보자. "앞으로 곧장 가봐야 멀리 갈 수도 없는걸……", "사람들은 상상력이 없어서 다른 사람이 한 말만 되풀이하고", "어린아이들만이 자신이 무엇을 찾는지 알고 있어."

어린 왕자는 자신을 둘러싸고 있는 것들을 사랑하고, 배려하고, 보호할 줄 안다. 그는 나눔과 성실함의 의미를 깨달아 알고 있다. 어린 왕자는 혼자 있을 줄 알며, 여우를 만나고 또 같은 가치관을 갖고 있는 조종사를 만난 덕분에 우정의 의미에 대해서도 배운다. 이 모든 자질을 통해 어린 왕자는 대단한 정신력과 깊은 인격을 갖춘 존재가 되어간다. 그의 호기심과 경이로워할 줄 아는 순진함은 그로 하여금 의미를 추구하도록 등을 떠민다.

조종사는 자신의 품에 안겨 잠이 든 어린 왕자를 다음과 같이 묘사한다. "가슴이 뭉클했다. 부서지기 쉬운 어떤 보물을 안고 가는 느낌이었다. 마치 이 지구에는 그보다 더 부서지기 쉬운 건 없을 듯한 느낌마저 들었다. 나는 그를 쳐다본다. ……그리고 나는 말한다. 창백한 이마, 감긴 두 눈, 바람결에 나부끼는 머리칼을 달빛 아래서 바라보며 나는 생각했다. '내가 보는 것은 껍질에 지나지 않아. 가장 중요한 건 눈에 보이지 않아……'" 어린 왕자는 천사의 모습을 하고

있는 것인지도 모른다. 신비하게 이동을 하고, 별들 사이를 오가며 메시지를 전하고, 그러면서도 인간들에게 질문을 던지곤 한다. 약하기 때문에 어린 왕자의 아름다움들도 한순간 존재하다 사라져버리고 만다. 어린 왕자의 그 천사 같은 모습 때문에 우리의 마음에 경이로움이 일어나 그를 찬찬히 살펴보도록 하고, 나아가 그를 명상의 대상으로 삼게 한다.

동화들이 그렇듯이 〈어린 왕자〉도 결코 '가볍게' 읽을 수 있는 이야기가 아니다. 조종사가 어린 왕자와 영원히 이별을 고할 때 그 이별은 영원한 것이기에 그 안에 숨어 있는 비극을 보여준다. 그리고 어린 왕자가 떠난 빈자리에서는 그 빈자리에 맞서는 창조적 이미지들의 움직임이 시작된다. 그래서 조종사는 다음과 같이 말한다. 그는 "밤이 오면 나는 별들에 귀기울이는 걸 좋아하게 되었다. 그 별들은 흡사 오억 개의 작은 방울들 같았다." 그 소리는 조종사에게 어린 왕자의 웃음소리를 떠올리게 한다. 마찬가지로 여우도 어린 왕자에게 둘을 영원히 맺어주는 말을 한다. "그런데 너는 금빛 머리칼을 가졌어. (중략) 밀은 금빛이라서 너를 생각나게 할 거니까. 그래서 나는 밀밭에 부는 바람 소리를 사랑하게 될 거야……" 눈에 보이는 겉모습이 다가 아니었던 것이다. 밀밭과 밤하늘 별들, 이 세상에서 가장 아름답고 가장 슬픈 풍경은 존재들이 태어나도록 씨를 뿌리고 이 존재들에게 '사랑의 힘'을 불어넣는다. 생텍쥐페리도 자신의 인생에서 가장 어려운 시기에 처했을 때를 기억하면서 유사한 말을 했다. "나는 내 모든 기억을 간직하고 있고, 내가 비축해놓은 모든 물건들도 갖고 있으며, 내가 주었던 모든 사랑도 간직하고 있다. 나는 내 어린 시절도, 뿌리처럼 어둠 속으로 사라지는 어린 시절도 간직하고 있다."[8]

*

꽃에서 장미로 나아가다

"장미는 봉오리가 솟아 잎이 열리고 그러다 시들어버리는 평범한 꽃이 아니다.
장미는 교훈을 잔뜩 갖고 있는 한 권의 책이다.
분석을 하면 장미는 죽는다.
장미는 조금 우울한 일종의 축제라고 할 수 있다."
-넬리 드 보귀에에게 보낸 편지 중에서(오르콩트[9], 1939년 12월)

어린 왕자가 떠나게 된 배경에는 장미가 자리한다. 뱀이 어린 왕자에게 "여긴 뭐 하러 왔니" 하고 물어보자 어린 왕자는 "어떤 꽃하고 골치 아픈 일이 좀 있어"라고 대답한다. 이 답을 듣고

생텍쥐페리가 젊을 때 쓴 시. 〈이별 L'Adieu〉에 그린 장미 데생(1919).

뱀이 한 짧은 말은 많은 것을 말해준다. 어린 왕자는 장미에게서 멀어지자 그제야 장미를 향한 진정한 사랑을 느낀다. 가까이 있을 때는 서로 오해를 많이 하는 바람에 둘 모두 불행해지곤 했다.

〈어린 왕자〉 5장에서 보듯이, 어린 왕자가 사는 작은 소행성에 새로운 가느다란 나뭇가지가 솟아나자 이를 본 어린 왕자는 바빠진다. 어린 왕자는 그 잔가지가 '바오밥나무' 가지인지 아니면 장미나무 가지인지를 '구별'해내야만 했는데, 그것은 바오밥나무가 다 자라면 아주 위험하기 때문이었다. 하지만 아주 어릴 때에는 두 나무 모두 비슷비슷하게 생겼다. 어느 날 가까이 다가가서 작은 가지 하나를 찬찬히 살펴보던 어린 왕자는 다른 가지들과 구별되는 가지 하나를 보게 된다. 이 가지가 새로운 바오밥나무일 수도 있었다.

'양과 꽃들의 전쟁' 이야기가 나오는 〈어린 왕자〉 7장에 가서야 독자들은 어린 왕자의 장미가 존재한다는 사실과 어린 왕자의 걱정을 알게 된다. 어린 왕자의 새로운 친구인 양은 '가시'에 아랑곳하지 않고 장미꽃을 먹어버릴 수도 있다. 이 이야기를 통해 독자들은 장미를 알게 된다. 조종사와 어린 왕자 두 사람 사이에 대화가 오가고 두 사람이 처한 상황도 알게 된다. 처음에 꽃은 아름다운 모습으로 세상에 태어날 준비를 하고 어린 왕자는 이 모습을 놀란 눈으로 주의 깊게 바라본다. 그때만 해도 어린 왕자는 장미의 이 '기적과도 같은 출현'이 그의 인생을 뒤집어놓으리란 사실을 알지 못했다. 그래서 어린 왕자는 "정말 아름답군요!"라고 감탄사만 외쳐댔을 뿐이다. 그러나 꽃은 얼마 가지 않아 곧 자신의 단점들을 드러냈다. 우선 꽃은 겸손하지 않았고, 자신을 우습게 본다고 약간 화를 내면서도 허영심이 있었으며, 변덕이 심했고, 거짓말을 하거나 엉큼한 속임수도 부렸다. 다행히 장미꽃은 그러면서도 애정을 보여줄 줄 알았고 조용한 부드러움을 드러내기도 했다. 어린 왕자는 자신이 "꽃을 사랑하기에는 너무 어렸다"는 것을 알게 되었으며 장미의 말을 듣는 것에 그치지 말고 '보고', '들이마셔야 했다'는 것도 깨달았다. 무엇보다 말을 하는 대신 침묵을 지켜야 했다는 것도 알았다. 말은 오해의 근원이었던 것이다. 지리학자를 만나면서 어린 왕자는 장미가 덧없고 썩어 없어지는 것임을 알게 된다. 그래서 그때 어린 왕자는 장미를 단념한 것을 후회한다.

　'어린 왕자의 삶에 숨어 있는 진정한 비밀'은 '그의 장미'가 되는 한 송이 꽃을 향한 그의 사랑이다. '장미'라는 이름은 〈어린 왕자〉 20번째 장에 와서야 어린 왕자가 '장미꽃이 핀 정원'을 발견할 때 구체적으로 나온다. 그 모든 장미를 보면서 그는 자신의 장미가 헤아릴 수 없이 많은 예쁜 장미들 중 하나인 '평범한' 장미에 지나지 않는다는 사실을 깨닫는다. 이런 생각을 하게 되자 어린 왕자는 '불행'해지고 마는데, 이는 잘못된 생각이었다. 여우 덕택에 장미와 자신의 관계가 이 세상 어디에도 없는 유일하고 독특한 것이라는 사실을 깨달았을 때 어린 왕자에게 꽃이 '그의 장미'가 된다. "무슨 말인지 알 것 같아. (중략) 꽃 한 송이가 있었는데…… 그 꽃이 나를 길들인 거야." 장미는 유일한 꽃이지만 동시에 "덧없는 존재"여서 관리와 보호가 필요하다. 시간과 정성을 들이고 관심을 가져야 하는데 이렇게 투자된 시간들은 허비한 시간이 아니라 마침내 장미로 인해 되찾은 시간이 된다. 장미 덕택에 어린 왕자는 여우가 들려준 말을 깊이 깨닫는다. 즉 어린 왕자는 관계의 의미를 되새기며 "책임이 있다"[10]는 말의 깊은 의미도 발견하는 것이다.

　어린 왕자의 장미는 모든 장미 중에서 단 하나밖에 없는 유일한 장미이자 꽃다발 속에서 선택된 장미다. 그 장미는 어린 왕자의 소행성을 "향기로 뒤덮는다." 사랑 그 자체이며 어린 왕자의 기쁨과 괴로움 그리고 아름다움이기도 하다. 그 장미는 또한 우여곡절이 많은 예기치 못한 인간 삶의 기준이 되며, 나아가 안식처가 되기도 한다. 우리를 안심시키며, 위로하고, 다시 힘을 내어 돌아가도록 한다. 모험을 떠난 우리에게 따스한 두 팔을 벌릴 때 장미는 아름다운 여자인 동시에 어머니가 되기도 한다. 장미는 '왜'라고 묻는 법이 없다. 사랑이 그렇듯이 '장미는 장미니까', 장미일 뿐이니까.

　앙투안 드 생텍쥐페리와 그의 아내 콘수엘로의 부부 관계 역시 이처럼 이성으로 따질 수 없는 것이었다. 부부는 어린아이들

을 위한 동화 형식을 빌려 꽤나 복잡했던 관계를 되돌아보고 화해했다. 따라서 '장미'라는 단어를 욕망과 관념 사이에서 양자를 조절하는 말로 받아들이는 동시에 문학적·철학적 관점에서, 그리고 문학과 철학의 역사 속에서도 살펴보아야 한다(예를 들면 중세에 아벨라르가 놀라 로자 에스트nulla rosa est[11]라고 말했던 것까지 거슬러 올라가 함께 생각해볼 수 있다). 장미는 사실 문학이 시작된 아주 오랜 옛날부터 수많은 시인들이 즐겨 꿈꾸고 노래했던 주제였다. (마리나 츠베타예바[12]의 시를 보자. "시들은 태어난다. 별처럼, 장미처럼/시인은 발견하고 혹은 꿈꾼다. 꽃의 언어를, 별의 법칙을.") 하지만 장미는 인간의 깊은 우울을 위로해줄 비밀을 알고 있을까?

　　장미는 우리에게 문학 속에서 표현된 사랑의 수수께끼를 찾아보라고 권한다. 수수께끼 같은 사랑, 그 사랑은 실체가 아니라 사랑을 사랑한 것일지도 모른다. 그건 단지 하나의 이미지일 수도 있다. "어느 별에 사는 꽃 한 송이를 사랑한다면 밤에 하늘을 바라보는 것만으로도 감미로울 거야. 어느 별이든 모두 꽃이 필 테니까." 사랑은 가장 중요한 일이 되었고 "별들이 아름다워. 그건 보이지 않는 꽃 한 송이가 있기 때문이야……." 하지만 사람들은 종종 이야기의 슬픈 끝을 잊곤 한다. "양이 그 꽃을 먹었을까, 먹지 않았을까?" 언젠가 장미는 날카로운 가시가 있음에도, 장미가 행성에서 피어났음에도, 보아뱀에게 먹힌 코끼리처럼 누군가에게 먹혀버리고 말까? 어린 왕자가 관심을 갖고 지켜보는데도? 이렇게 해서 장미 수수께끼는 영원히 다시 시작된다.

*

여우

"여우 한 마리를 키우는데 아프리카 사막여우인지
홀로 사는 여우인지 잘 모르겠어. 고양이보다 더 작은 여우인데 귀는 엄청 커.
정말 사랑스러워. 안타깝게도 야생 그대로의 야수성이 있어서 사자처럼 울부짖곤 해."
- 누이동생 디디Didi에게 보낸 편지(쥐비곶[13], 1928).

　　동물들과 관련된 허구의 세계는 인류의 가장 오래된 기억 속에 자리 잡고 있다. 여우를 비롯해 곰, 암사슴 수사슴, 새 등은 신화와 중세의 전설들 속에 가장 빈번하게 등장하면서 인간세계와 관계를 맺는다. 이런 동물들이 등장하는 우화의 세계에서는 동물들이 인간들처럼 말을 하며 작가들은 낯설지 않은 풍경들 속에서 매우 다양한 상징들을 이끌어낸다. 여우는 가장자리에 사는 동물이다. 즉 여우는 인간과 가까이 살면서도 동시에 인간의 길들이는 손이 미치지 못하는 야생 세계에 사는 동물이다. 여우는 어린 왕자처럼 갑작스레 나타난다. 어린 왕자와 여우의 만남은 〈어린 왕자〉 전체를 앞과 뒤로 나눌 정도로 중요하다. 여우는 독자들에게 삶의 비밀을 보여준다. 여우의 지혜는 오랜 경험에서 나왔고, 그 지혜를 어린 왕자에게 가르쳐주는 놀라운 재주도 갖고 있다. 또한 여우는 아주 매혹적인 모습이어서 아이들은 여우를 자기 손에 넣고 싶다고 단번에 마음먹는다. 쾌활하고, 이해심이 깊으며, 너그럽고, 총명한 데다 계산도 밝다. 장난기가 있고 사람을 유혹하는 힘도 만만치 않으며, 어딘지 모르게 신비한 구석마저 있다. 그런 여우지만 사람들에게 별로 좋은 인상을 갖고 있지는 않다. 여우가 보기에 인간들의 일이란 닭을 키우고 마을 처녀들과 어울려 춤이나 추는 정도다. 무엇보다 인간들은 여우를 마을에 들어오지 못하게 멀리 쫓아낸다. 그래서 여우는 인간들을 잘 잊어버리고, 인내심이 부족한 데다 무식하기까지 한 동물로 인식한다. 여우가 보기에 인간은 사물을 '길들이는' 시간을 갖지 않는 것처럼 보인다. 자연히 여우가 보기엔 인간들은 사물을 잘 '알지' 못하며 따라서 그들은 가장 중요한 '본질'을 잊고 사는 것이다.

'길들인다'는 것은 '관계를 맺는 것'이다. 여우는 이런 자신의 가르침을 실천에 옮기며 살아간다. 타인을 향해 사랑을 베푼다는 것은 그와 함께 천천히 크고 작은 관계의 망을 짜나가는 것이다. 이 행위야말로 인간들을 인간 자신으로 만들어준다. "네가 나를 길들인다면 우린 서로를 필요로 하는 사이가 되고 난 너에게, 넌 나에게 이 세상에 오직 하나밖에 없는 존재가 되는 거야……." 하나밖에 없는 존재가 된다는 것은 차이를 만들어내는 것이고 인간을 인간들 사이에서, 사물을 사물들 사이에서 구분해내는 것이며, 이름 없는 숫자들의 세계에서, 익명의 세계에서 각자를 구별해내는 것이다. 이렇게 해서 한 개인은 시간에 자신만의 흔적을 남기고, 흘러가는 시간에 높고 낮은 굴곡을 만들며 진정한 삶을 살게 된다. 우정을 배워나가는 과정은 안무를 하는 것이라고 할 수 있으며 따라서 천천히 임해야만 한다.

'길들인다는 것'은 '사귀는 것'을 의미하기도 한다. 길들이는 행위 속에서 사람들은 잠시 서로의 차이점들을 무시하고 섞어버리는 공통의 박자와 리듬 같은 데 몸을 맡기기 때문이다. 이렇게 형성되는 관계 속에서 인간은 서로를 알아가며 스스로를 알아가기도 한다. '길들인다는 것'은 사랑하는 것이며 따라서 자신에게 주어진 '책임'을 깨닫는 것이다.

여우는 또한 의례가 무엇을 의미하는지도 보여준다. 의례는 시간에 의미를 부여하며, 시간의 흐름에 리듬을 준다. 축제가 벌어지고 함께 나누는 시간으로 우리를 초대한다. 이 시간은 숭고한 시간으로서 하루하루 속절없이 흘러가 버리는 세월에 점을 찍게 도와준다. 이렇게 해서 의

례는 한 단계 높은 전례典禮가 된다.

여우는 마지막 비밀을 공개하는데 그 비밀은 아주 단순하다. 즉 "중요한 건 눈으로는 보이지 않는다"는 것이다. 사물들을 서로 묶어주는 보이지 않는 매듭을 경험한 사람은 삶의 밀도를 얻는 이가 된다.

✳

뱀

> "미친 듯이 자란 풀들과 그 속을 기어다니는 뱀들의 관계는
> 어떻게 되었는가? 그 관계들은 어디에나 있는
> 어떤 보편적인 것과 함께 있는 것인가?"
> —⟨인간의 대지⟩

⟨어린 왕자⟩는 시작부터 뱀 이미지를 보여주었다. "맹수를 잡아먹고 있는 보아뱀", "보아뱀의 안", "보아뱀의 밖" 등을 독자들은 이미 보았다. 참으로 매혹적인 시작이다. 짐승을 삼켜버리는

boa. Un boa c'est très dangereux, et un éléphant c'est très
encombrant. Chez moi c'est tout petit. J'ai besoin d'un mouton.
Dessine-moi un mouton.
   Alors j'ai dessiné.

          DESSIN

   Il regarda attentivement, puis :
   - Non ! Celui-là est déjà très malade. Fais-en un
autre.
   Je dessinai :

          DESSIN

⟨어린 왕자⟩ 타자본(1942).

장면(이 장면은 어딘지 나치에 침략당한 당시의 유럽을 연상시킨다)의 메아리처럼 〈어린 왕자〉 뒤에 "삼십 초 만에 사람을 처형할 수 있는" 독사가 모습을 나타낸다. 이 독 있는 뱀은 어린 왕자가 지구에 왔을 때 그를 맞아주었고 다시 떠날 때도 순순히 놓아주면서 어린 왕자가 모든 여행을 마무리할 때 대미를 장식한다. 뱀은 사람들이 모르는 힘을 갖고 있다. 그래서인지 뱀은 시작과 끝이 품은 수수께끼들의 답을 아는 존재로 형이상학적 지혜를 상징한다. 또 뱀은 눈에 보이는 세계와 보이지 않는 세계 사이에서 중계자 역할도 수행한다. 그의 힘은 거대하고 성스럽기까지 하다. "왕의 손가락보다 더 힘이 센" 뱀은 "너를 배보다 더 멀리 데려다줄 수 있어." 뱀은 사람들을 죽이는 힘을 갖고 있기도 하다. "내가 건드리기만 하면 누구든 자신이 태어난 땅으로 돌아가지." 뱀은 수수께끼를 내는 존재로서 그 답을 '모두' 다 안다.

어린 왕자를 처음 만날 날 뱀은 어린 왕자를 도와주겠다고 제안한다. 뱀과 어린 왕자는 서로 암묵적 동의를 하고 어린 왕자가 지구에 떨어진 그날 그 장소에서 만나기로 약속한다. 이렇게 해서 어린 왕자는 밤에 사막으로 걸어나간다. 비행기를 다 고쳐서 곧 출발할 거라고 말하는 조종사의 눈에 들어온 것이 바로 이 모습이었다. "그의 발목 위에서 노란빛이 한줄기 반짝했을 뿐이다. 그는 잠시 그대로 서 있었다. 그는 비명을 지르지 않았다. 나무가 쓰러지듯 그는 천천히 쓰러졌다. 모래밭이어서 소리조차 들리지 않았다."

＊

양

조종사는 어린 왕자에게 양을 주면서 어떻게 보면 그에게 황금 양털[14] 같은 것을 준 것인지도 모른다. 양은 어린 왕자의 친구가 되고 '보물'이 된다. 언젠가 봤던 것이고 꿈꾸어왔던 대상인 양을 얻게 된 어린 왕자는 자신의 오랜 욕망을 충족한 것이다. 하지만 어린 왕자는 양에 관해 많은 질문을 한다. 이 모든 질문은 어린 왕자의 이야기가 전개되어나가는 데 있어 각각에 맡겨진 정확한 역할들을 한다. 조종사가 서서히 어린 왕자를 알아가는 것도 모두 양 덕택이다. 독자들은, '늙어가는 것이 확실한' 조종사와는 달리 어린 왕자에게는 상자 너머로 양을 볼 수 있는 능력이 있음을 단번에 알 수 있다. 양은 어린 왕자가 친구, 다시 말해 상징적 '여자친구'로 삼기 위해 택한 대상이다. 이어 독자들은 어린 왕자가 하는 걱정들을 통해 양이 '가시들에 아랑곳하지 않고' 꽃을 먹어치우리란 사실을 추론할 수 있다. 조종사는 근심하는 어린 왕자를 달래려고 양의 입에 채울 '부리망'과 양의 몸을 묶을 '가죽끈'을 만들 것이고 그보다 먼저 그림을 그리겠다고 약속한다. 하지만 그는 가죽끈을 잊어버리고 만다. "양이 그 꽃을 먹었을까, 먹지 않았을까?" 어린아이라면 궁금해할 만한 수수께끼다. 어린아이는 하늘에서 수많은 방울들이 웃음소리를 내다가도 눈물이 솟아나는 샘으로 바뀔 수 있다는 것을 알기 때문이다. 꽃에 무슨 일이 일어나기라도 하면 세상 전체가 바뀌는 것이다.

*

행성들과 지구

　생텍쥐페리는 그의 〈수첩들〉에서 어린 왕자가 방문한 행성들을 이해하게 해줄 열쇠를 제공한다. 작가는 '작은 섬들로 변한 인간들'을 언급하는데 작가는 이 인간들은 거의 반응을 하지 않는다고 적고 있다.[15] 작가가 제공한 힌트를 따라가면 어린 왕자가 만났던 왕, 허영심 많은 사람, 술꾼, 사업가, 가로등 켜는 사람, 지리학자 등을 더 잘 이해할 수 있다. 우선 이 여섯 사람의 일은 모두 다음 단계로 넘어가 계속 진행되게 하기 위해 지금 하는 일이 아니라는 공통점이 있다. 그래서 모두 자신의 행성에서 빙빙 제자리만 맴돌 뿐이다. 이렇게 해서 생텍쥐페리는 인간에게는 "스스로에게 만족하는 자족만큼 신비한 것도 달리 없다"[16]는 말을 하게 된다.

술주정꾼, 준비 데생(1942).

　　여행을 하던 어린 왕자가 발견한 첫 번째 행성은 왕이 사는 행성이다. 왕의 모습은 동화의 상상력을 비교적 충실하게 따르고 있어서 왕은 '담비 망토'를 걸쳤다.[17] 왕은 모든 것에 권력을 행사하고 싶어 한다. 하지만 그에게 복종할 신하가 없기에 마침 나타난 어린 왕자를 이용하려고 한다. 이렇게 해서 왕은 마침내 왕의 역할을 연기하는데, 이런 왕이 생각하는 세계는 아주 "간단"하다. 즉 그는 "모든 사람이 다 신하"라고 생각한다. 왕은 갈등을 싫어하며 언제나 존경만 받기를 원한다. 그래서 왕은 어떤 장군에게 나비처럼 이 꽃에서 저 꽃으로 날아다닐 것을 명령하거나, 혹은 비극 작품을 한 편 쓰라고 명령하거나, 바닷새로 변하도록 명령하기도 한다. 하지만

사업가?, 준비 데생(1942).

만일 명령을 받은 장군이 왕에게 명령받은 것을 실행에 옮기지 않는다면, 과연 누가 잘못한 것이라고 보아야 할까? 걱정할 것 없다. 왕은 생각보다 똑똑하고 선하다. 왕은 "권위는 무엇보다도 사리에 근거를 두어야" 한다는 것을 잘 아는 것이다. 이 왕은 국민들에게는 선한 왕일 가능성이 아주 높다. 하지만 안타깝게도 행성에는 오직 그만 있을 뿐 다른 사람이 아무도 없다. 왕은 담비 망토를 걸쳤지만 그 안에 아무것도 걸치지 않았다. 어린 왕자는 이 왕에게 금방 싫증이 나고 만다.

허영심 많은 남자는 자기 자신의 이미지 이외의 다른 것은 일체 갖지 못한 사람이다. 이 지독한 자기중심주의자는 말하자면 눈에 보이지 않는 줄들로 조종되는 꼭두각시 인형이라고 할 수 있다. 다른 사람들이 "박수를 치고 환호를 보낼" 때만 움직이는 사람이다. 오직 "찬양"만 듣는 그는 단 한 가지 행동만 하는데 다름 아니라 어처구니없게도 "모자를 들어올리며 답례"를 하는 것이다. 아무 의미도 없이 거의 자동으로 이루어지는 제스처다. 하지만 그를 "찬양하는 사람"은 아무도 없다. 아무도 그를 "이 별에서 가장 미남이고, 가장 옷을 잘 입으며, 가장 부자이고, 가장 똑똑한 사람"이라고 생각하지 않는 것이다. 그는 거울 앞에만 서 있으려 할 뿐 결코 다른 데 가려고 하지 않는다. 그는 외부와 어떤 관계도 맺지 않고 오직 헛된 자아 만족만으로 살아가는 외롭고 외로운 인간이다. 스스로에게 갇혀 있는 이 인간, 이 시스템 속에는 어린 왕자가 없다. 어린 왕자는 여기서도 싫증을 느끼고 곧 떠나고 만다. 우리는 안다. 지구에 가장 많은 사람들이 바로 이 허영심 가득한 사람들이라는 사실을.

이어서 어린 왕자는 참으로 슬픈 술꾼이 사는 별로 간다. 술꾼은 그야말로 제자리에서 빙빙 도는 사람이다. 절망을 해서 술을 먹었지만 점차 술 때문에 다시 절망을 하게 된 그는 도저히 이 악순환을 끊지 못한다. 술을 먹는 것이 너무 창피해서 이 창피함을 잊으려고 다시 술을 마신다. 이 술꾼의 고독은 어쩌면 가장 깊은 고독일지도 모른다.

우리가 흔히 비즈니스맨이라고 부르는 사업가는 생텍쥐페리가 살던 시대와 비교할 수 없을 정도로 오늘날 엄청나게 수가 늘어났다. 하지만 수만 늘어났을 뿐 옛날이나 지금이나 사업가들은 모두 대동소이하다. 이들은 오직 각종 '숫자들만' 바라보고 살면서도 스스로 세상에서 가장 '진지하게' 인생을 살아간다고 자부하는 사람들이다. 비즈니스맨은 별들을 갖고 있고 별들을 회계 처리한 다음 은행에 넣어둔다. 자신이 이 별들에게 얼마나 유용하지 않은지는 전혀 신경 쓸 문제가 아니다. 그의 별들은 죽은 별들이다. 시골 의사, 교사, 연구자 등은 다른 사람들의 삶과 깊이 연결된 직업들이다. 삶을 위해 공헌하는 이들의 존재는 세상을 더욱 단단하게 만들어준다. 비즈니스맨들이 모르는 것이 바로 이것이다. "꽃향기라고는 맡아본 적이 없는" 이 사

탐험가와 지리학자?, 준비 데생(1942).

업가는 그래도 "마음이 교만으로 가득"하고 "시뻘건 얼굴에 뚱뚱한 몸을 한" 사람이며 "버섯처럼" 생기기도 했고 때론 "진홍빛" 얼굴로 다니기도 한다. 오직 이익을 낼 궁리만 하고 다니는 것이다.

　가로등 불[18]을 켜는 사람은 '자기가 아닌 다른 사람들을 위한 일'을 하니 비즈니스맨과는 완전히 다른 일을 하는 사람이라고 할 수 있다. 이 사람은 거주하는 작은 별이 너무 빨리 자전을 하는 탓에 일 분마다 가로등을 켰다 꺼야만 한다. 그는 터무니없지만 이 변하지 않는 "명령"을 따라야만 한다. 이 인물은 보는 이들을 가슴 아프게 한다. 다름 아니라 그가 어떤 변화에도 너무나 무심하기 때문이다. 거의 기계처럼 살아가는 사람인 것이다. 그는 직업의 노예나 마찬가지다. 그래도 그는 어린 왕자가 만난 사람들 중에서 유일하게 자신의 일부를 일에 바친 사람이다. 가로등에 불을 켜는 행동은 별 하나를 태어나게 하고 꽃 한 송이를 피우는 일이기도 하기 때문이다. 게다가 가로등에 불을 켜는 그의 행동에는 약간의 아름다움마저 깃들어 있다. 쓸모 없어 보이지만 그의 행동을 통해 작은 가로등 불꽃이 유지되며 이 불꽃은 지나간 한 시대의 추억을 장식하는 불꽃이기도 하다. 가로등 불을 켜는 사람은 어쩌면 '충성'[19]과 '헌신'이라는 단어들에 의미를 부여하는 일을 하는지도 모른다. 어린 왕자도 그래서 유일하게 이 사람만은 친구로 삼았다.

　지리학자 역시 가로등 불을 켜는 사람 못지않게 조종사에게 아주 유용한 일을 하는 사람이다. 조종사는 이 사람 덕택에 '중국과 애리조나'를 구분할 수 있고 밤에도 길을 찾을 수 있다. 하지만 직업상의 어쩔 수 없는 한계 때문에 지리학자는 가장 중요한 것을 고려하지 못하고 마는데, 다름 아니라 그는 살아 있는 모든 것, 지도에 살을 부여하는 모든 것을 고려하지 못하고 말았다. 지리학자는 실제 땅들이 펼쳐져 있는 현실과 떨어진 외진 연구실에서 연구를 한다. 그러다 보니 그의 학문적 엄밀성도 의심이 가고, 그가 탐험가들에게 요구하는 증거들도 터무니없는 것들이 많다. 〈어린 왕자〉에 나오는 지리학자라는 사람을 이해하려면 생텍쥐페리의 비행 동료 기요메가 쓴 지리학자에 대한 교훈을 다시 한 번 읽어볼 필요가 있다. "내 지도는 램프불 아래에서 동화책에 나오는 나라가 되어버렸다. 나는 대피소와 함정들에 십자 표시를 했다. 나는 농가와 서른 마리 정도 되는 양들 그리고 개천에도 표를 했다. 나는 또 지리학자들이 간과해버린 이 양 치는 소녀도 정확한 자리에 표시를 했다." 지리학자는 세계와 정서적 관계를 맺지 못한다. 자연히 그의 세계는 창백한 세계가 되며, 그의 사유 체계는 현실을 도외시한 채 어쩔 수 없이 자기 자신에게만 쏠리게 된다.

지구에 도착한 어린 왕자는 기차선로를 변경하고 통제하는 전철수와 알약을 파는 약장수 등 다양한 직업을 가진 사람들을 만난다. 생텍쥐페리는 이들의 모습을 그리지 않았다. 하지만 이들 역시 기술이 발달하고 문명이 진보함에 따라 인간이 처하는 어처구니없는 상황들을 부각하는 역할을 한다. 작은 공간에서 일하는 전철수는 여행객들이 지나가는 것을 마치 짐꾸러미 세듯이 "천 명씩 묶어서 (중략) 오른쪽으로 보내기도 하고 왼쪽으로 보내기도 하지"라고 중얼거린다. 기차에서 내린 승객들도 삶을 결정할 수 있는 방향을 선택하지 않은 채 이동하는 것처럼 보인다. 이 승객들은 〈인간의 대지〉에서 생텍쥐페리가 묘사한 적이 있는 '시외선에 몸을 실은 사람들'을 연상시킨다. 작가는 이들을 '개미집'에 우글거리는 사람들로 묘사한 바 있다. 그는 생각 없이 우르르 몰려다니는 사람들을 본 것이다. 현대인들이 생산과 소비 역할에 국한된 생활을 할 때 사람들을 이끌어주는 진정한 가치가 없으면 사람들은 뿌리 뽑힌 삶을 살 수밖에 없다. 어린 왕자의 말을 들어보자. "사람들은 부랴부랴 급행열차에 몸을 싣지만 자신들이 무엇을 찾으러 가는지는 잘 몰라. 그래서 초조해하며 제자리만 맴도는 거야……." 약장수는 어떨까. 그는 진보라는 포장지에 싸서 바람을 판다. 의미는 상실되었고 인간에게 빛을 비춰주는 것은 아무것도 없다.[20] 사람들은 모두 외롭고 제자리만 맴돈다. "그들은 바람 따라 몰려다니거든" 하고 사막에 핀 꽃 한 송이가 말하는 소리가 들린다.

드러나는 관계

"몽상은 별처럼 움직인다."
-가스통 바슐라르[21], 《불의 정신분석》

〈어린 왕자〉를 읽으면서 우리는 이상한 것들을 발견할 수 있었다. 어린 왕자가 사는 작은 소행성과 그 행성에 있는 화산 세 개도 보았는데 그중 하나는 아마도 영원히 불이 꺼진 화산인 듯했다. 장미도 보았다. 게으름뱅이가 사는 별도 봤는데 이 사람은 산만한 정신 탓에 별의 균형을 깨뜨려버리고 말았다. 작은 섬 같은 사람들이 사는 작은 소행성들도 보았다. 그리고 마지막으로 지구도 보았다. 지구는 호의적이지 않은 듯했고 그래서인지 어린 왕자가 시도하는 만남은 어려움을 겪었다. 어린 왕자는 뱀을 만나고 사막의 꽃을 발견하며, '사막과 바위와 눈'을 헤치고 오랫동안 걸은 끝에 '길'을 발견하고, 이어 사람들이 존재한다는 것을 일러주는 정원도 발견한다. 어린 왕자는 장미와 이야기를 나누는데 이 장미들은 아주 아름답지만 동시에 '공허'하기도 하다. 어린 왕자는 이어서 여우를 만나고 여우 덕분에 눈에 보이지 않는 관계들을 이해하게 된다. 어린 왕자가 만난 이 동물과 식물들은 그의 정신을 일깨워준다. 어린 왕자는 그들에게 말을 하고 그들이 하는 말을 들을 수도 있다. 반면 사람들과 친구를 부르는 소리는 마치 거울에 반사되듯이 신비한 메아리를 보내는데 돌아오는 소리는 "나는 외로워…… 나는 외로워…… 나는 외로워……"이다.

생텍쥐페리는 사막에 떨어져 우물을 찾아서, 물을 줄 사람을 찾아서 오랫동안 걷고 또 걸었던 적이 있다. 어린 왕자와 비슷한 상황에 처했던 것이다. 그의 동료 기요메 역시 남미 안데스 산맥에서 오랜 시간 추운 눈밭을 헤매며 비슷한 경험을 했다. 이런 극한상황에서 인간의 외침은 절대성을 갖는다. 그리고 이 외침이 그의 생명을 구해준다. 사막에서 물을 찾는다는 것은 인생에서 의미를 찾는 것이며 그 긴 여정 속에서 우물은 '보물'로 변한다. 그가 먹는 물은 인간을 위대하게 만들어주는 힘을 갖고 있으며 목을 축인 그에게 진정한 인간의 의미를 느끼게 해준다. 생텍쥐페리는 〈성채〉에서 다음과 같이 썼다. "그대가 가슴속에서 정말로 샘을 노래하고 그렇게 해서 마음속에 샘이 자리를 잡는다면, 그 샘은 그대에게 물을 따라줄 것이네. 그대가 사막에서 결혼이라도 한다면 그대의 딱딱한 껍데기를 벗겨낸 다음 잔잔한 물을 부어 그 속에 들어있는 사물들 자체가 아닌 사물들의 의미를 그대에게 흠뻑 따라 부어줄 것이네. 나는 지금도, 그

날개 달린 인물, 준비 데생(1942).

대에게 샘이 들려주는 감미로운 노래를 이야기하며 미소를 보낼 수 있네." 우물은 사막뿐만 아니라 마을에도 있다. 우물은 물이지만 사막을 환하게 빛이 나도록 만든다. 어린 시절의 집이 우리 가슴속에서 보물처럼 빛나듯이. '눈에 보이지 않는 보물들', 이 '사랑의 보고寶庫들'은 죽음을 눈앞에 둔 인간들을 변화시킨다. 형성된 관계들은 다시는 해체되지 않는다. 누구도 함부로 손댈 수 없고 경계도 없으며, 시간과 공간도 초월한다. 오직 직관만이 세계와 하나가 되었다는 이러한 느낌과 만나게 한다.

생텍쥐페리는 〈인간의 대지〉에 다이아몬드처럼 딱딱하고 색깔은 아주 검은, 조약돌처럼 생긴 운석들을 발견한 적이 있다고 썼다. 그때 작가는 하늘을 보면서 '하늘의 사과나무'가 있어서 이렇게 별들의 먼지 부스러기가 비처럼 내리게 한다는 느낌을 받았다.[22] 이 운석은 '은하에 사는 우리 모두가' 우주와 연결된다는 증거이기도 하다. 이같이 작가가 떠올린 사과나무는 〈어린 왕자〉에 나오는 여우의 사과나무를 떠올리게 만들면서 인간과 우주의 근원적 관계를 이해하게 한다. 관계들의 망이 그려지는 것이다. 생텍쥐페리는 〈어린 왕자〉에서 갈등을 뒤로하고, 또 온갖 숫자와 허망한 도박과 게임들을 멀리하고, 바로 이 인간적 모험을 함께 떠나자고 우리를 초대한다. 생텍쥐페리는 화해를 추구했고, 온 우주가 들려주는 소리에 귀기울이자고 사람들에게 권유하면서 인류 공동체를 하나로 모으려고 했던 것이다. 꽃은 별이며, 별은 꽃이다. 사과나무는 가지에 열린 과일을 우리에게 준다.[23] 심지어 '철새들'마저도 눈에 보이지 않는 이 거대한 움직임에 동참한다. '철새들'은 야생 오리의 '신화'를 완수하는 것이다. "집에서 기르는 오리들이 삼각형을 그리며, 하늘을 나는 것을 그리워하기라도 했다는 듯이 어색한 모습으로 자꾸만 뛰어오르려 한다. 야생의 부름이 오리들 속에 숨어 있던 알 수 없는 옛 기억을 깨워낸 것이리라. 잠시 동안이지만 농장에서 키우는 오리들이 철새로 바뀐 것이다. 저 작고 딱딱한 집오리의 머릿속에 늪과 벌레와 닭장의 흐릿한 기억들이 사라지면서 광활한 대륙이 펼쳐지고, 휘몰아치는 바람이 느껴지며, 바다도 넘실대는 것이다."[24] 사실 철새들이 이 엄청난 비행을 감행하는 것은 그들이 철새이기 때문이 아니라 바로 그 엄청나게 펼쳐진 하늘과 땅과 바다 때문이다. 우리 인간들도 먼 바다가 부르는 소리를 듣지 않는가. 광활한 것들, 바로 이것이 의례와 우정, 사랑과 눈에 보이지 않는 것을 이해하게 하는 핵심적인 것들이다. 조용한 자극들이 시작되는 출발점이다. "진정으로 광활한 것은 눈에는 보이지 않는다. 오직 정신과 조율할 뿐이다. 진정으로 광활한 것, 그것은 언어만큼 위대하다. 사물들을 서로 이어주는 것이 언어 아닌가. (중략) 진정으로 광활한 것은 밖에 있어서 찾아야 할 대상이 아니라, 안에서 형성된다." 〈인간의 대지〉에 나오는 이 말은 〈어린 왕자〉를 이해하는 데 새로운 빛을 던진다. 생텍쥐페리에 따르면, 언어는 진정으로 광활한 것들을 세운다…… 언어를 세우고 감동을 만들고…… 시가 그렇게 한다.[25]

관계의 철학은 일종의 우주생성론 같은 학문을 만들어낸다. 수많은 유비적 동일성들을 통해 관계의 철학은 우주와 언어에 구조를 부여한다. 사막 한가운데에서 '비밀스럽게 근육이 움찔거린다면' 그 움직임은 '무수히 많은 방향, 경향, 신호 들로 이루어지고 모든 것이 몰려오게 하는 하나의 거대한 망'에 반응하는 것이다.

〈어린 왕자〉도 독자와의 관계를 만들어내고, 이 관계는 시간이 흐름에 따라 변한다. 이 책은 우리와 세상의 관계를 맺어주던 것들을 되돌아보도록 유도한다. 숨어 있는 깊은 의미를 찾아야 하는 〈어린 왕자〉는 생텍쥐페리가 꿈꾸었던 책이며, 그의 표현을 빌리면 '마실 것을 주는' 책이다.[26]

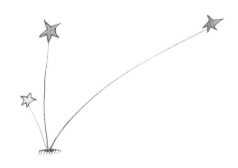

어린 왕자의 테마들

비르질 타나즈[27]

—

사람 사는 곳에서 천리만리 떨어진 사막 한가운데 한 조종사가 고장난 비행기를 고치고 있다. (비행기 사고는 지어낸 이야기일 뿐이고, 작가가 우리에게 뭔가 다른 이야기를 하려고 적절한 장소를 고르다 보니 사막을 골랐다고 말할 사람이 있을지도 모르겠다. 그렇다, 아니다를 따지기 전에 이런 문제에는 아무런 중요성도 없다. 하지만 굳이 덧붙이자면, 비행기 사고로 사막에 불시착한 것은 생텍쥐페리가 실제 겪은 일이다.) 조종사는 잠이 들었고 마치 꿈속을 헤매는 것처럼 보였는데 갑자기 '아주 독특하게 생긴 한 어린아이'가 양 한 마리를 그려달라면서 깨우는 바람에 잠에서 깨어났다. 이 말을 들은 조종사는 어릴 적 밀림의 동물들을 보여주는 책을 보고 보아뱀을 그렸던 기억을 떠올렸다. 그랬다. 어른들은 그가 그린 그림을 뱀이라 하지 않고 답답하게도 모자라고 했지…….

이야기는 이렇게 시작해서 우리를 멀리 데려가는데…….

그런데 살짝 엉뚱한 의문이 든다. 미래에 큰 화가가 되고 싶다는 꿈을 갖고 있던 어린아이가 조금 꿈을 바꾸어 작가가 되고 싶어 했고, 그래서 '어른들에게' 보아뱀 그림을 보여주는 대신 자신이 썼다고 하면서 이 어린 왕자 이야기를 읽어주었다면 훗날 그는 어떻게 되었을까? 정말 대작가가 되었을까? 이런 가정이 조금 황당하긴 하지만 한 가지 확실한 것은, 만일 그랬다면 조종사는 사막 한가운데에서 만난, 너무나도 자신을 닮았으며 알고 싶어 하는 것이 많은 어린 왕자에게 이야기를 들려주고 그의 비평을 들어보아야 한다는 것이다. (두 사람은 어딘지 상당히 비슷한데, 무엇보다도 '어른들'이 흔히 '고르디우스의 매듭'[28]이라고 부르곤 하는 어려운 문제들을 순진무구한 질문들과 답을 이용해 단번에 해결할 때 더욱 닮아 보인다.)

모르긴 몰라도 이야기를 다 읽은 어린 왕자는 망설임 없이 다음과 같이 답했을 것이다. "이

비행사가 본 어린 왕자, 스케치(1942).

이야기는요, 똑같은 한 사람에 대한 이야기이긴 한데 지금 눈앞에 있는 사람이 아닌 다른 사람 이야기예요."

"뭐라고? 그게 무슨 말이니?"

"이 글은 흔히 사람들이 작문이라고 부르는 거예요. 아저씨가 쓴 이야기는 영리한 인간들이 모여 사는 어떤 행성에 대한 작문이라는 거죠……. 아저씨는, 수많은 어른들이 아저씨에게 글 쓰는 것을 포기하고 대신 산수나 문법 혹은 비행기 조종 같은 것을 배우라고 충고했던 작은 이야기를 쓴 거예요. 동화의 형식을 빌린 이런 글쓰기의 주제는 '인간은 눈앞에 있는 것이 다가 아닌 존재다'라는 거죠. 이 주제는 아주 명료하고, 분명하고, 정확하고, 단순한 거예요! 그러니까 우리는 쉽게 눈으로 확인할 수 있는 것을 이것저것 꾸미면서 공연히 신비한 분위기를 내기 위해 별 몇십 개를 새로 만들거나 하지는 않을 거예요……."

자, 이제 작가 생텍쥐페리가 자신이 하고 싶은 말을 더 잘 설명하려고 그린 데생들만큼이나 단순한 이 이야기에서 정말로 무엇이 문제인가를 한번 생각해보자. 사막에 불시착한 조종사에게 불쑥 나타난 어디서 왔는지 알 수 없는 꼬마가 이 행성에서 저 행성으로 여행한 이야기를 들려주고, 이어서 지구에 사는 사람들을 만난 이야기도 해준다. 꼬마는 지구에서 기차선로를 변경하는 일을 하는 전철수를 비롯해 장미들, 약 파는 약장수, 여우, 뱀 등도 만난다. 남자와 꼬마는 아주 특이한 정신상태를 갖고 있다는 면에서 서로 닮았다고 볼 수 있다. 특히 마음의 너그러움과 깊이가 너무나도 같아서 혹시 같은 사람이 아닌가 하는 의심을 거둘 수가 없을 정도다.

하지만 어쨌든 우리 앞에는 두 사람이 있다. 한 사람인데 이렇게 두 사람으로 나뉘어 딴사람들처럼 이야기하는 이유가 궁금하지 않을 수 없다. 대체 왜 이렇게 한 인간이 두 사람으로 나뉜 것인가?

조금 전에 우리는 "인간은 눈앞에 있는 것이 다가 아닌 존재다"라는 말을 들었다. 단순하고 멋진 말이었다. 그러니까 눈앞에 한 사람이 있다. 하지만 그게 다가 아니니까 그 사람이긴 한데 다른 한 사람이 또 있다는 것이다.

✻

이상하게 들릴지 모르지만 "어른들은 누구나 다 처음엔 어린아이들이었다." 그런데 어른들은 어린아이에 머물러 있지 않는다. 정말 안타까운 일이지만 어쩔 수 없는 노릇이다. 모스크바로 출발한 기차 삼등칸에서 생텍쥐페리는 일자리가 없어 프랑스에서 쫓겨난 폴란드 노동자 부부를 만난다. 부부는 잠을 자고 있었다. 두 사람은 가난한 삶에 지쳐 소나 말의 얼굴처럼 움푹 파인 얼굴들을 하고 있었다. 그런데 엄마의 품안에서 자는 아이의 얼굴은 천사의 얼굴이었다. 그 아이 안에는 모차르트가 있는데 이 모차르트는 어른들 세계에 들어오자마자 삶이 요구하는 것들에 복종해야 하고 '어른들'이 지배하는 사회의 명령들을 따라야 하기에 곧 사살되고 만다. '사살된다고?' 너무 과장하는 것 아닌가? 작가 앙투안 드 생텍쥐페리는 얼마든지 부드럽게 원고를 고칠 수 있었을 것이다. 어린아이 속에서 숨쉬던 모차르트는 죽지 않고 영원히 우리 모두의 가슴속에 살아 있을 것이다. 따라서 이제는 그 모차르트가 있느냐, 없느냐, 있다면 대체 누구냐 등을 따지지 말고 잠자는 모차르트를 깨우고, 그 모차르트를 잊지 않도록 해야 한다. 나아가 인간이라면 태어날 때 모두 갖고 나오는, 기적을 일으키는 이 작은 씨앗이 사회에서 죽지 않게 해야 한다. 얼마든지 피아노를 대량생산해낼 수 있는 것이 오늘날의 사회이지만 그렇다고 사회가 피아니스트를 만들어내지는 못한다. 인간 속에 들어 있는 어린 모차르트를 알아보는 인간만이 피아니스트를 만들어낼 수 있다.

〈어린 왕자〉를 쓴 작가가 보기에는 인간의 삶은 다름 아니라 바로 우리 자신 속에서 늙지 않고 남아 있는 이 어린 모차르트를 각자 얼마나 따라가느냐에 따라 결정된다. 어쩌면 이 늙지 않는 가슴속 어린아이는 보석함에 들어 있는 보석 같은 것인지도 모른다. 세상이 소란스럽게 마구 흔들려도 보석은 안에서 흔들리지 않고 잘 보호받는다.

*

하지만 곧 의문이 고개를 든다. 그 아이는 왜 그 상태 그대로 성장하지 못하는가? 왜 그 상태 그대로 어른들 세계에 진입하지 못하는가?

작가 앙투안 드 생텍쥐페리는 여러 가지 이유를 말하는데, 그가 말하는 이유들은 어린아이가 아니라는 것이 대체 무엇을 의미하는지 자못 철학적 답을 들려주기에 흥미롭다.

'어른들'은 외모를 보고 사람을 판단한다. 사람들은 동방식 복장을 한 터키 천문학자가 훌륭한 발견을 많이 했을 때는 이 사람의 발견을 믿지 못하겠다고 했다. 하지만 이 터키 천문학자가 서양식으로 옷을 바꿔 입고 나타나 똑같은 발표를 하자 이번에는 모두 그의 발견에 동의했다. 누군가를 알기 위해서 어른들은 피상적인 것들에만 관심을 기울이곤 한다. 예를 들어 어른들은 '몇 살인지?', '몸무게는 얼마나 나가는지?', '형제자매는 몇 명이나 있는지?' 혹은 '아버지가 부자인지 아닌지……' 등의 질문만 한다. 또 다른 예를 들어보면 지리학자도 마찬가지다. 자신이 사는 행성을 가장 잘 안다고 자타가 공인하는 이 지리학자는 자기 자신을 되돌아보는 일을 의미 없는 일로 치부해버리고 만다. 대신 지리학자는 탐험가들의 이야기를 좋아해서 이들이 가져다주는 크고 작은 돌들을 보면서 어떤 산이 큰 산인지, 작은 산인지 결정하는 일에 매달리고 있을 뿐이다.

'어른들'은 어떻게든 이유를 만들어 스스로도 별로 탐탁해하지 않는 일들을 해버리고 만다. 예를 들면 술꾼이 그렇다. 이 사람은 자신이 술꾼이라는 사실에 마음이 상해 있지만 이상한 마음과 창피함을 '잊기 위해 술을 마시는 것'이다. 솔직해져야 한다. 술을 마시고 싶은 욕구를 달래고 쾌락을 맛본 것 아닌가. 그러고서는……

'어른들'은 허영심이 대단하다. 허세를 부린다. 남에게 칭찬을 들으려고 못하는 짓이 없으며 심지어 알면서도 거짓 아첨꾼들이 속삭이는 말들을 흔쾌히 귀담아듣고 자신이 중요한 인물이라는 환상을 키워나간다. 예를 들면 이미 정해진 시간에 뜨고 지는 태양을 향해 뜨라고 고함을 지르고, 지라고 명령을 내리는 왕이 전형적인 경우다. 착각도 유분수지…….

'어른들'은 모두 구두쇠다. 재산을 모으는 데 열심인데 이 어른들의 물욕과 인색함은 도가 지나쳐서 자신들이 욕심낼 수 없는 것들에 손을 내밀기도 하고 때론 소유해도 아무 소용이 없는 것들을 모으기도 한다. 실제로 그렇게 하기도 하지만 때론 가질 수 없는 것을 가지는 방법에 대한 이론을 만들어내기도 한다. 사업가, 특히 '끔찍한 미국 사업가'는 자신이 소유한다고 생각하는 별들이 얼마나 되는지 헤아리면서 인생을 보낸다.[29] 이 사업가는 어떤 별을 보고 처음으로 그 별을 소유하려고 마음을 먹었다는 이유를 내걸면서 그 별의 소유권이 자신에게 있다고 주장한다. 이 사람은 급기야 이 소유권 서류를 자신의 금고나 은행 금고 깊숙이 넣어둔다.

사업가. 스케치(1942).

'어른들'은 뿌리를 내리지 못하고 바람에 잘도 휩쓸려간다. 예를 들면 이유도 잘 알지 못한 채, 또 정말 어디로 가고 싶은지도 잘 알지 못한 채 남들이 타는 기차에 올라타는 것이다. 실제로 어른들은 자신들이 왜, 무엇을 찾는지를 잘 모른다. 어른들은 바삐 움직이기는 하지만 '제자리만 맴도는' 이상한 행동들을 보인다.

'어른들'은 상상력이 형편없이 부족하다. 사물들이 자신들이 보는 것과 전혀 다를 수도 있다는 것을 모른 채 코끼리를 집어삼킨 보아뱀을 그린 그림을 모자로 보고 말 뿐이다. 이런 어른들은 자연히 눈앞에 있는 인간이 다가 아니라는 생각, 혹은 같은 말이겠지만, 눈앞에 있는 사람이 전혀 다른 사람이 될 수도 있다는 생각은 꿈에도 못하는 것이다.

*

이렇게 보면 어른이 되지 말아야 할 그럴듯한 이유가 꽤 된다. 하지만 조금 더 곰곰이 생각해보면 의문이 들지 않을 수 없는데, 생텍쥐페리가 말하는 어린 시절, 다시 말해 성장해나가면서 누구나 거치게 마련인 한 과정으로서의 어린 시절이 아닌, 어린 시절 자체는 대체 무엇을 말하는지 의문이 든다.

우리는 여러 가지 사실을 통해 이런 특이한 어린아이를 머릿속에 그려볼 수 있다. 우선 '모자를 닮은' 것을 쉽게 모자로 단정해버리지 않는 어린아이들의 놀라운 능력도 생텍쥐페리가 말하는 어린아이의 중요한 특징일 것이다. 또 다른 특징을 든다면, 자신들이 무엇을 원하는지 잘 아는 이 세상에서 유일한 존재가 바로 이 어린아이이다. 사실 앞에서 예시로 든 어른이 되지 말고 어린 시절에 머물러야 한다고 했을 때, 어린아이의 특징들은 〈어린 왕자〉 핵심 줄거리의 부차적 곁가지들에 지나지 않는다. 〈어린 왕자〉의 기둥 줄거리는 무엇인가? 어린아이는 어른이 되기 위해 지나가는 하나의 성장 과정이 아니라 이미 그전에 먼저 있는 존재라는 것이다. 어른이 되지 않을 수 없는 어린아이 이전에 먼저 존재하는 이 아이는 영원한 존재이면서 잘 드러나지 않도록 숨겨져 있다. 특히 어른들이 부풀려놓은 소란스러운 세계가 마치 세상의 전부인 양 말할 때 거쳐 가는 단계가 아니라 영원불변의 존재인 이 어린아이는 숨어 있을 수밖에 없다. 더욱 놀라운 것은 그리고 정말로 마음속에 잘 간직해야 할 것은 이 어린아이의 '껍질', 즉 몸뚱어리가 죽어서 먼지처럼 사라진다고 해도 어린아이는 사라지지 않고 영원히 남아 있다는 사실이다.

앙투안 드 생텍쥐페리에게 삶은 거의 성경에서 말하는 단순성을 띤 신비로움 자체다. 다시 말해 인간은 모두 작고 미미한 살덩어리 하나였다가 자라서 어른이 되어 살다가 죽는 과정을 거친다. 이 모든 것은 생텍쥐페리가 보기에는 너무 가늘어서 보이지 않는, 시간을 떠나 있는 선을 따라 진행된다. 성경에서는 이 선, 혹은 가느다란 줄을 영靈이라고 부른다. 이 너무나 가늘어 보이지 않는 가느다란 줄의 양끝을 창조자가 잡고 있다(생텍쥐페리가 성당에 다니지 않았다는 이유로 그가 가톨릭신자도, 기독교신자도 아니라고 주장하는 사람이 있다면 그는 대단히 큰 착각을 한 것이다. 생텍쥐페리는 뼛속까지 기독교인이었고 종교적 인간이었다). 그러나 우리는 창조주가 쥐고 있는 양끝이 긴지, 짧은지, 혹은 언제 그 줄을 놓으실지 등에 대해 하나도 알지 못한다. 알 수 없기에 한없이 안타깝지만, 그렇다고 우리를 창조하신 것이 어떤 의미를 지닌다는 신비한 느낌마저 사라지지는 않는다. 그래서 진실 속에서 살 수밖에 없는 우리로서는 우리 모두를 휩쓸고 지나가는 이 숨결, 사람들이 흔히 쓰는 말로 표현하자면 '영혼'에 몸을 맡긴 채, 시간을 벗어나 우리를 이끄는 그 가느다란 줄을 따라가는 것만으로 충분하다. 생텍쥐페리가 말하는 어린아이란 바로 이 눈에 보이지 않는 가느다란 줄, 즉 이 영혼이 어린아이의 형상을 통해 표현된 것이다. 하지만 혼돈을 피하기 위해서라도 작가 생텍쥐페리 자신과 다르지 않은 이 어린아이가 평범한 어린아이가 아니라 어린 왕자, 즉 귀족이라는 점을 잊지 말아야 할 것이다. 귀족이란 무엇인가? 오래 지속되는 것, 세대에서 세대로 이어지면서, 무기력함이 아니라 진정한 영웅들을 이어주는 끈, 그것이 귀족이다. 멀리서 오는 의무, 우리 모두의 가슴을 관통해서 앞으로도 계속될 그 무거운 의무를 기꺼이 짊어지는 것, 이것이 귀족이다.

'인간은 영혼이다'. 이것이 바로 사람들이 주제, 주제 하면서 궁금해하던, 지구를 찾아와 준 〈어린 왕자〉의 주제다.

*

맞는 말이기는 하다. 그러나 '영혼'은 문학에서는 거의 의미를 지니지 못한다. 사실 문학에서는 위대한 철학자와 작가들이 영혼이 아니라 확실하지는 않지만 분명히 존재하는, 그러면서도 이성을 벗어나 있는 무언지 알 수 없는 혼란스러운 것들을 찾아 경험과 감정의 세계를 넘나든다. 이 경험과 감정의 세계, 그것이 바로 문학이다. 이 세계는 종종 언어마저도 벗어나곤 한다. 정확하게 표현할 말이 없다. 하지만 같은 이유로 이렇게 말들을 찾아내어 쌓아올리며, 앞에서 찾아낸 말이 다음 말이 말하려는 것을 위해 자리를 양보하는 이 세계가 문학이 아니라면 무엇이 문학이겠는가! 언젠가는 다른 작가가 찾아낸 말이 앞의 말들을 뒤집어엎을 것이다. 요컨대 문학은 말해야 할 것을 말하기 위한 말이 없다는 말을 하는지도 모른다. 우리는 기껏해야 이성을 통해 획득한 것이 아니라 단지 '지칭할' 뿐인 말들을 사용해 있는 그대로의 것들을 말할 수 있을 뿐이다. 그런데 문학에서 진정으로 문제가 되는 것은 이성으로는 풀 수 없는 수많은 '수수께끼들'이다. 〈어린 왕자〉에서 뱀이 우리에게 확인해주었듯이, 오로지 뱀만이 죽음에 이르게 하는 그 무서운 독으로 풀 수 있는 수수께끼들이 있다. 작가가 정확하게 지칭할 수 없어서 신호만 보냈을지라도, 그가 이야기하는 것들은 우리 모두가 사는 덧없고 언제라도 사라질 것 같은 껍데기의 세계지만, 한편으로는 그와 함께 공존하는 영원한 세계이기도 하다. 두 세계는 우리로서는 구분할 수 없도록 서로 섞여 있다.

*

　문명이란 무엇인가? 이 질문을 한 사람은 우리가 아니라 생텍쥐페리다. 작가는 그의 〈수첩들〉에서 이 질문을 제기한 적이 있다.[30] 그리고 답을 한다. "단 하나를 오랫동안 간직하는 것"이라고. 우리는 같은 질문을 해볼 수 있다. 영혼이란 무엇인가? 전통을 지켜나가는 것, 그러나 전통의 실체 혹은 물질적 측면이 아니라 그런 것들을 유지해나가는 것 자체가 더 중요하다는 정신적 태도, 그것이 영혼일 것이다. 전통과 영혼의 실체는, 문명의 실체가 그렇듯이 바로 이 불굴의 의지였지만 사람들은 언제나 물질적인 것만을 지키려고 했다. 사물들이 선한 것이든 악한 것이든 그리 중요하지 않다. 모두들 사라질 것들이기 때문이다. 또 우리 힘으로 그것들이 사라지는 것을 막을 수도 없다. 하지만 우리는 언제든지 충실할 수 있다. 어린 왕자를 별에서 쫓아낸, 기분이 들쑥날쑥하는 장미는 상황에 따라 얼마든지 그럴 수 있다. 장미 자체가 예민하기도 하다. 양이 먹어버릴 수도 있다. 반면 주인공 어린 왕자가 장미에 기울이는 애정에는 빈틈이 없다. 장미는 어린 왕자에게 너무나도 소중한 존재여서 심지어 죽음에 대한 두려움마저 극복하게 한다.

　"네가 갖고 있는 독은 좋은 거니? 틀림없이 나를 오랫동안 아프게 하지 않을 자신이 있는 거지?" 어린 왕자는 뱀에게 이렇게 물었다. 어린 왕자가 보기에 뱀은 '그에게는 너무나도 무거운 이 몸'에서 벗어나는 것을 도와줄 수 있었다. 뱀은 어린 왕자가 이 별에서 저 별로 여행하는 것을 방해하지 않을 것이다(어린 왕자는 이미 자기 별을 떠나기 위해 비행을 시작한 철새들을 이용했었다). 뱀은 어쩌면 어린 왕자가 장미를 되찾으려는 것을 막기보다는 오히려 그가 어린 왕자의 의무라고 생각하는, 어린 왕자가 짊어져야 할 책임을 끝까지 수행하기를 바랄 것이다. 어린 왕자의 의무란 무엇인가? 우리는 알고 있다. 그에게 남은 유일한 꽃 한 송이를 사랑하는 것이다. 이 꽃 한 송이가 바로 영혼이다.

Il etait triste et donc
injuste. J'ai barré tout
ce qu'il disait...
mais j'ai gardé le
dessin parce qu'il est
tellement ressemblant...

Il n'est pas si méchant que ça, mais il est
tellement mélancolique...

A.

[상단]
"그는 슬펐고 그래서 부당하게 행동했다. 나는 그가 말한 모든 것에 줄을 그어 지워버렸고……. 그러나 나는 그림만은 지우지 않고 간직했는데 너무나도 닮았기 때문이다……."
[하단]
"그는 그렇게 나쁜 사람은 아니었다. 하지만 어쨌든 상당히 우울한 상태였고……/A."
-《이름 모를 여인에게 보내는 편지》(알제리. 1943~1944).

＊

독자 여러분은 궁금한 점이 많을 것이다. 나를 포함해 '어른들'은 창피하게도, 설명이 없어도 이해할 수 있는 것들을 자꾸 설명하려고 하는데, 이왕 이야기가 나왔으니 설명을 조금 더 해보도록 하자. 독자들은 궁금해한다. 생텍쥐페리가 생각하는 영혼이라는 것에 대해 우리는 대체 어떻게 생각해야 하는지. 아니 그전에 먼저 우리는 정말로 생텍쥐페리가 영혼을 생각하고 있었는지 궁금해하기도 한다. 우리에게 이 모든 것을 가르쳐주는 존재는 사람이 아니라 여우다. 이것은 어쩌면 좋은 징조일지도 모른다! 우리 모두는 생텍쥐페리에게 한없는 애정을 갖고 있고 이 애정으로 인해 그가 영혼까지 생각한다고 믿게 되었다. 대체 생텍쥐페리에 대한 우리의 이 애정은 어디서 왔을까? 이 애정은 남녀 간의 첫사랑을 지배하는 벼락처럼 왔다기보다는 오랜 시간의 기다림 속에서 차곡차곡 쌓여온 것으로 무질서가 지배하는 이 세상에서 우리가 행한 하나의 선택이다. 물론 이 선택은 자의적이며 우연의 지배를 받는다. 하지만 경위가 어떻든 그리 중요하지 않다! 이 세상의 무질서와 혼란은 모두 우연이 지배하지 않는가. 모든 무질서와 혼란을 무릅쓰고 지속되는 하나의 거대한 질서, 그것이 바로 우주다. 이 질서는 아무것도 아닌 것처럼 보인다. 그런데 작은 여우가 나타나 무에서 이 세상을 창조하도록 강제하는 창조주의 예를 따라 어린 왕자에게 사랑이 어떻게 이루어지는지를 가르쳐준다. 참을성을 가지고 다른 사람의 믿음을 얻고, 그에게 없어서는 안 될 사람이 되어 마침내 평범한 하루를 설렘으로 가득한 하루로 만들려면 어떻게 행동해야 하는지를 여우가 가르쳐준다(어린 왕자에게만이 아니라 우리에게도). 이렇게 해서 우리는 종잡을 수 없는 잡다한 사건들로 가득한 우리의 삶을 하나의 운명으로 만들어나가는 법도 배운다.

영혼은 애정이다. 그러나 애정은 관계를 구축하려는 노력이 선행되어야만 이루어진다. 영혼은 이러한 노력이기도 하다. 영혼, 그것은 샘물을 찾는 것이며, 갈증을 없애는 약을 만드는 대신 우물을 파는 것이다. 〈어린 왕자〉에서는 말한다. "그 물은 보통 음료와는 다른 종류의 것이었다. 그것은 별빛 아래서 걸어온 내 발걸음과 도르래의 노래와 내 두 팔의 노력으로 태어났다. 그것은 마치 선물을 받았을 때처럼 마음을 기쁘게 하는 것이었다."

＊

그렇다. 영혼은, 우리가 알게 되겠지만 신의 계시 같은 것이 아니라, 인간이 스스로에게 나아갈 길을 부여하고 그 길을 걸어가는 능력을 말한다. 인간을 인간으로 만들어주는 것, 그것이 영혼이다. 조금 더 정확히 말할 필요가 있다. 영혼은 한 인간을 한 개인으로, 한 인간을 무한한 우주 속에서 하나의 유일한 현실로 만들어주는 바로 그것이다. 사람들, 모여 있는 사람들, 아름답고 풍요로워 보이지만 앙투안 드 생텍쥐페리의 눈에 그들은 우글거리는 '개미들'이었다. 그가 보기에 모여 있는 사람들의 세계란 육체적 필요에 따라 정해진 법칙대로 움직이는 덩어리에 지나지 않았다. 사회적 인간은 거의 미네랄 덩어리에 지나지 않는다. 만유인력의 법칙을 따르는 돌덩어리와 똑같은 것이다. 사회 속 인간은, 잠시 영혼을 실어나르기 위해서 의존하는 몸뚱어리 너머의 원리들에만 복종하고 작동하는, 상상하고 창조하는 우리의 능력이 전혀 움직이지 않는 인간이다.

잠시 유럽 이야기를 해보자. 그리스 문명과 기독교에 뿌리를 둔 유럽 문명은 앙투안 드 생텍쥐페리가 보기에는 오직 영혼으로만 존재할 수 있는 인간에게는 축복받은 공간이었다. 이 유럽은 그가 보기에, 소비와 금융이 지배하는 미국식 사회들 못지않게 전체주의적 사회에 둘러싸여 사방에서 위협과 공격을 받는 지켜내야 할 '성채'였다. 생텍쥐페리는 1944년, 우스꽝스러운 사업가의 모습을 그리면서 대서양 건너 미국 사회를 두고 다음과 같은 질문을 던졌다. "정신적인 것이 학살당한다면 우리의 문명에 무엇이 남을 것인가? 기술자들 머리에서 나온 저 괴물 같은 기계장치들 너머로 우리의 영혼을 올려놓지 못하면 우리들 스스로 지닌 것 중에서 무엇이 남을 것인가? 문명이란 이런 것인지도 모른다. 이 문명은 어리석은 것이고……."[31]

하나의 사물이 지금 있는 그대로 존재하게 하는 것을 우리는 '본질essence'이라고 부른다. 개인의 본질, 다시 말해 우주의 그 어떤 개체와도 나누어 가질 수 없는 개인만의 특질, 태양과도 그를 구분하고, 짐승들, 그 수많은 전자 기기들, 멋진 자동차들, 그리고 무엇보다 생텍쥐페리가 가꾸고 싶어 했던 나무들(생텍쥐페리는 사고로 죽게 되던 해 다음과 같이 고백한 적이 있다. "나는 정원사가 될 몸이었다. 조종사가 되거나 작가가 될 생각이 없었다. 정원사가 되고 싶었지!"[32])과도 다르고, 하늘에 떠가는 구름, 산과도 다르고, 또 역사 속 '위대한 인물들'과도 나누어 가질 수 없는 개인만의 특질, 그것은 다름 아니라 스스로를 초월하는 대의를 만들어내고, 그 숭고한 이상에 자신의 일생을 바치는 능력이다. 우리는 이 능력을 희생이라 부르고 옛사람들을 이를 명예라 불렀다.

잠시 요약해보자. 생텍쥐페리에 따르면, 인간은 눈앞에 있는 인간이 다가 아닌 존재다. 옛날의 그도 그, 앞으로 변할 그도 그다. 인간은 본질적으로, 그가 아직 존재하지 않았을 때부터 앞으로 존재하지 않을 때까지 그를 통해 가로질러온 그것이다. 너무 흔하고 간단한 말이지만 우리가 '영혼'이라고 부르는 것, 이 창조하는 힘이 인간인 것이다. 기적과도 같은 이 힘, 천진하고 어떤 대가도 바라지 않는 이 힘, 우리들 각자가 태어날 때부터 갖고 있는 이 힘, 죽은 물질 한 조각으로 인간을 만들어내는 이 힘이 인간이다.

✳

여우가 말한다. "안녕. 내 비밀이 이거야. 아주 간단해. 오로지 마음으로만 보아야만 잘 보인다는 거야. 중요한 건 눈으로는 보이지 않는 거야." 눈으로는 볼 수 없겠지만 우리의 영혼은 볼 수 있을 것이다. 독자들이 이 눈에 보이지 않는 것을 보려면 진짜로 형체를 갖고 존재하지는 않지만 그럼에도 부정할 수 없는 존재가 필요하다. 다시 말해 사막에 불시착한 조종사처럼 너무나도 구체적이고 사실적인 인물과는 다른, 쉽게 말해 19세기 발자크Balzac식 사실주의 소설에 나오는 인물들과는 다른 인물이 필요했다. 그 인물이 바로 어린 왕자였다. 어린 왕자는 이전 어떤 문학에서도 찾아볼 수 없는 완전히 새로운 유형의 인물이다. 전혀 다른 문학적 관례를 하나 만들어낸 것이다. 어린 왕자는 이름도, 성도, 직업도 없다. 어린 왕자는 우리 같은 지상의 모든 인간이 벗어날 수 없는 삶의 구체적 제약에서 완전히 자유롭다. 이런 인물형이기에 어린 왕자는 '어른들'이 사는 이 견고한 세계 속에 오직 인간만이 갖고 있는 아주 특별한 자질인 '영혼'이라는, 말로 표현하기 힘든 숨결을 불어넣을 수 있었다. 어린 왕자, 이 인물은 인간의 영혼에 대한 메타포다.

✳

〈어린 왕자〉는 인간을 정말로 인간으로 만들어주는 두 세계에 대한 이야기이며, 줄거리도 이 두 세계가 서로 만나면서 이루어진다. 한쪽에는 흘러가는 시간이 있는데 이 시간은 여러 단계로 나뉘며 각 단계에는 나름대로 어쩔 수 없는 절박함이 있다. 다른 한쪽을 보면, 결코 나이를 먹지 않는 '아이'의 흘러가지 않는 시간이 자리 잡고 있다. 비행기 사고에서 시작해 모터

[상단 말풍선] "장 제라르, 잘 있었니? 생텍스."
곡괭이와 홍당무를 든 소년 인물, 장 제라르 플뢰리를 위한 데생.

수리 과정에 이르기까지 이야기를 이끌어나가는 정상적 서술이 진행되는 동시에 처음 보는 야릇하고 불확실한 세계가 나타나는데 이 세계의 힘이 만만치가 않아서 우리가 사는 세계의 모든 왕성한 활동을 한순간 우스꽝스럽고 가련한 것으로 만들어버리고 만다. 시간은 공간을 구분하기 마련이어서 공간 역시 두 개의 서로 다른 공간으로 나뉜다. 한쪽에는 거리를 (마일을 단위로) 측정할 수 있는 공간이 있고, 다른 한쪽에는 차원 없이 무한히 펼쳐진 야릇한 공간이 있다. 물론 어린 왕자는 이 무한 공간을 눈 한 번 깜빡하면 건너가곤 한다.

구체적이고 측정 가능한 시간과 이 시간에 어울리는 구체적 공간은 '어른들'의 시공간이다. 어린아이는 이 어른들의 시공간을 마주 보면서도 전혀 개의치 않는다. 전혀 다른 시공간이지만 충격을 받지 않는 어린아이는 한 행성에서 다른 행성으로, 한 혹성에서 다른 혹성으로 아무 어려움 없이 여행을 계속한다. 의자에 걸터앉으면 마치 로켓에 올라탄 것처럼 순간적으로 우주의 한끝에서 다른 끝으로 이동하는데, 물론 문학이니까 얼마든지 가능하지만 〈어린 왕자〉의 경우에는 너무나 순진하게 과장이 이루어진다.

한쪽에서는 어른들이 '눈에 보이는 신호들'에만 집착한다. 다른 한쪽에서는 친구가 막 그려준, 상자에 들어가 있어 보이지 않는 양을 어린 왕자가 순수한 눈길로 보고 그 양이 졸고 있다는 것까지 눈치챈다. 앞서도 말했지만 어린 왕자가 사는 별이 눈에 보이지 않듯이, 진정으로 중요한 의미들은 눈에 보이지 않는 법이다. 중요한 의미들이란 대체 어떤 것들일까? 처음에 우리는 무엇을 하는지도 잘 모른 채, 그러면서도 모든 책임을 질 각오를 하고 각자 온갖 지혜를 짜내어 피할 수 없는 숙명이라도 된다는 듯이 이 세계 어딘가에 의미가 있다고 믿는다. 그러면서 정신은 이 충만한 믿음에서 힘을 얻어 의미를 쌓아올린다……. 그것이 진정으로 중요한, 그래서 눈에 안 보이는 의미들이다. 어린 왕자가 사는 눈에 보이지 않는 별도, 생텍쥐페리의 〈어린 왕자〉도 이렇게 쌓아올린 것들 중 하나다. 그렇다. 비록 우리는 게을러서 혹은 어리석거나 자만심에 사로잡혀 남들에게 책임을 떠넘기려 하지만 자기가 내린 선택에 대한 책임은 온전히 우리 각자가 져야 한다. 한 개인의 삶과 그 삶이 이루어지는 세상은 그렇게 굴러간다. 하지만 앞서 말했듯이 이것이 결코 전부가 아니다. 숨어 있는, 눈에 보이지 않는 것이 있다. 고리들이 얽혀 있는 매듭이 있는 것이다. 우리 각자는 인생을 기획하면서 이 고리들을 엮어서 매듭을 만들려고 한다. 이 매듭은 벽돌을 하나하나 쌓아올려 완성되는 대성당 같은 것이다. 하지만 벽돌을 쌓아올린다고 모두 성당이 되지는 않는다. 그건 감옥이 될 수도, 병원의 벽이 될 수도 있다. 얼마든지 도박장, 학교 혹은 평범한 가정집의 벽이 될 수 있다. 매듭은 아직 완성된 것이 아니라 완성될 그 무엇, '숨어 있는 보물'이다. 일어날 수 있는 실수나 눈앞에 어른거리는 성공한 후의 모습 모두 이 숨어 있는 미완성 매듭이 지닌 가치를 손상할 수는 없다.

이 '숨어 있는 보물'은 안에서 나오는 빛으로 이 세상을 비춘다. 이 보물은 또 (절망적이며 텅 비어 있는) 사막을 우물을 찾아 나서면서 정복해야 할 공간으로 바꾸어놓는다. 이때 우물에 고이는 물은 단순한 음료가 아니라 〈어린 왕자〉에서 뱀이 말하는 '화강암'들이 깔린 세계, 생텍쥐페리가 말한 바 있는 '인간의 대지'로 바꾸어놓는 기적에 참여하는 요소 가운데 하나다. 그렇다. 구체적인 것들 너머에 있는 이 사물들의 망, 이것이 상상을 통해 사물들을 묶어 서로 연결해서 망을 만들고, 그 망을 통해 우리 모두가 살아갈 이유를 찾게 한다. 물론 찾아낸 살아갈 이유라는 것은 불확실하고 또 언제든 변하기 쉽다. 그렇지만 그것이 있기에 우린 효율적일 수 있으며, 삶을 풍요롭게 할 수 있다.

'흰개미 떼'든, 아니면 일반 개미 떼든(생텍쥐페리는 두 단어 사이에서 종종 망설이곤 한다) 이제 우리는 역사를 이끌고 나가는 군중을 제대로 보아야 한다. 거대한 군중, 사회를 구성하는 대중의 무리, 유명한 '시장법칙'과 마르크스주의사들이 말하는 '정해진 결정론'을 따라 움직이는 이 거대한 무리의 사람들이 만들어내는 역사는 개인을 마치 물질의 원소들처럼 다루며 자연법칙에 따라 움직이도록 한다. 역사는 인간이 변하는 것을 금지하곤 한다. 이 역사 앞에서 생텍쥐페리는 선언한다. "인간을 바꾸어야만 하고 유일한 방법은 인간에게 우선 여유를 주는 것이다."[33] 생텍쥐페리는, 자본주의와 공산주의가 맞장구를 쳐가며 이 세상에서 인간이 해야 할 것은 다른 무엇보다도 바로 노동이라고 사람들에게 이상한 신앙을 불어넣을 때 이 말을 했다. 이 우주에서 유일하게 관계를 맺어나갈 줄 아는 동물인 인간은 따라서 책임을 질 줄 알고, 그러므로 정신에서 무언가를 추구할 줄 아는 인간은 바로 이 능력을 통해 그가 믿는 신과 거의 유사한 존재가 되어가면서 사물들 밖에서, 섞어 없어질 것들 밖에서 존재할 수 있다.

흰개미 떼의 특징은 소란스럽다는 것이다. 어디로 가는지도 모른 채 기차에 올라탄 흰개미들은 언제나 서로 바쁘고, 언제나

전나무와 어린 왕자(1943).

가쁘게 숨을 몰아쉬곤 한다. 하지만 홀로 있는 인간, 즉 개인은 여행을 한다. 이 여행은 자신의 집을 떠나지 않아도 얼마든지 할 수 있는 정신적 여행이다. 여행을 몹시도 싫어했던 생텍쥐페리는 마지막 순간에 쓴 편지에서 다음과 같이 말한 적이 있다. "인간의 정신을 망치는 것 세 가지가 있다. 그중 첫 번째가 여행이며……."[34] 사실 〈어린 왕자〉의 저자 생텍쥐페리는 놀랍게도, 놀러가는 것이 아닌 이른바 문화 여행이라는 것도 싫어했다. 생텍쥐페리는 구체적 일상 속 공간을 차지한 채 몸을 부딪치고 숨을 몰아쉬며 바삐 움직이는 것이 아닌 순수하게 정신 속에서 할 수 있는 여행을 원했던 것이다. 즉 목적지까지 얼마가 남았다는 등의 표지가 없는 상상의 모험, 정신 속 여행을 원했다.

*

이제 나는 〈어린 왕자〉에 대해 내가 할 수 있는 말을 대충 다 한 것 같다. 조금 창피하기도 하다. 정확하게 말하면 창피한 것이 아니라 왠지 죄를 지은 것만 같다. 눈앞에 있는 것이 눈에 보이지 않는 것보다 가치가 없다고 하더라도 어쨌든 있는 것이라고 독자 여러분이 믿게 하고 싶었기 때문이다. 또 이 글을 쓰면서 내가 말했던 것들이, 독자들 스스로 마음속으로 느꼈으나 굳이 말할 필요성을 느끼지 못해서 말하지 않은 것보다 (조금 더 정확히 말하자면, 나 스스로 예감했던 것보다) 더 많은 것을 이야기했기를 원했으므로 죄스럽기도 하다. 독자들 역시 나처럼 하고 싶은 말이 많을 것이다. 마지막으로 상당히 창피하다는 것을 숨길 수 없는데, 앙투안 드 생텍쥐페리라면 간단하고 분명하게 몇 마디로 할 말들을 공연히 복잡하고 길게 늘어놓은 듯하기 때문이다. 실제로 생텍쥐페리는 얼마나 분명하고 쉽게 말하는지 모른다. 문학사에서 대단히 희귀한 경우인데 생텍쥐페리의 글은 거의 엑스선으로 투과한 사물을 우리 눈앞에 보여주는 것만 같다(문학에서만 가능한 일일 것이다!). 어린 왕자는 이미 투명한 형식인 동화라는 형식을 빌리면서도 지상의 삶을 이루는 두꺼운 표면을 뚫고 들어가 우리가 흔히 '신화'라고 부르는 것을 모두 보여주었다.

어린 왕자의 신화

올리비에 오데르[35]

―

　〈어린 왕자〉의 주인공 어린 왕자가 처음 이야기에 등장하는 장면부터 독자들은 어리둥절할 수밖에 없다. 이 이야기를 하는 조종사도 "벼락이라도 맞은 듯 깜짝 놀라 그 자리에서 벌떡 일어서서" 엉겁결에 갑자기 나타난 어린 꼬마를 만났다면서 사하라사막에 비행기 고장으로 불시착한 이야기 속으로 꼬마를 끌어들인다. 그런 다음 이 어린 꼬마와의 만남이 도저히 있을 수 없는 기이한 일이라고 강조한다. "내가 사람 사는 고장에서 몇천 킬로미터 멀리 떨어진 곳에 있었다는 사실을 여러분은 잊지 말기 바란다. 그런데 그 어린아이는 길을 잃은 것 같지도 않아 보였고 또 피곤과 배고픔과 목마름과 두려움에 시달리는 것 같아 보이지도 않았다. 사람 사는 고장에서 몇천 킬로미터 떨어진 사막 한가운데서 길을 잃은 어린아이 같은 구석이라고는 찾아보려야 찾아볼 수가 없었다."[36]

　주인공 어린 왕자의 갑작스러운 출현 못지않게 〈어린 왕자〉 출간 자체가 말 그대로 서프라이즈였다. 〈어린 왕자〉는 누가 봐도 멋진, 마술로 가득 찬 동화 형식으로 1943년 4월 미국 뉴욕에서 출간되었다. 하지만 바로 이 동화라는 형식으로 인해 이 책은 2차 세계대전이라는 비극적 상황에서 더욱 부각되었고, 나아가 사람들은 곧 작가 생텍쥐페리가 이전에 쓴 책들과 전혀 다른 책이라는 것도 알게 되었다. 〈어린 왕자〉 바로 직전에 나온 《전시 조종사》는 동화 형식의 〈어린 왕자〉와는 완전히 다른 참전 문학으로 분류할 수 있는 작품이었다. 1942년 2월 미국에서 'Flight to Arras'[37]라는 제목으로 출간된 《전시 조종사》는 나치가 점령한 전시 프랑스에서는 출간되었다 해도 옷 속에 숨겨서 읽어야 했을 작품이다. 이는 전쟁 발발 후 몇 달 지나지 않았을 때인 1940년 봄에 맛본 패배를, 실제로 몇 번이나 죽을 고비를 넘긴 한 전시 조종사의 관점에서

[말풍선] "방해를 했다면 미안해요. 단지 인사를 하려고 했을 뿐이에요."
-〈이름 모를 여인에게 보내는 편지〉(알제리, 1943~1944).

서술한 책이다. 〈어린 왕자〉가 나올 때까지 생텍쥐페리가 쓴 모든 작품은 현실을 직접 다룬 사실주의 계열로, 우편 항공사인 아에로포스탈사의 유명한 조종사이기도 했던 작가가 직접 겪은 사건들을 기록하고 이야기하는 내용들이 실려 있었다. 게다가 작가는 〈어린 왕자〉 이야기가 시작되는 첫머리에 독자들이 기대를 갖고 이야기를 읽도록 작은 함정을 하나 파놓기도 했다. 다시 말해 작가는 적어도 처음에는 마치 자서전을 쓰는 듯한 어조로 이야기를 시작했다. 독자들은 계속해서 그렇게 이야기가 흘러가리라 생각하고 이야기를 하는 화자가 작가 자신이라고 철석같이 믿었다. 적어도 독자들은 알 수 없는 신비한 꼬마가 느닷없이 나타나 자신들 예상을 허물며 뒤죽박죽으로 만들어놓을 때까지는 그렇게 여겼다.

〈어린 왕자〉는 이런 이유로 엉뚱하다는 평가를 듣곤 했다. 그래서인지 미국에서 출간된《어린 왕자》영어판은《바람, 모래, 별들》[38]이나《전시 조종사》만큼 처음에는 큰 환영을 받지 못했다. 1943년 11월이 되자 그동안 생텍쥐페리가 쓴 동화가 그다지 인기를 끌지 못하는 것을 지켜보던 한 미국 기자가 작심한 듯 펜을 들었다. "독자들은 어느 작가가 자신들이 정해놓은 카테고리에 잘 들어맞지 않는 글을 쓰면 쉽게 받아들이지 못한다. 예를 들면 상상력이 풍부한 비행기 조종사가 흔히 동화로 분류되는 이야기를 쓴다면 독자들은 이를 쉽게 인정하지 못한다."[39] 〈어린 왕자〉는 분명 이전과 다른 책이었다. 하지만 이전에 나온 책들을 가까이서 살펴보면 비유적으로 말해 〈어린 왕자〉에 제공된 중요한 영양분 같은 것들을 발견할 수 있다. 또한 이미 이전 책들에서 세계 문학사에서 기념비 같은 작품인 〈어린 왕자〉의 탄생 조짐 같은 것들도 알아낼 수 있다.

이야기의 기원들을 찾아서

1920년대 말 툴루즈-다카르Toulouse-Dakar[40] 항로에서 우편물 수송 비행을 하던 당시 생텍쥐페리는 사하라사막에서 여러 번 목숨을 잃을 뻔한 사고를 겪었다. 하지만 그가 겪은 사고들 중에서 1943년에 쓴 〈어린 왕자〉에 나오는 상황과 가장 비슷한 사고는 우편 항공사 아에로포스탈사를 떠난 지 몇 년 후인 1935년 생텍쥐페리가 갑작스럽게 투입된 파리-사이공 노선을 비행할 때 일어났다. 훗날 작가 스스로 밝혔듯 이집트 상공을 지나가던 생텍스는 마치 성경에 나오는 '동방박사의 별'[41]처럼 '초자연적 광채'를 내는 별에 속아 넘어가 방향을 잃고 그만 모래언덕에 떨어지고 말았다. 절망 속에서, 그리고 무엇보다 헛것이 보일 정도로 극심한 갈증 속에서 며칠을 헤매던 그에게 기적과도 같은 우연이 일어나 마침 그곳을 지나가던 유목민들을 만나고 구조된다.

〈인간의 대지〉(1939)에서 믿기 어려운 이 경험을 이야기한 부분을 읽어보면 결코 적지 않은 내용들이 〈어린 왕자〉를 예언한다는 인상을 받지 않을 수 없다. 생텍쥐페리가 이집트의 사막에서 처했던 상황과 〈어린 왕자〉 첫 부분에서는 누가 보아도 유사한 공통점들을 찾아낼 수 있다. 또한 이런 공통점 외에도 여러 가지 의미 있는 디테일들이 오히려 서로 완전히 다른 두 책을 서로 비교해가며 함께 읽게 한다. 첫 번째 유사점은 주인공들이 탈출을 시도하고 그 행동을 되돌

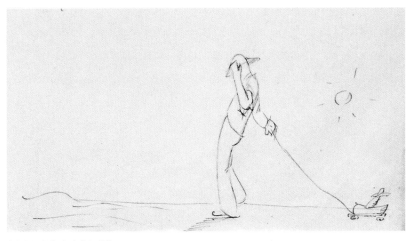

〈남방 우편기〉의 필사본 데생(1928).

아볼 때 나타난다. 〈인간의 대지〉에서 생텍쥐페리는 '앞만 보고 (중략) 쓰러질 때까지 똑바로 걷기'로 결심한 다음, '이성 같은 건 다 버리고, 희망 같은 것도 다 버린 채', '동북동'[42] 방향으로 출발했다고 썼다. 〈어린 왕자〉에서 이 꼬마 주인공이 조종사에게 마실 물을 찾아달라고 할 때, 조종사는 마찬가지로 "광활한 사막 한가운데에서 무턱대고 우물을 찾아 나선다는 건 당치도 않은 짓"[43]이라고 판단한다. 두 주인공 모두 비행기 잔해 더미에서 나와 사막을 걷기로 한 것이다. 사막을 건너겠다는 이 결심, 어딘가에 자신을 구원해줄 누군가가 있다고 가정하는 이 걷기는 처음부터 말도 안 되는 터무니없는 짓에 지나지 않는다. 당시만 해도 조종사들에겐 사고가 자주 일어났다. "그것이 아무리 터무니없어 보일지라도, 단지 남미 안데스산맥에서 비슷한 사고를 당해 죽을 뻔하다가 살아 돌아온 그의 친구 기요메를 구한 방향이기에 그 한 가지 이유만으로 동북동 방향을 선택했다"고 생텍쥐페리는 말한다. 지나친 해석은 삼가야겠지만 그가 이렇게 말한다 해도 우리는, 〈인간의 대지〉에서 그가 택한 이 동북동 방향이 이집트 쪽에서 출발하면 약간 차이는 있으나 바로 예루살렘 쪽을 의미하며, 계속 그 방향으로 가면 다름 아니라 베들레헴으로 가는 방향임을 알 수 있다. 즉 하느님의 어린 왕자, 수많은 민중이 경배하고, 위에서 이미 계시를 보낸 적이 있는 '동방박사의 별'을 따라가면 만날 수 있는 예수라는 이름의 또 다른 어린 왕자가 태어난 곳으로 가는 방향인 것이다. 시간적으로 멀리 떨어진 두 작품이지만 생텍쥐페리의 상상력 속에서는 이미 이렇게 〈어린 왕자〉 탄생이 예언되었다.

절망 속에서 사막을 걸어나가는 발걸음을 윤리적·철학적 관점에서 해석하는 작업은 〈인간의 대지〉와 〈어린 왕자〉에서 공통으로 볼 수 있는데 이로써 두 작품이 별개의 작품이 아니라 내적으로 서로 연결되어 있음을 알 수 있다. 실제로 두 작품에서 작가가 직접 겪었던, 물이 없는 상황에서 목숨이 위태로울 정도의 갈증을 통해 생텍쥐페리는 현대인의 삶에 근본적 질문을 던진다. 〈인간의 대지〉에서 작가는 교외선 기차를 타고 다니는 사람들에 대해 "스스로를 인간이라고 생각하지만 사실 이들은 제대로 느끼지 못하는 압력에 짓눌린 채 정해진 용도에 맞추어 살아가는 불쌍한 개미 떼처럼 몰려다닐 뿐"[44]이므로 자신은 도저히 이해할 수 없다고 썼다. 〈어린 왕자〉 역시 유사한 놀라움을 묘사한 장면을 보여준다. 어린 왕자가 선로를 변경하는 직원인 전철수를 만나는 장면이다. 어린 왕자는 이 직원에게 '불을 켠 채 달려가는 급행열차들'에 탄 승객들이 대체 어디로 가느냐고 묻는다. 그러자 역 직원이 답한다. "그들은 쫓아가거나 하지 않는단다. 그들은 기차 안에서 잠들었거나 아니면 하품을 하고 있어."[45] 이렇게 두 작품에서 걸어서 사막을 벗어나는 모험은 단순한 생존기를 넘어 높은 함의를 지닌 일종의 정신적 부활을 나타낸다.

파리-사이공 노선 비행 직전의 앙투안 드 생텍쥐페리와 앙드레 프레보André Prévot
(1935년 12월).

위에서 든 예 말고도 많은 디테일들을 통해 우리는 생텍쥐페리의 인생에서 가장 중요한 두 순간을 증언하는 두 작품의 내적 관련성을 엿볼 수 있다. 〈인간의 대지〉에서는, 사막에 떨어져 절망 속에서 우왕좌왕하는 동안 생텍쥐페리가 '신비한 땅굴들을 몇 개' 발견하는데 이 땅굴들을 보면서 작가는 그 안에 '토끼 크기만 하고 아주 큰 귀를 가진 작은 사막여우들이' 사는 것 같다고 상상한다. 이 여우를 우리는 〈어린 왕자〉에서 그대로 다시 만난다. 〈어린 왕자〉에서 호기심이 발동한 조종사는 여우 한 마리가 남긴 발자국들을 따라가는데 이미 이 여우를 두고 '나의 작은 여우'라고 부르면서 '새벽에 소리 내지 않고 종종걸음을 치는'[46] 모습을 떠올린다. 그러면서 그는 여우 굴을 발견한 자신에게 여우가 말을 걸어오자 깜짝 놀라고는 불편한 자세로 걸터앉은 채 언젠가 쓰게 될 책을 '꿈꾸고'[47] 그 책에 사용하기 위한 첫 번째 수채화들을 머릿속에서 그려본다.

〈인간의 대지〉의 이 부분만 아니라 다른 곳에서도 〈어린 왕자〉의 그림자가 어른거린다. 견디기 힘든 목마름을 참아가며 걸음을 옮기는 생텍쥐페리는 마음속에서 심한 갈등을 겪는다. 마음이 두 쪽으로 갈라져 대화를 나누는데, 한쪽에서는 희망을 가지라고 속삭이지만, 다른 한쪽에서는 더는 희망이 없음을 잘 안다고 속삭인다. 한쪽은 상상하고, 한쪽은 이성을 통해 추론한다.

계속 이어지는 모래언덕들 능선 너머에 멋진 마을이 있을 것 같다고 꿈을 꾸는 자신에게 또 다른 자신은 다음과 같이 일갈한다. "너도 잘 알잖아. 멋진 마을은 신기루에 지나지 않는다는 것을……."[48] 처음에는 꿈이 어쩔 수 없어서 매달리기 위해 기대는 것이 아니라 의지를 갖고 선택한 것이었다. "그것이 신기루라는 것을 나는 잘 안다. (중략) 하지만 신기루를 쫓아가는 것이 내게 기쁨을 준다면 얼마든지 그럴 것이다."[49] 얼마 후 희망도, 고통도 모두 사라지고 사막을 걸어가면서 꿈꾸던 몽상에는 아무것도 남지 않는다. 단지 '거대한 메마름만'[50] 남았을 뿐이다. 밤이 오자 추위에 온몸이 떨려오고, 갈수록 심해지는 갈증에 목은 더 타들어가지만 생텍쥐페리는 그 와중에도 '모든 것이 그림책으로, 조금 잔혹한 동화로 변할 것'[51]이라고 말한다. 이렇게 보면 이야기를 꾸밀 수 있는 거의 모든 재료가 이미 여기에 있었다. 사막에서 걷기, 여우와 나눈 우정, 어린아이의 순진무구한 상상과 어른의 이성적 판단이 겪는 갈등, 즉 영원한 어린아이와 조종사의 갈등 등 모든 것이 〈어린 왕자〉보다 여러 해 앞서 1939년에 나온 〈인간의 대지〉에 다 들어 있었다. 생텍쥐페리가 〈인간의 대지〉 마지막 쪽에 '전설들 속에 나오는 어린 왕자들'[52]을 닮은, 잠이 든 어린아이를 묘사한 것은 결코 우연이 아니다.

〈어린 왕자〉의 기원을 찾는 일이 〈인간의 대지〉에서 끝나지는 않는다. 〈인간의 대지〉에 나오는 '살해당한 모차르트'만이 아니라 〈인간의 대지〉에 등장하는 즈느비에브Genevieve의 아들부터 〈성채〉에 나오는 이브라힘Ibrahim의 아이까지 어린 왕자와 무관하지 않다. 이 죽은 아이들은 처음부터 끝까지 생텍쥐페리의 작품을 사로잡았던 이미지다. 이는 1904년 생텍쥐페리가 아버지의 죽음 후 두 번째로 겪어야 했던 슬픈 가정사와도 무관하지 않을 것이다. 그는 1917년 동생 프랑수아[53]를 잃고 만다. 예민했던 청소년기에 그를 찾아온 이 비극은 내적 상처로 남은 채 결코 아물지 못하고 영혼 속에서 메아리쳤으며, 어떻게 해도 영원히 사라지지 않는 깊은 그리움과 우울감의 기원이었음에 틀림없다. 이것이 다가 아니었다. 생텍쥐페리는 전혀 다른 종류의 이별을 겪고, 평생 깊은 슬픔을 가슴속에 담고 살아야 했다. 다름 아니라 약혼을 한 루이즈 드 빌모랭[54]과의 파혼으로 소설 쓰고 시 쓰던 젊은 생텍쥐페리는 영원히 사라지고 완전히 다른 생텍쥐페리가 태어난 것이다. 생텍쥐페리는 떠나간 첫사랑을 잊기 위해 이별 후 몇 년이 지나서야 소설을 썼는데 이 첫 소설에는 다름 아니라 약혼녀가 '별나라에나 가서 살 사람'[55]이라고 비난했던 '연약한 어린아이'가 등장한다. 오늘날 우리는 생텍쥐페리가 그녀의 말과는 달리 별에 가서 산 사람이 아니라는 것을 알고 있다.

'영원한 어린아이'라는 신화

　최근 십 몇 년 동안 〈어린 왕자〉를 각색하고, 속편을 쓰거나 이야기를 보태어 내용을 바꾸는 등 다양한 작업들이 이루어졌다. 그 덕분인지 어린 왕자는 이제 돈 후안이나 피터 팬 같은 문학적 신화의 반열에 오른 듯하다. 결코 두껍지 않은 책을 벗어나 자신만의 작은 소행성에서 날아올라 모든 이의 상상력 속으로 들어간 것이다. 그러면서 새로운 이야기들을 만들어내는 기폭제 역할을 할 뿐만 아니라 새로운 그림들도 그리게 한다. 어린 왕자와 그의 주변에 가까이 몰려 있는 인물들, 가령 여우, 장미, 소행성 등은 작가가 만들어냈지만 이제는 다른 수많은 창작의 재료가 된다. 이런 작품들이 모두 성공을 거두었다고 할 수는 없지만 실패한 작품도 딱히 없다. 또 독창성 측면에서 높이 살 만한 작품도 더러 있다. 여하튼 〈어린 왕자〉는 이제 당당히 문학적 신화의 반열에 올랐다고 말할 수 있다. 생텍쥐페리 자신은 전혀 의도하지 않았겠지만, 이 인물은 신화적 아우라를 널리 퍼뜨리는 것이다. 어린 왕자는 단순한 키 작은 어린 왕자가 아니라 영원한 어린아이 혹은 신의 아들로 받아들여진다. 어린 왕자는 이렇게 새로운 왕자들에게 얼굴을 빌려주는 것은 물론 새로운 관점과 이야기의 틀까지 제공한다.

프랑수아, 가브리엘, 시몬, 앙투안,
마리-마들렌 드 생텍쥐페리(1905).

칼 구스타프 융과 샤를 케레니는 함께 이른바 이런 종류의 원형에 대해 연구했다. 이들에 따르면, "유령은 (중략) 모든 시공간을 초월해 신화를 통해 유랑한다"고 한다. 이들의 말을 조금 더 들어보자. "이는 아주 먼 과거부터 내려온 정신의 원형 구조로서, (중략) 시공간을 벗어나 모든 인간 의식을 가장 충실하게 나타낸다."[56] 달리 말하면 신적 어린아이는 그 자체로 인간의 정신이다. 순수한 잠재성, 아직 윤리도, 어떤 선입견도 없는.

케레니는 문헌학자로서 이런 원형이 전 세계 신화들 속에 구현되어 나타나는 다양한 모습을 연구했고 그 결과 몇 가지 핵심적 특징을 발견해낼 수 있었다. 이 연구에 따르면 신적 어린아이는 주워온 아이, 즉 업둥이로서 처음에는 버림받아 커다란 위험에 처하고 생명을 위협당한다. 하지만 한없이 연약해 보이는 아이는 그 어떤 힘과도 비교할 수 없는 강한 힘을 자신 안에 숨기고 있는데, 연구자의 표현에 따르면, "가장 약한 힘에서 가장 강한 힘이 나온다"[57]는 것이다. 나아가 이 아이는 오늘날 사람들이 "동화의 특징을 이루는 일반적 활력소"[58] 정도로 아는 신화적 분위기를 곳곳에 뿌려 주입하는 능력도 있다. 융은 정신분석가로서 이 어린아이에게서 보상 기능을 보았다. 다시 말해 영원한 어린아이라는 이 원형은 "의식이 느끼는 용납하기 힘든 불공평한 것들을 합리적 방식으로 보상하고, 가능하면 수정도 하는 한 방법"[59]이다. 요약하면 신적 어린아이, 영원한 어린아이는 의식이 인지하지 못하는 상태에서 숨겨진 채 억눌린 잠재적 욕망들을 나타내는 동시에 이 욕망들을 움직이게 하는 동력이라는 것이다. 따라서 이 영원한 아이는 인간 본성의 특징인 미분화된 상태, 즉 서로 충돌하는 상반된 욕구들이 결합된 채 공존하는 상태를 나타내는 표상이다.[60]

〈어린 왕자〉와 신적 어린아이라는 무의식의 원형에 어떤 유사성이 있는지는 굳이 강조할 필요가 없을 정도로 분명하다. 기적처럼 사막 한가운데 모습을 나타낸, 생텍쥐페리가 만들어낸 인물인 이 영원한 아이, 어린 왕자에게는 이전에 존재했던 어린 왕자들이 가졌던 능력, 즉 사실에 기반한 시시콜콜한 이야기를 멋진 환상적 우화로 바꾸어놓는 능력이 있다. 실제로 어린 왕자가 첫 모습을 나타내자 이런 기적이 일어난다. 뿐만 아니라 고집스럽게 조종사에게 양 한 마리를 그려달라고 하면서 그를 변화시켜, 끝내 그로 하여금 자신의 가슴속에 살아 있던 어린아이와 만나게 하기도 한다. 어린 왕자는 사실 이 조종사의 가슴속에 있던 영원한 어린아이였다. 어린 왕자가 느닷없이 사하라사막에 나타난 것은 목숨을 잃을지도 모르는 위급한 상황에서 조종사를 구하기 위해서가 아니라, 옛날에 포기해버린 "화가라는 멋진 직업"[61]을 다시 이어나가도록 하기 위해서였다. 어린 왕자의 느닷없는 부탁을 받은 조종사는 먼 옛날 자신이 처음 그린 '그림 1호'가 실패하자 바로 포기한 후 가슴속 깊이 억눌러왔던 그림 그리는 재능을 재발견한다. 그가 그린 '그림 1호'는 다름 아니라 〈어린 왕자〉 1장에서 그림과 함께 소개되는 보아뱀이 집어삼킨 코끼리를 그린 그림이다.[62]

　이렇게 보면 〈어린 왕자〉는 희미한 먼 과거로 돌아가는 이야기이기도 하다. 사실 기원을 그리워하는 이런 분위기는 어디서나 볼 수 있는, 생텍쥐페리의 상상을 지배하는 중요한 특징 가운데 하나다. 물론 이 그리움이 지향하는 곳은 하늘이 아니라 어린 시절이다. 비행 시학이라고 부를 만한 생텍쥐페리의 시학이 그의 첫 소설들부터 다른 작가들과 구분되는 특이성을 보인 것도 이 때문이다. 비행기가 막 운송 수단으로 자리를 잡아가던 항공 초창기에, 다른 작가들은 이 놀라운 운송 수단에서 밝게 빛나는 태양과 별을 찾아 높이높이 올라가는 인간의 해방 욕구와 영웅적 이미지를 보았지만, 〈야간 비행〉의 작가 생텍쥐페리는 언제나 주로 희미한 달빛이 비치는 어두운 밤을 많이 묘사했고 또 어떤 때는 지상을 묘사하기도 했다. 비행기를 타고 하늘을 날면서도 그의 인물들은 잔잔한 물가가 등장하는 꿈을 꾸기도 한다. 이 잔잔한 물결은 비행기가 지날 때만 마지못해 조금 흔들리듯 움직일 뿐 다시 잔잔해지고, 조종간을 잡은 비행사는 꼼짝 않은 채 꿈을 꾸듯이 어린 시절을 보낸 집으로, 그가 처음 만났던 땅으로, 가슴속에 너무나 깊이 아로새겨져 있어 도저히 떼어낼 수 없는 그 첫 번째 대지로 돌아간다.

　〈어린 왕자〉 이야기가 시작될 때 나오는 '코끼리를 소화시키는 보아뱀'을 그린 데생은 이 옛날로 돌아가는 발걸음을 잘 나타내는 하나의 상징과도 같다. 질베르 뒤랑에 따르면, "구렁이가 먹이를 집어삼키는 장면, 예를 들면 보아뱀이 먹이를 먹는 장면을 보는 순간은 어린아이들 환상 속에서 아주 중요한 때에 해당"[63]한다. 왜냐하면 이런 이미지 앞에 있는 아이들은 보호자인 어머니 품속으로 돌아가는, 마음의 깊은 위로를 주는 환상을 따라가기 때문이다. 이는 라틴어로 'regressus ad uterum'이라 불린다. 정신분석가들을 포함해 많은 비평가와 주석가들이 생텍쥐페리의 〈어린 왕자〉에 대해 엄격한, 때로는 읽지 말라는 부정적 의견을 내놓는 이유도 바로 여기에 있다. 예를 들어 마리 루이즈 폰 프란츠는 〈어린 왕자〉를 읽고 결론 내리기를 〈어린 왕자〉에 나오는 조종사는 "성인이 되어서도 '청소년의 심리'를 그대로 간직하고 있어서, 이른바 'puer aeternus'[64] 원형에 부합하는 모든 특징을 고스란히 다 갖춘 인물"[65]이라고 지적했다. 요컨대 그는 연령에 비해 덜 성숙한 어른이라는 것이다. 하지만 마리 루이즈 폰 프란츠는 이런 부정적 평가와 함께 어린아이-왕자, 혹은 영원한 어린아이라는 상징은 모든 변화 가능성을 내포하는 원형이기에 "가능성으로 충만한 새로운 삶으로 이어질 수 있어 정신적으로나 사회적으로 긍정적 방향을 향해 삶을 바꿀 수 있다"[66]고 지적하기도 했다. 즉 어린 왕자가 나타난 것은 퇴행일 수도 있지만, 동시에 얼마든지 다시 태어나려는, 말 그대로 르네상스, 즉 재생이기도 하다.

이야기가 주는 교훈과 윤리

〈어린 왕자〉는 모호하게 끝난다. 일주일 동안 고장난 비행기를 고쳐보려고 하지만 끝내 성공하지 못한 조종사는 새로 사귄 친구와 함께 우물을 찾아 나선다. 사막에서는 이런 시도가 정말로 터무니없지만 모든 것을 내려놓고 자포자기하는 심정으로 따라나선다. 이렇게 해서 마침내 조종사는 어린 왕자가 어떤 관심사에 매달리는지 이해하게 되고, 여우가 준 가르침들을 따르게 된다. 그랬을 때 신기하게도 변화의 대가이기라도 한 것처럼 우물을 발견하며, 자신은 물론이고 어린 왕자도 갈증을 풀 수 있었다. 상징적으로 볼 때 조종사와 어린 왕자, 두 인물의 만남이 이미 다 이야기되었기에 조종사의 이야기가 끝났다는 결론에 이르렀다고 볼 수 있다. 따라서 독자들은 조종사가 지나치게 합리적이던 태도를 누그러뜨리고 자신 속에 있던 어린 왕자가 요구하는 것들을 들어줄 때가 되었다고 생각할지도 모른다. 실제로 조종사는 과도하게 겉으로만 객관성을 유지하려 했고 개인적 관점을 버리지 못한 채 편안한 생각만 하고 살았다. 하지만 그다음 날 바로 어린 왕자는 지구를 떠날 결심을 하며, 이렇게 해서 이야기는 모든 면에서 죽음을 연상케 하는 이 이별로 막을 내린다. 이렇게 끝나는 이야기의 끝은 요컨대 어린 왕자의 세계가 조종사가 사는 세계와는 도저히 양립할 수 없는 세계임을 말하는 것과 마찬가지다. 그러잖아도 조종사는 어린 왕자를 만나기 이전의 삶으로 돌아가려고 한다. 고쳐지지 않던 비행기 모터를 고치는 방법을 갑자기 찾아내기도 한다.

그러나 이야기는 여기서 끝나지 않는다. 미니멀하면서도 수수께끼 같기만 한 마지막 그림 한 장이 독자들을 기다린다. 그림 옆 글을 읽어보니 조종사 눈에 비친 이 풍경은 "세상에서 가장 아름답고도 슬픈 풍경"[67]이라고 한다. 모든 동화는 거의 어김없이 교훈을 주면서 끝이 나고 〈어린 왕자〉도 이 규칙을 어기지는 않는다. 하지만 〈어린 왕자〉의 끝은 화자가 여섯 살 때 들었던 것처럼 이건 해야 하고 저건 해선 안 된다며 아이들에게 은근히 겁을 주는 많은 동화들이 보이는 훈계와는 다르다. 너무나도 썰렁한 그림을 자세히 보라고 하는 〈어린 왕자〉는 여느 동화들과는 완전히 다르다. 외롭게 떠 있는 별 하나 밑으로 선 두 개가 포개져 있다. 이게 전부다. 아무것도 없는 텅 빈 그림이다. 화자는 덧붙인다. 별들에 한 마리씩 있는 양과 한 송이씩 핀 장미에 어떤 일이 일어나는지 상상해보라고. 이 마지막 그림의 아름다움이 어떻게 해서 만들어졌는지를, 슬프거나 외롭기만 한 것이 아니라 왜 아름다운 것인지를 알려면 단순한 이야기가 아니라 그림을 모아놓은 화첩이기도 한 〈어린 왕자〉를 다시 읽어야만 할지도 모른다. 하지만 다시

이 마지막 그림에 와도 그림 속에는 양도 장미도 없고, 심지어 어린 왕자도 없다. 바로 이때다. 독자들은 어린 왕자가 자신의 작은 별로 돌아갔다는 것을 알게 되고, 우리 모두는 어린 왕자나 조종사와 마찬가지로 '별들이 아름다운 건 바로 보이지 않는 양과 장미 한 송이 때문이며, 사막이 아름다운 것도 어딘가에 샘을 감추고 있기 때문'[68]이라는 것을 깨닫는 것이다. 모든 동화들과 달리 생텍쥐페리의 이 이야기는 독자들에게 이야기의 결론을 스스로 이끌어내고 마음대로 꿈꾸어보도록 한다. 그러자면 어린 왕자는 눈앞에서 사라져 그의 별로 돌아가야만 한다. 어린 왕자는 그곳에서 다시 상자만 대강 그려주어도 그 안에 들어 있는 꿈에서만 보던 양을 보게 될 것이다.

많은 독자들이 다양한 동물들이 있는데 왜 하필 양이냐고 물으면서 궁금해할 수도 있다. 서구의 오랜 상상 세계에서 양은 희생의 상징이다. 〈창세기〉를 보면 아브라함이 아들 이삭을 하느님에게 바치려는 순간 거세하지 않은 숫양이 나타나 이삭 대신 희생 제물이 되는 이야기가 나온다. 그러므로 어린 왕자가 조종사에게 양 한 마리를 그려달라고 했을 때 조종사가 양을 그려주리라 생각할 수 있다. 이삭이 아버지 아브라함에게 자기 대신 희생될 양이 어디에 있느냐고 물었듯이, 어린 왕자도 희생되기를 원치 않았던 것이다. 어린 왕자가 사라지면서 끝나는, 쓰지도 닫지도 않은 〈어린 왕자〉의 결말을 보면, 어린 왕자가 부탁을 하면 과연 조종사가 들어줄지 의심되기도 한다. 어린 왕자와의 만남으로 인생관 전체에 큰 영향을 받은 조종사는 웃는 별들을 갖고 있다고 사람들에게 떠들고 다니며 자랑할 게 분명하다. 바로 그때 어린 왕자는 사라져버린다. 그리고 조종사 역시 바로 그때 그의 영혼인 어린 왕자를 되찾는다.

인류사에서 가장 심각한 위기였던 2차 세계대전이 덮쳤을 때 이 위기 속으로 비행기를 타고 날아 들어간 생텍쥐페리라는 이름의 유명한 비행 조종사는 어렵고 힘든 일을 해내야 하는 상황에 처했고 진지하게 행동해야만 했다. 전쟁에 참전한 이 지식인은 그러나 심각한 작가로서 들었던 펜을 놓았다. 대신 그는 여섯 살짜리 손에 들렸을 붓을 들고 수채화를 그리면서 어린 왕자가 원하는 바를 따랐고, 얼마든지 유치해질지도 모를 위험을 감수하기로 한다. 생텍쥐페리가 어른들의 관심사를 다루지 않고 자신의 어린 시절 깊은 곳에 숨어 있던 이야기를 꺼낼 수 있었던 것도 이 때문이다. 바쁘게 일상을 헤쳐나가야 하는 독자들은 그래도 〈어린 왕자〉를 펼쳐 들고 시간을 내기로 했다. 그러면서 그들은 한없이 연약하면서도 한편으론 버르장머리가 없기도 한 어린 왕자를 만났다. 그리고는 서서히 어린 왕자의 목소리에 귀를 기울이고 그의 요구를 들어준다. 그러다 문득 깨닫는다. 매번 다시 읽을 때마다 다른 어린 왕자를 만난다는 것을.

어린 왕자, 스케치.

어린 왕자,
나는 이렇게 읽었다
—

아드리엔느 모니에[69]

이상하게도 〈남방 우편기〉를 다시 읽으면서 나는 어딘지 〈어린 왕자〉의 예고편을 읽는 것 같은 느낌이 들었다. 어린 왕자, 별에서 떨어져 비행기가 고장나 사막으로 추락한 조종사를 만나고, 뱀에게 물려 다시 자기 별로 돌아간 어린 왕자……. 그랬다. 사막에서 홀로 고립된 나이 많은 한 조종사가 젊은 조종사를 만나는데, 이 만남은 거의 '사랑의 만남과 같은 추억'이 된다. 마찬가지로 〈어린 왕자〉에서도 조종사는 '사막에서 길을 잃은 것 같은 어린아이'를 만나는데 이 아이는 '머리 위에 떠 있는 별'로 돌아가기만 할 뿐 결코 죽지 않는다.

생텍쥐페리의 모든 책에서는 별들이 초롱초롱하다. 우리가 올라가야 할 별들이자 동시에 우리 마음속에서 볼 수도 있는 별들이다. 이 별들은 가장 고운 황금색 단어들로 칠해져 있어 더욱 빛난다.

〈야간 비행〉 마지막 부분을 보면, 별 세 개가 마치 '통발 밑바닥에 걸어놓은 미끼'처럼 나타난다. 조종사는 이 별들을 향해 올라가는데 끝내 다시 내려오지 못하고 만다.

어린 왕자의 뱀과 〈전시 조종사〉에서 마치 '코브라처럼 독을 쏟아 붓는' 전투기가 비슷하다는 느낌을 받으면서 어찌 놀라지 않을 수 있겠는가.

어린 왕자는 생텍쥐페리 자신이다. 옛날의 어린 그, 어른들 사이에서 어른으로 살아가지만 여전히 어린아이로 남아 있는 그인 것이다. 어린 왕자는 어쩌면 생텍쥐페리가 가졌으면 했던 아들일 수도 있다. 어린 왕자는 또한 순순히 길들여지더니 사라져버린 젊은 동료일 수도 있다.

어린 왕자는 생텍쥐페리의 어린 시절이자 이 세상 모든 사람의 어린 시절이다. 정이 들 대로 든 사막에서 찾고 또 찾아야만 했던 사랑과 우정의 창고다.

–《생텍쥐페리와 어린 왕자Saint- Exupéry et Le Petit Prince》, 퐁텐느출판사, 1945.
(1996년 리마지네르L'imaginaire 시리즈의《가제트Les Gazettes》에 재수록.)

프랑스 문학비평가이자 서점 운영자.
서점이자 문학 살롱 '책 친구들의 집' 창설자.

패멀라 트래버스

이 책이 어린아이들을 위한 책일까? 아니다. 아이들은 무엇이든지 빨아들이는 스펀지 같으므로 이는 중요한 질문이 아니다. 아이들은 이해했든 못 했든 온몸이 젖을 정도로 읽는 책의 내용을 그대로 다 받아들인다. 〈어린 왕자〉는 어린아이들을 위해 쓴 책이 갖추어야 할 세 가지 핵심 특징을 모두 갖추었다. 우선 〈어린 왕자〉는 진실되고, 설명이 없으며, 마지막으로 교훈도 갖고 있다. 이 세 가지가 다 충족되는데, 물론 마지막 요소인 〈어린 왕자〉의 특별한 교훈은 아이들보다는 어른들과 관계가 있다. 이 교훈을 파악하려면 고통과 사랑을 겪으면서 자기 스스로를

《메리 포핀스》의 초판 커버. 뉴욕, 레이널&히치콕(1934).

넘어서려는 각오를 해야만 한다. 다시 말해 예민한 감성이 필요하며, 다행스럽게도 이러한 감성은 어린아이들과는 무관한 일이다. (중략) 물론 아이들도 마음으로 세상을 본다. 극히 자연스러운 일이다. 어린아이들은 무엇이 중요한 것인지를 잘 안다. 작은 여우는 어린아이들을 감동시키는데, 다른 이유가 있어서가 아니라 여우이기 때문이다. 아이들은 여우의 비밀을 캐내려고 하지 않는다. 그런 비밀을 알았다고 해도 곧 잊어버리며 그래서 나중에 다시 찾아야 한다.

나는 이런 이유로 어린 왕자가 간접조명으로 어린아이들을 비출 것 같다는 생각을 한다. 어린 왕자는 조만간 아이들을 만날 테고, 마음속 가장 깊은 곳에 있는 비밀을 파고들 테며, 그렇게 해서 어린아이들 속에 작고 희미한 불빛 하나로 남을 것이다. 이 불빛은 어린아이들이 알아볼 때 밝게 빛날 것이다.

기계를 거꾸로 돌릴 수 없듯이 우리 모두는 다시 어린아이가 될 수 없다. 우리 어른들은 너무 늙었고 어쩔 수 없이 이 상태에 머물러야 한다. 하지만 어린 시절의 세계를 되찾는 방법이 있을지 모른다. 나아가 가능하다면, 우리 가슴속 어린아이를 다시 살려내는 방법이 있을지도 모른다. 만일 이것이 가능하다면 이 세상을 순진무구한 눈으로 다시 보는 것이고……

– 〈모래언덕을 넘어, 어린 왕자의 별을 향해 가다Across the sand dunes to the Prince's Star〉,
《뉴욕 헤럴드 트리뷴 북 리뷰》, 1943. 4. 11.

오스트레일리아 출신 소설가(1899~1966)이자 레이널&히치콕에서 출간되고,
디즈니가 영화로 제작한 《메리 포핀스》(1934)의 저자.

프레데릭 베그베데[70]

이 이야기에 우리는 '잃어버린 어린 시절을 찾아서À la recherche de l'enfance perdue'라는 제목을 붙일 수도 있을 것이다. 실제로 생텍쥐페리는 이야기를 하면서 쉼 없이 계속해서 점잖고 합리적인 '어른들'을 언급한다. 이는 그의 책이 어린아이들이 아니라 어린 시절 같은 것은 끝났다고 생각하는 사람들을 겨냥하기 때문이다. 이 책은 나이를 먹을 만큼 먹고 스스로를 합리적인 사람이라고 생각하는 어른들을 성토하는 대자보라고도 볼 수 있다. 그럼에도 부드러운 시와 단순한 지혜들이 가득하며(그래서 나는 해리 포터는 엄마 집에 가라고 외치고 싶다!) 또 순진무구한 척하지만 속으로는 씁쓸하기만 한 유머 그리고 무엇보다도 충격적일 정도로 깊은 우울이 들어 있다.

생텍쥐페리는 어쩌면 '겸손한 말로'[71]였고, 그의 어린 왕자는 금발 머리를 한 E. T.였다고 할

수 있다. 루이스 캐롤Lewis Carroll의 앨리스Alice가 (어린이들의 천국에만 있는 혼란스러운 매혹은 그대로 간직한 채) 성만 바꾸어 나타난 듯하다고 하는 사람들도 있을 것이다. 생텍스는 위에서 말한 대 작가들처럼 나이드는 것을 받아들일 수 없었다. 안타깝게도 〈어린 왕자〉는 이런 생텍스의 운명 을 예언하는 작품이었다. 중년에 접어든 마흔네 살의 귀족 가문 출신 비행 조종사는 고집을 피 운 끝에 지중해로 정찰 비행을 나가고, 자신이 만들어낸 인물인 어린 왕자처럼 그만 실종되고 만다. 그가 타고 나갔던 록히드 P38 라이트닝, 타입 J를 개조한 F5B의 잔해는 최근에야 발견 되었다. 〈어린 왕자〉 마지막 부분을 읽어보자. "그때는 내게 친절을 베풀어주시길 바라니, 이처 럼 마냥 슬퍼하도록 나를 내버려두지 말고 빨리 편지를 보내주길 바란다. 그 애가 돌아왔노라 고……." 〈어린 왕자〉는 유서였는지도 모른다.

-《청산 직전의 마지막 재고 조사》[72], 그라세출판사, 2001.
(2003년 폴리오에서 문고판으로 출간.)

필립 들레름[73]

〈어린 왕자〉와 나는 제라르 필립과 조르주 푸줄리의 목소리로 녹음된 LP판을 통해 첫 인연 을 맺었다. 사람들은 이 작품이 아주 좋다고 말했고 나는 그런가 보다 했다. 하지만 내가 보기 엔 지나치게 단순한 이야기에 그토록 어른들이 열광하는 것이 조금은 이상하게 생각되기도 했 다. 처음에 책을 읽지 않고 먼저 음반으로 들었기 때문이다. 학교에서 이 책에 대해 공부하지도 않았다. 훨씬 세월이 흘러서야 이 책을 재발견했으며 몇몇 문장은 계속 귓전에 맴돌았다. 그렇 게 시간이 흘렀고, 그러면서 기억 속 〈어린 왕자〉의 문장들이 다 잊혔지만 한 문장만은 남아 있 었다.

"얻은 게 있지. 밀밭의 색깔이 있으니까 말이야"라는 문장이었다. 확실하다. 시처럼 독특한 이 문장 때문에 몇 마디 하고 싶다. 다들 줄거리는 대충 안다. 여우가 한 마리 있는데 어린 왕자 가 길들여주길 바란다. 여우는 어린 왕자에게 밀밭 이야기를 하면서 빵을 먹지 않으니 자신과 는 아무 상관이 없다고 한다. 그러다가 여우와 어린 왕자가 헤어질 때가 오자 어린 왕자는 여우 가 이별도, 길들여짐에도 슬퍼한다는 것을 눈치챈다. 그때 여우가 한 말이었다.

〈어린 왕자〉가 조금 우스꽝스러운 책이란 말은, 문학계에서는 그 작품을 두고 하는 칭찬이 다. '왜 타인을 사랑해야 하는가?'라는 질문에 그 어떤 종교도, 그 어떤 철학도 〈어린 왕자〉만큼 만족스러운 답을 해주지 못했다.

밀의 색깔 때문에 무언가를 얻었고 획득한 것이다. 이 지구라는 별에 잠시 살면서 누리는 유일한 행운이라면 바로 누군가를 사랑하는 것이다.

-《옛날 옛적에, 어린 왕자가······》, 폴리오, 2006.

필립 포레스트[74]

〈어린 왕자〉가 직면한 실존적·철학적 문제는 (하늘의 행성처럼) 원자화된 우주와 (지구의 사막처럼) 텅 빈 세계에서 의식마저 고립되면서 겪는 정신적 고독이다. 관계의 모든 가능성이 사라진 것이다. 이 정신적 고독에서 빠져나오려면 여우가 어린 왕자에게 준 유명한 교훈처럼 다른 사람을 길들여야 한다. 다시 말해 타인들과 관계를 만들어나가야 한다. (중략) 하지만 〈어린 왕자〉가 주는 이 교훈은 달콤하면서도 매우 쓴맛이어서 책을 읽는 독자들을 당황하게 만들고 쓰러뜨릴 수도 있다. 여기서 그치지 않는다. 이 교훈은 사랑이 만들어내는 나와 타인의 관계 맺음에서 그치지 않고 이렇게 만들어진 사랑을 이 세계 전체로 확장하라고 말한다. 이렇게 하려면 사랑했던 대상은 소유했다가 잃어버려야 하는 대상이어야 한다. 사랑했던 대상의 사라짐 혹은 부재만이 그 대상을 둘러쌌던 주변 모든 것에 가치와 의미를 부여하기 때문이다. (중략) 금빛 밀밭, 초롱초롱한 별들 그리고 우물에서 막 길어 올린 차가운 물은 모두 사랑했던 사람의 것들을 떠올리게 하기에 존재하는 것이다. 그러니까 사랑하는 사람이 사라져야만 그 사람의 금빛 머릿결과 초롱초롱 빛나던 눈동자와 시원하게 물을 넘기던 모습이 떠오르는 것이며······.

모든 사물은 그들 한가운데 있는 깊은 심연을 통해 서로 소통한다. 그래서 어린 왕자는 말한다. "별들이 아름다워. 그건 보이지 않는 꽃 한 송이가 있기 때문이야······." 어린 왕자가 무대에서 사라지면서 남긴 유언의 의미는 다름 아니라 이것이었다.

-《전시 조종사: 생텍쥐페리의 야릇한 참전》, 갈리마르출판사, 2013.

토마 드 코냉크[75]

우리 모두는 완전히 똑같은 별에 살고 있지 않다. 세상은 정서적 경험 속에서 모습을 드러내기 마련이며, 우리는 같은 방식으로 그 세상에 살지 않는다. 예를 들면 같은 세상에 산다고 하지만 누구는 슬퍼하고, 누구는 기뻐한다. 우리가 사는 별에는 지구라는 과학적 이름이 있지만 이 지구라는 이름의 별은 늘 그 이상이다. 우리의 상상력과 마음속에서 이 별은 비록 얼굴은 지워지더라도 우리가 사랑했던 모든 사람의 말과 미소로 가득한 유일무이한 곳이다. 우리에게 진정 중요한 별은 우리가 가슴속에 품은 별이다. 아름다움, 보편적인 것, 연약함만이 아니라 우리는 이 가슴속 별, 삶의 모든 의미가 늘 언제나 정확하게 맞아떨어지진 않는 상태에서 삶의 동력과 슬픔, 실망과 충동, 환희와 사랑이 동시에 일어나는 것을 본다.

잠이 든 어린 왕자가 나를 그토록 놀라게 하는 것은 그가 충성스러울 정도로 꽃을 사랑하기 때문이다. 어린 왕자의 가슴속에서는 장미꽃이 피어나 마치 램프처럼 그가 잠들었을 때에도 빛나는 것이다……

생텍쥐페리는 이 지점에서 다음과 같이 노래한 적이 있는 횔덜린[76]의 직관과 만난다. "인간은 시처럼 산다."

－《옛날 옛적에, 어린 왕자가》, 갈리마르출판사, 2006.

퀸틴 블레이크

프랑스에 있는 내 작업실 버드나무 의자에 앉아 나는 작은 책 한 권을 펼친 채 바라본다. 이

어린 왕자와 머플러…….
－〈이름 모를 여인에게 보내는 편지〉(알제리, 1943~1944).

책에는 생텍쥐페리가 어린 왕자를 구상할 때 어떤 인물과 닮게 그릴까 하고 이런저런 생각들을 하면서 그린 데생들이 담겨 있다. 바로 이 책에서 나는 아주 흥미로운 사실을 하나 보게 되었다. 사람들은 흔히 인물들을 '만들어낸다'고 말한다. 허구적 인물들은 부분적으로는 이미 상상해두었던 인물들일 수 있다. 하지만 사람들이 생각하는 것과는 달리 작가나 화가는 인물을 그려나가면서 조금씩 알아가게 된다. 나는 생텍쥐페리가 어린 왕자의 눈빛 속에 무언가로 인해 깜짝 놀란 표정을 담아내는 것을 보고 매혹당하고 말았다. 어린 왕자는 때로 무척 화가 난 표정을 보이기도 한다. 어린 나이지만 어린 왕자는 누가 보아도 결단력 있는 표정을 짓기도 한다.

어린 왕자는 머플러를 하나 둘렀다. 내 생각에는 많은 프랑스 사람들이 머플러를 좋아하는 것 같고 나 역시 좋아한다. 나는 일상생활에서 자주 목에 머플러를 두를 뿐 아니라 그림에도 종종 그려 넣는다. 머플러에는 여러 종류가 있는데, 무엇보다 그림 그리는 사람이 인물의 움직임을 표현하려 할 때 매우 쓸모가 있다. 그런데 기이하게도, 어린 왕자의 머플러는 어린 왕자가 꼼짝 않고 서 있는데도 공중에 펼쳐진 채 펄럭거린다. 마치 지금 그가 은하수들 사이에 있는 알 수 없는 이상한 곳에서 신비한 우주의 바람을 맞고 있는 것만 같다. 그렇다. 어린 왕자의 저 머플러는 우리에게 말한다. 지금 실제로 가슴을 뛰게 하는 멋진 일이 일어나고 있다고. 어린 왕자는 참으로 멋진 머플러를 하고 있는 것이다!

2013년 1월

퀀틴 블레이크Quentin Blake 경은 영국의 작가이자 아동 서적에 그림을 그리는 삽화가. 2002년에 안데르센상Prix Andersen을 수상했고, 로알드 달[77]의 책에 많은 삽화를 그렸다.

마이클 모퍼고

사람들이 어린아이들 책을 우습게 여기며 아무 말이나 해대곤 할 때면 나는 앙투안 드 생텍쥐페리와 그가 쓴 〈어린 왕자〉를 떠올리곤 한다. 이 책이야말로 어린아이들을 위해 썼지만 동시에 우리 모두의 가슴속에 있는 어린아이에게 말을 거는 책이기도 한데, 사실 복잡하면서도 너무 아름다워서 우리 가슴속에 있는 아이만이 이해할 수 있다. 어쩌면 오직 순진무구함이라는 빛만이 이 걸작 문학작품을 제대로 비출 수 있을 것이다.

〈어린 왕자〉는 모든 장르에 다 해당되기 때문에 한마디로 정의하기 힘든 작품이다. 단편소설일 수도 있고, 그냥 소설이라고 부를 수도 있으며, 산문시로 읽힐 수도 있다. 삽화가 들어간 어린아이용 소설이기도 하며, 철학책으로 볼 수도 있다. 이 책에서 정치적 의미를 읽거나 이를 심리소설로 보는 사람들도 있다. 이 모든 정의가 가능하지만 〈어린 왕자〉는 이 모든 정의를 넘어서는 작품이기도 하다.

단순하고, 짧고, 환상적인 동시에 몽상적이기도 한 이 작품은 이제까지 그 어느 문학작품도 거두지 못한 기록들을 작성했다는 면에서도 눈길을 끈다. 전 세계에 걸쳐 2억 부 이상이 팔렸으며, 이백 개 이상이나 되는 언어로 번역이 되었다. 간단히 말해 〈어린 왕자〉는 모든 장르를 통틀어 이제까지 프랑스어로 쓰인 책들 중에서 가장 많이 외국어로 번역되고 가장 많이 읽힌 책이다. 이런 책을 다른 나라에서 다른 언어로는 도저히 쓸 수 없었을 테니 이런 통계수치를 언급할 필요는 없을 것이다. 셰익스피어 역시 연극 작품 10여 권으로 이러한 전 지구적 호응을 불러일으켰다. 그런데 생텍쥐페리는 얇은 책 한 권으로 셰익스피어보다 더 큰 호응을 불러일으킨 것이다. 이유는 조금씩 다르겠지만, 〈어린 왕자〉는 종교와 인종을 불문하고 모든 문화권에서 메아리를 울릴 수 있었다. 〈어린 왕자〉는 정말로 우리 시대의 책이다. 책이 나온 지 70년이 흘렀지만 마치 최근에 출간된 것처럼 지금도 여전히 세계 이곳저곳에서 몇백만의 새로운 찬미자들과 만나고 있으니 우리 시대의 책인 것이다.

동화든 소설이든 이런 장르에서는 유례를 찾아볼 수 없는, 이 기적과도 같은 장수와 놀라운 인기의 비결은 대체 어디에 있을까? 그 비밀은 쉽게 파헤쳐지지 않는 책의 성격이라고 할 수 있을 것이다. 마치 지난밤에 꾼 꿈같기만 해서 하루 종일 일을 할 때도 계속 해석해보려고 하지만 알 수 없는 그런 꿈같은 작품이다. 여러 번 뒤집어보고 다시 읽어보았지만 알 수 없는 무언가가 있는 책 혹은 꿈……. 그러니까 단순해 보이는 외관만 믿는다면 대단한 착각이다. 단순한 겉모습은 복잡한 철학적 내용을 가리는 가면인 셈이며, 기적과 신기루가 동시에 눈앞에 나타나기도 하고, 신비와 환상이 앞서거니 뒤서거니 서로 섞이기도 한다.

2013년 1월

마이클 모퍼고Michael Morpurgo는 청소년용 소설을 쓰는 영국의 인기 작가로 그의 소설은 전 세계 여러 나라 언어로 번역되었다. 스티븐 스필버그Steven Spielberg가 각색해 영화화한 〈워 호스War Horse〉가 그의 대표작 중 하나다.

페프[78]

나는 어린 왕자를 너무 늦게 만났다. 그와 나 사이에는 내가 너무나 좋아하는 비행기들이 있다. 브레게[79] 14에는, 1916년 당시보다 더 좋은 때가 오면 타라고 자리를 하나 마련해놓았는데, 바로 그 자리에 꼬마 신사가 몰래 올라탔던 것이다. 노란색을 칠했으며 날개가 두 쌍인 이 복엽기複葉機는 처음에는 폭격기로 임무를 시작했다. 라테코에르Latécoère가 구입한 후 비행기는 처음에는 모로코, 나중에는 남미까지 은행 통장, 계약서 등 각종 우편물을 실어나르는 우편기로 임무 전환을 했다. 모르긴 몰라도 이 비행기가 실어나른 우편물 중에는 더러 연애편지도 들어 있었을 것이다. 이 비행기에 몸을 실은 생텍쥐페리는 우편배달부이자 이제 막 시작된 새로운 경제 전쟁의 첨병으로서 하늘을 날며, 날씨와 기계 고장 등 예측 불가능한 현실과 활짝 열린 하늘 문을 나서는 기쁨을 동시에 맛보며 비행을 했다.

2013년 1월

페프는 프랑스의 아동 도서 작가이자 삽화가.
《모토르뒤의 왕자Prince de Motordu》를 출간한 바 있다.

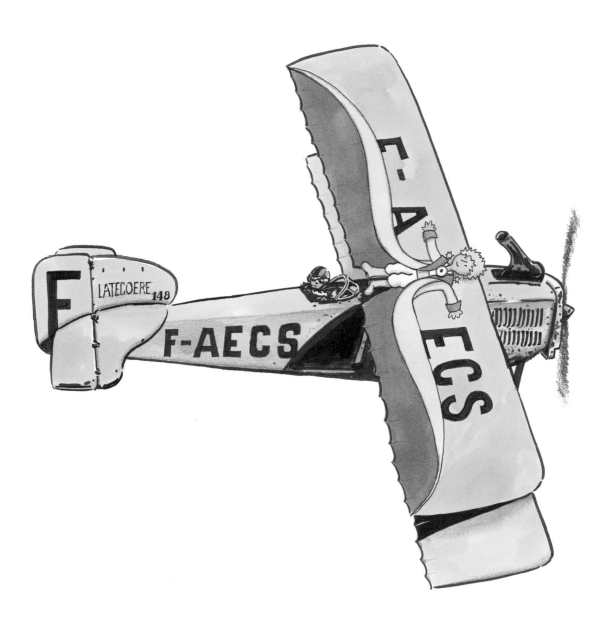

미야자키 하야오

생텍쥐페리의 삶은 일종의 불가침 영역이라는 생각이 든다.

이 사람은 다이아몬드 원석 같은 사람으로, 다듬어지기 전에 바닷속으로 사라져버렸다. 하지만 평범한 원석이 아니라, 그가 살았던 당시의 온갖 유행과 소란으로도 그 표면에 상처를 내지 못한 단단한 원석이었다. 어떤 것도 원석의 가치를 떨어뜨리지 못했다. 〈인간의 대지〉가 이 사실을 잘 일러준다. 이미 글에서 말한 시대는 지나갔지만, 오늘날에도 이 글은 항공 우편의 초창기를 말하는 동시에 인간의 숭고함을 찬미하고 있어 특유의 빛을 전혀 잃지 않는다.

생텍쥐페리는 작가인 동시에 항공기 비행사였다. 지상에 강제 착륙을 하면서 죽을 고비도 넘겼다. 그가 살아남았다면 그건 어쩌면 〈인간의 대지〉와 〈어린 왕자〉를 쓰기 위해서였을 것이다. 할일을 다 했다고 생각해서였을까, 생텍쥐페리는 우리와 함께 살던 지구를 떠날 준비를 했고, 여러 번 실패하며 상처도 입었지만 마침내 지중해에서 지구를 떠나고 싶다는 꿈을 이루었다.

앙투안 드 생텍쥐페리,《데생들Dessins》, 갈리마르출판사, 2006.

미야자키 하야오宮崎駿는 스튜디오 지브리Studio Ghibli를 세운 일본 애니메이션 감독.

앙투안 드 생텍쥐페리의 데생들(1930년대 말).

마크 오스본

〈어린 왕자〉에서 조종사는 자신이 쓴 책이 아무렇게나 읽히지 않았으면 좋겠다고 말한다. 이건 말할 것도 없이 생텍쥐페리 작가 자신이 우리에게 직접 하고 싶었던 말이다. 작가는 우리에게 되도록 예의를 갖추어 찬찬히 이 이야기를 조심스럽게 읽어달라고 부탁한 것이다. 어린이용 책들과 떨어뜨려놓고 봐달라는 것이다. 이 이야기는 사실 그 이상의 이야기다. 그만큼 이야기의 구성이 미묘하며, 우리 가슴속에 살아 있는 모든 연령의 나에게 말을 건다. 이 책을 읽었다면 인생의 어떤 순간에 책을 펼치든 모르긴 몰라도 결코 가볍게 읽지는 못할 것이다. 계속 가슴속에 남아 책을 읽은 사람의 세계를 구성하는 불변의 요소로 자리 잡고 있을 것이다. 내가 그랬다. 내 속으로 들어와 영원히 그러고 있다. 이 이야기를 잊어버릴 정도로 내가 늙지 않기를 바랄 뿐이다.

2013년 1월

마크 오스본은 미국 영화감독이자 시나리오 작가.
영화 〈쿵푸 팬더〉를 만들었으며,
2015년 3D 애니메이션 〈어린 왕자〉를 제작했다.

조안 스파

어린 왕자는 어린아이가 아니다. 만일 말 그대로 어린아이였다면 너무 슬프다. 왜냐하면 결국에는 나이가 들어 죽을 테니. 어린 왕자는 우리의 삶이 고장났을 때 함께 이야기를 나눌 수 있고 그러다 우리 곁을 떠나는 존재다. 이 텍스트는 초월성이라는 것에 대해 참으로 독특한 비전을 제공한다. 끊임없이 하늘을 보라고 요구하는데 그렇다고 꼭 예수님을 보라고 하지는 않는다. 오히려 우리에게 어떤 한순간, 한 사람을 기억하라고 한다. 밀밭을 보고, 별들을 보는 것이 어쩌면 붙잡은 순간들을 기억하는 데 도움을 줄 것이다. 붙잡은 순간들이라고? 이 세상을 살아가는 시적 방법이 있다면 그림을 그리는 것이다. 순간을 붙잡는 방법이기도 하다. 〈어린 왕자〉의 의미는 처음부터 끝까지 바로 이것이다. 어떻게 해서든 그림을 좀 그려보려 하던, 아무것도 바라지 않고 하늘을 바라보기 위해, 단지 이 지상에서 행복하게 있을 수 있는 방법을 찾기 위해 아등바등하던 내가 이 책《어린 왕자》를 멀리 던져버릴 수 있었겠는가? 이 책은 내가 이야기를 시작한 이래 말하고 싶었던 모든 것을 담은 책이다.

내겐 만화를 그리면서 절대로 어기지 않으려고 하는 규칙들이 있었는데, 모두 어기고 말았다. 나에게는 보통 한 쪽씩 넘길 때마다 새로운 장이 시작되곤 했다. 보통 내겐 넘기는 매 쪽이 새로운 장이었다. 그런데 어린 왕자를 읽으면서는 정반대로 한 쪽을 넘기면서 오래 멈추고 있어야 했다. 너무 슬퍼진다 싶으면 나는 마음의 밸브를 조금 열었다 닫았다 하면서 감정을 조정하곤 한다. 그러나 〈어린 왕자〉에서 생텍쥐페리는 망설임 없이 우울 속으로 아주 멀리 들어가버렸다. 그래서 나도 그리로 가는 방법을 찾으려고 해보았다. 인물이 울 때는 그 인물 곁에 머물러도 보고, 울음을 그치면 그 아이 위에 올라가 보기도 했다. 그리고 기다려봤다. 나는 일본 사람보다 더 일본 사람이 되어 망가 속으로 가보기도 했고, 일본 영화의 마구 뒤엉킨 기억들 속으로도 들어가 보기도 했다. 오즈[80]의 방식처럼 잠시 분위기를 희석해보기도 했다. 〈어린 왕자〉를 읽으면서 감상에 빠져 개똥철학이나 늘어놓지 않는 유일한 방법은 이야기 속에 들어 있는 병적인 것을 모른 척하지 않고 정면으로 보는 것이다.

〈어린 왕자〉는 진실을 두려워하지 않고 공개적으로 죽음을 이야기한다. 아무짝에도 쓸데없는 책은 만들지 말아야 한다. 로알드 달, 토미 웅거러,[81] 혹은 모리스 센닥[82] 등의 책은 아무짝에도 쓸모없는 책들이 아니다. 이 책들은 어른들을 위한, 공연히 두껍기만 하고 지루한 소설들보다 훨씬 더 나를 즐겁게 해준다.

웹사이트 evene.fr에 실린 2008년 9월 16일자 기사 발췌.

조안 스파는 프랑스 만화가이자 영화 제작자로 2008년 〈어린 왕자〉를 아동용 만화로 개작한 바 있다. 이 책으로 2009년 에상시엘 죄네스 앙굴렘상Essentiel Jeunesse Angoulême을 수상했다.

조안 스파가 만난 어린 왕자, 미공개 데생.

미주

어린 왕자의 탄생

1 알방 스리지에(1972~)는 국립고문서학교École Nationale des Chartes를 졸업하고 현재 프랑스 유명 출판사
인 갈리마르출판사 디지털 자료 담당 직원으로 일하고 있다. 갈리마르출판사가 출간한 잡지와 총서
들의 역사를 수집, 정리하고 있으며, 특히 전 세계 유명인들이 남긴 〈어린 왕자〉 독후감 모음집인 본
서를 비롯해 생텍쥐페리 연구자들에게 매우 유용한 자료집들을 여러 권 출간했다. (옮긴이)

2 〈남방 우편기〉는 1929년에 나온 생텍쥐페리의 첫 소설로, 프랑스 툴루즈에서 북부 아프리카 카사블
랑카와 다카르로 운행하는 우편기 조종사의 일과 사랑이 담긴 작품이다. 초창기 비행의 위험과 외로
움 등 자전적 요소를 담았으며, 고독을 치료하는 수단으로서의 사랑을 다루었다. 1936년에는 영화로
각색되기도 했다. (옮긴이)

3 레몽 아롱Raymond Aron(1905~1983)은 프랑스 우파 지식인으로 소르본느대학교, 콜레주 드 프랑스 교
수 등을 역임했다. 무엇보다 마르크스 신봉자가 아니면서도 마르크스를 연구한 사회학자로《지식인
들의 아편L'Opium des intellectuels》(1955) 등을 통해 20세기 지성사에 독특한 발자취를 남겼다. 2차 세계
대전 당시는 런던에 머물며 드골De Gaulle에 반감을 갖고 있으면서도 자유 프랑스군 소속으로 참전했
다. 본문의 "그는 고귀한 영웅이었고 비범한 프랑스인이었다"는 1982년 출간된 생텍쥐페리의 글을
모은《전시 문집Ecrits de guerre》에 서문을 쓰며 했던 말이다. 아롱은 생텍쥐페리를 한 번도 만난 적이 없
었지만 그의 글에 깊은 감명을 받았다. 무엇보다 2차 세계대전 당시 드골 이외의 대안이 없었음에도
두 사람 모두 공통되게 드골에 상당한 반감이 있었다. (옮긴이)

4 앙드레 지드André Gide가 서문을 쓴《야간 비행》은 1931년 갈리마르출판사에서 출간되고 바로 그해
유명한 문학상 중 하나인 페미나상Prix Femina을 수상했다. 2차 세계대전 후인 1943년 흔치 않게 문고
판으로 재출간된 소설이기도 하다. 작품의 배경은 남미이며, 1929년 아르헨티나 우편 비행 책임자로
일했던 작가의 체험을 바탕으로 항공단장 리비에르Rivière와 부하 직원들이 당시로서는 위험천만한

야간 비행을 감행하는 이야기를 다루었다. 선풍적 인기를 끈 이 소설은 전 세계에서 약 600만 부가 팔려나갔다. 1933년 영화로 제작되었으며 존 배리모어John Barrymore가 리비에르 단장 역을 맡았다. (옮긴이)

5 시문기Simoun는 1930년대 프랑스 코드롱사가 제작한 사인승 비행기. 1933년 르노사가 회사를 사들인 후 장거리 우편기로 사용되었다. 2차 세계대전 당시에는 시속 300킬로미터가 넘는 뛰어난 성능 덕분에 정찰, 지휘, 기밀 서류 수송 등의 역할을 하는 프랑스 공군의 연락기로 쓰였다. (옮긴이)

6 1933년에 발표된 〈인간의 대지〉는 오랫동안 우편 항공기를 몰았던 생텍쥐페리의 자전적 이야기. 발표 당시 학술원 소설 대상을 받았다. 이야기 중심에는 사하라사막에 불시착해서 죽을 고비를 넘기며 깨닫게 된 인간과 세계에 대한 깊이 있는 생각이 자리한다. 〈인간의 대지〉에 나오는 "사람들이 죽인 것은 모차르트였다"는 생텍쥐페리의 유명한 말로 자주 인용된다. 〈어린 왕자〉를 이해하려면 잠시 이 모차르트가 등장하는 원문을 읽어볼 필요가 있다. 이는 기차를 타고 가던 생텍쥐페리가 이민 온 가난한 폴란드 부부 사이에서 잠이 든 어린아이 얼굴을 보면서 했던 말이다. "얼마나 사랑스러운 얼굴인가! 저 부부 사이에서 황금빛 과일이 나온 것이다. (중략) 난 얼굴을 숙이고 아이의 반짝이는 이마와 부드러운 두 입술을 보면서 속으로 생각했다. '음악가의 얼굴이군. 어린 모차르트가 여기 있는 거야. 약속된 아름다운 인생이야. 많은 전설 속 어린 왕자들도 이 아이와 다르지 않았어. 이 아이가 보호받고, 좋은 사람들 틈에서 교육을 받는다면 그는 무엇인들 못 되겠는가!' (중략) 내가 괴로운 것은 이 비참함 때문이 아니야. 인간은 게으름 속에서 그럭저럭 살아가듯이 가난해도 또 그럭저럭 살아가지……. 내가 괴로운 것은, 무료 급식소의 따끈한 수프 한 사발로는 저 비참함을 고칠 수 없기 때문이어서가 아니야. 내가 괴로운 것은 저 사람들의 움푹 파인 두 눈도, 꾸부정한 등도, 또 더럽고 누추한 그들의 옷 때문도 아니야. 내가 괴로운 것은 말하자면 저들, 한 사람 한 사람 속에 있어야 하는 모차르트가 죽었기 때문이야." 1966년에는 《사람들이 죽인 것은 모차르트였다》라는 제목의 프랑스 소설이 나와 공전의 히트를 기록하기도 했다. (옮긴이)

7 생텍쥐페리의 친구 앙리 기요메Henri Guillaumet(1902~1940)는 프랑스 조종사로 1926년 생텍쥐페리가 프랑스, 스페인, 중동 지방을 연결하는 우편 비행 회사에 조종사로 취직했을 때 비행술 입문을 도와주며 오래도록 깊은 우정을 맺고 함께 일한다. 생텍쥐페리의 〈인간의 대지〉에 두 사람의 우정과 비행 경험 등이 기록되어 있다. 2차 세계대전 당시인 1940년 11월, 지중해 프로방스 지방에서 출격한 기요메는 실종되고 말았다. (옮긴이)

8 생텍쥐페리만이 아니라 레몽 아롱을 비롯해 당시 많은 지식인들은 유사한 의혹을 가졌다. 이를 이해하려면 19세기 말에서 2차 세계대전까지 독일과 프랑스의 관계를 잠시 되돌아볼 필요가 있다. 2차 세계대전 발발 직후인 1940년 7월 10일, 프랑스에는 필리프 페탱Philippe Pétain 원수를 수장으로 하는 비시 정부가 들어서고 이 친독 정부는 1944년 8월 20일까지 지속된다. 페탱 원수는 이미 두 달 전인

1940년 5월 17일 긴급 소집된 국무회의에서 항전을 포기하고 항복을 선언하자고 주장한다. 그리고 한 달 뒤 1940년 6월 22일, 마치 무언가에 쫓기기라도 한 것처럼 콩피에뉴Compiègne의 유명한 '휴전의 풀밭'이라 불리는 곳에서 항복 문서에 서명을 한다. 이곳은 1차 세계대전 당시 객차에서 독일의 항복 문서 서명을 받아낸 곳으로, 그 객차가 휴전 기념관에 전시되어 있기도 했다. 히틀러는 이 기념관을 부수고 객차를 끌어낸 후 객차 안에 테이블을 가져다 놓고 프랑스가 항복 문서에 서명하도록 한다. 1차 세계대전은 1919년 베르사유에서 다시 한 번 조약이 체결되고 나서야 완전히 종지부를 찍는다. 조약 장소로 베르사유궁전이 선택된 것은 1871년 초 보불전쟁이 끝났을 당시 승전국이던 프러시아 의 비스마르크가 자국의 빌헬름 황제 대관식을 프랑스 베르사유궁전에서 거행한 것을 똑같이 되갚 아주기 위함이었다. (옮긴이)

9   장 르누아르Jean Renoir(1894~1979)는 프랑스 영화감독으로 인상주의 화가 오귀스트 르누아르Auguste Renoir의 아들. 그는 이른바 새로운 물결이라는 뜻의 누벨바그Nouvelle Vague 영화가 등장하기 전인 1950년대까지 프랑스 영화사에 깊은 족적을 남긴 거장이다. 화가 르누아르를 다룬 질 부르도스Gilles Bourdos 감독의 최근 영화 〈르누아르Renoir〉(2013)를 보면, 1차 세계대전 당시 부상으로 잠시 병가를 얻 어 집에 돌아온 그가 감독의 길에 들어서기 직전 영화에 강한 호기심을 보이는 모습이 묘사되어 있 다. (옮긴이)

10   1867년 창간된《하퍼스 바자Harper's Bazaar》는 중상류층을 겨냥한 미국의 월간 여성 패션 잡지. (옮긴이)

11   알퐁스 드 라마르틴Alphonse de Lamartine(1790~1869)은 흔히 프랑스 문학사에서 빅토르 위고Victor Hugo, 알프레드 드 비니Alfred de Vigny, 프랑수아 샤토브리앙François Châteaubriand과 함께 낭만주의 4대 시인 으로 언급된다. 이 시인들처럼 라마르틴도 1830년 7월혁명과 1848년 2월혁명을 거치며 정치에 깊 이 참여한 정치가로, 대통령 후보이기도 했으며, 왕정에는 전체적으로 반대했다. 무엇보다《명상시 집Meditations Poetiques》(1820)을 발표하여 영국이나 독일에 비해 늦게 꽃피기 시작한 프랑스 낭만주의 에 새로운 활력을 불어넣은 시인이자 작가로 유명하며, 그리스를 거쳐 중동까지 이어진 유럽 여행에 서 큰 영향을 받았다. 〈고립Isolement〉은《명상시집》에 들어 있는 시. (옮긴이)

12   패멀라 린든 트래버스Pamela Lyndon Travers(1899~1996)는 오스트레일리아 출신 영국 아동문학가로 1924년 영국에 건너가 배우, 댄서, 기자 등의 직업을 거치며 병든 몸과 마음을 치료할 겸 1934년 부터 이 환상동화《메리 포핀스Mary Poppins》 연작을 쓰기 시작했다. 현재《메리 포핀스》는 하퍼콜 린스HarperCollins가 된 하퍼&브라더스Harper & Brothers에서 출간되었고, 1964년 줄리 앤드루스Julie Andrews가 주인공 가정교사 역을 맡은 디즈니의 뮤지컬 영화로 각색되어 히트를 쳤으며, 최근에 다시 영화로 리메이크되기도 했다. (옮긴이)

13   과슈gouache는 물에 녹는 수용성 아라비아 고무를 안료와 혼합한 불투명 수채화 재료로 번쩍이지 않 는 담백한 색을 낸다. (옮긴이)

14 뉴욕 맨해튼에 있는 에이스 애비뉴Eighth Avenue는 가로로 난 스트리트와 세로로 난 애비뉴로 된 두 종류의 길로 바둑판처럼 도로가 형성된, 말 그대로 여덟 번째 대로다. 센트럴파크 자연사박물관 쪽 도로이며, 에이스 애비뉴라는 고유명사로 표기한다. (옮긴이)

15 생텍쥐페리의 아내 콘수엘로Consuelo(1901~1979)는 중남미 살바도르 태생이다. 1931년 아르헨티나에서 생텍쥐페리를 만나 결혼한다. 부부 생활이 원만하지 않았다는 설도 있다. 하지만 1998년 생텍쥐페리가 차고 있던 팔찌가 발견되었는데 그 팔찌에 부부 이름이 찍혀 있었다는 사실 때문에 그러한 설이 반박되기도 했다. 아내 콘수엘로는 그림을 그리고 조각을 하는 예술가였다. 두 번째 남편이 남긴 엄청난 재산으로 생활에 전혀 불편이 없던 콘수엘로는 외교관이자 작가이기도 했던 두 번째 남편과 함께 파리 페르 라셰즈 공동묘지에 잠들어 있다. (옮긴이)

16 이 글을 읽는 한국 독자들 중에는 〈어린 왕자〉의 작가 생텍쥐페리의 문란한 여자관계에 놀라는 사람이 있을지 모른다. 부인할 수 없는 사실이지만 프랑스의 많은 작가, 예술가, 지식인, 정치가 들의 사생활이 놀랄 정도로 문란했다는 점을 고려해야 한다. 이는 사생활의 자유를 엄격히 보장하는 오래된 프랑스의 전통이지만 이 전통이 달갑지만은 않은 것 또한 사실이며, 특히 한국에서는 받아들이기 쉽지 않다. 1899년 엘리제궁에서 '메그Meg' 품에 안겨 복상사한 펠릭스 포르Felix Faure를 비롯해 그 이후의 프랑스 대통령들 중에서도 이 전통을 비켜가지 않은 사람이 제법 많다. 올랑드Hollande 대통령이 스쿠터를 타고 밤에 애인을 만나러 가는 것도 프랑스인들에게는 그리 놀라운 일이 아니었던 반면 동양과 미국에서는 (적어도 겉으로는) 용납할 수 없는 일이다. (옮긴이)

17 드니 드 루즈몽Denis de Rougemont(1906~1985)은 스위스 문화사가이자 철학자이며, 잠시 스위스에서 대학교수로 일하기도 했다. 중세 소설 〈트리스탄과 이졸데Tristan et de la reine Yseult〉를 중심으로 서구 문화사를 재해석한《사랑과 서구 문명L'Amour et l'Occident》(1939)이라는 책으로 유명하다. (옮긴이)

18 앙드레 모루아André Maurois(1885~1967)는 프랑스 작가. (옮긴이)

19 아나벨라 파워Annabella Power(1907~1996)는 프랑스 여배우로 1939년 미국 배우 타이론 파워Tyrone Power와 재혼해 미국에서 살다가 1948년 이혼 후 프랑스로 돌아왔다. (옮긴이)

20 1911년 문을 연 갈리마르출판사 백 주년을 기념해 프랑스 국립도서관 신관(루브르 인근에 리슐리외관, 센강 좌안에 미테랑 대통령이 신축한 신관이 있다)인 프랑수아 미테랑관에서 2011년 3월 22일부터 7월 3일까지 전시회가 개최되었다. 이 전시회에는 수많은 작가들을 배출한 갈리마르출판사의 초판본과 필사본 등 진귀한 자료들이 포함되었다.
갈리마르출판사는 1908년 문학전문지《신新프랑스 평론La Nouvelle Revue Française》(흔히 nrf로 통칭)을 내려고 모인 앙드레 지드를 비롯한 문학인들이 가스통 갈리마르를 만난 후 1911년부터 출판사로 통합되어 출범했다. 1909년에 나온 창간호에는 지드의 〈좁은 문La Porte étroite〉 1부가 실렸다. 갈리마르출판사는 프랑스 현대 문학사에 큰 족적을 남겼으며, 금으로 장식한 가죽 장정에 성경 용지로 제작한 유명한 문학 총서 라 플레이아드La Pleiade 컬렉션을 내고 있다. 권당 대략 10~20만 원 정도인 라 플레이아드 컬렉션에서 생텍쥐페리의 책은 34만 부 정도가 팔리면서 가장 많은 판매부수를 기록했다. (옮긴이)

21 《닐스 홀게르손의 신기한 스웨덴 여행Nils Holgerssons underbara resa genom Sverige》은 1909년 여성으로는 최초로 노벨문학상을 수상한 스웨덴 소설가 셀마 라게를뢰프Selma Lagerlof(1858~1940)의 환상소설로, 1906년과 1907년 두 번에 걸쳐 출간되었다. 요정 톰테Tomte의 저주를 받아 난쟁이가 된 주인공 닐스가 집에서 기르던 거위의 등에 올라타고 기러기들과 함께 하늘을 날며 스웨덴 이곳저곳을 여행하는 이야기. (옮긴이)

22 《33일》은 생텍쥐페리의 친구 레옹 베르트가 1940년 프랑스가 독일에 점령당한 후 파리를 탈출해 스위스 국경지대 쥐라산맥Jura Mts. 인근에 있는 집으로 가는 이야기로, 곳곳에서 짧지만 대단히 예리한 지적들을 볼 수 있다. 베르트는 이 글의 초고를 1940년부터 친구 생텍쥐페리에게 보냈고 생텍쥐페리는 미국 출판사에 맡겼다. 안타깝게도 그 출판사의 소재는 훗날의 기록이 사라져 확인이 불가능하다. 생텍쥐페리의 《어느 인질에게 보내는 편지》 중에서도 특히 1부에 해당하는 〈친구에게 보내는 편지〉는 베르트의 책 《33일》에 붙일 서문으로 쓰인 글이었다. 이 글의 원고는 1992년, 비비안 해미Viviane Hamy(출판사 이름이기도 함)가 우연히 발견해 출간했다. 이 출판업자는 1990년부터 2000년까지 레옹 베르트의 다른 글도 여러 편 찾아내어 그중 몇 권을 출간함으로써 대중에게 이 작가를 알리는 데 크게 공헌했다. 2005년에는 레옹 베르트 서거 50주년을 맞아 전시회와 기타 모임들이 열려 작가를 재조명하는 기회를 갖기도 했다. 레옹 베르트는 다양한 글쓰기를 한 작가이자 기자이며 예술비평가로서 세잔, 블라맹크, 시냑, 보나르, 마티스 등의 화가에 대한 글을 남기기도 했다. 또한 탐험가로 활동하고, 무용도 했으며, 자전거 선수로도 활약했다. 무엇보다 그는 반군국주의자로 평화를 사랑한 사람이었다. (옮긴이)

23 이 미션을 지휘하는 앙투안 베투아르Antoine Bethouart(1889~1982)는 프랑스 육군 장군으로 2차 세계대전 당시 북아프리카 전선에서 카사블랑카 사단을 맡아 지휘했고, 1943년 1월에는 무기와 군수물자 부족에 시달리는 프랑스군에 대한 미국의 지원을 요구하고자 워싱턴을 방문하기도 했다. 또한 노르망디, 프로방스 등의 상륙작전을 지휘하는 등 혁혁한 공을 세웠다. (옮긴이)

24 서한집 필사본 박물관Musee des lettres et manuscrits은 2004년 설립된 사립 박물관으로 2010년부터 파리 생제르맹가로 옮겨져 운영되었으나 2015년 사기 혐의로 재단과 박물관 전체가 압류 처분되어 문을 닫았으며, 처분가는 대략 1조 원 정도가 나왔다. 나폴레옹·상드·위고·프루스트는 물론이고 모차르트·베토벤·리스트 등의 작곡가, 아이젠하워·드골 등의 정치가, 들라크루아·반 고흐 등의 화가들이 남긴 서한이나 초판본 등 진귀한 자료들을 보관하고 있다. 에디슨의 전구도 이곳에서 볼 수 있었으며, 에펠탑을 세운 귀스타브 에펠 등의 편지도 소장하고 있다. (옮긴이)

25 오랑Oran은 지중해에 면한 북아프리카 알제리의 항구도시. 인구 100만 명 정도로 수도 알제Algiers 다
음으로 큰 도시이며, 연합국 군인들이 유럽 본토에 가기 위해 2차 세계대전 내내 주둔했던 곳이다.
알베르 카뮈Albert Camus의 소설《페스트La Peste》에서 주무대로 등장한 곳이기도 하다.

26 《전시 문집》은 1982년 갈리마르출판사에서 출간된 생텍쥐페리의 사후 문집. 1939~1944년 2차 세
계대전 당시 쓰인 글들을 모은 것으로, 이곳에 실린 다양한 미발표 자료와 글들을 통해 그가 참전하
지 않아도 되는 상황에서 참전을 결심한 이유 등을 헤아려볼 수 있다. 또 반反 드골 진영에 속했던 작
가의 다양한 생각을 읽을 수도 있다. 레몽 아롱이 서문을 썼다. (옮긴이)

27 본느Bône는 프랑스식 옛 이름이며 현재는 안나바Annaba. 알제리 북동부 도시 안나바는 인구 60만인
알제리 제4의 도시로 지중해에 면해 있으며 수도 알제에서는 약 530킬로미터, 인접국 튀니지에서는
약 100킬로미터 떨어져 있다. (옮긴이)

28 《뉴욕 타임스》 기사 인용문 일부를 강조한 이는 기자가 아니라 이 글을 쓴 알방 스리지에. '생텍
스Saint-Ex'라는 표현은 미국인들의 표현이 아니라 흔히 생텍쥐페리Saint-Exupéry라는 긴 이름을 줄여서
부르는 애칭. (옮긴이)

29 생텍쥐페리는 리옹Lyon에서 태어났다. 리옹은 프랑스에서 스위스, 이탈리아 등으로 통하는 곳이며
역사적으로 유럽 남부와 북부를 연결하는 요충지로서 상업이 발달한 도시이다. 지금도 프랑스에서
부자들이 가장 많이 사는 곳이자 미슐랭 별 세 개를 받은 레스토랑이 가장 많은 도시이기도 하다. 프
랑스 3대 은행 중 하나인 크레디 리오네Crédit Lyonnais 본점이 자리하고 있으며, 이곳에서 TGV가 처
음으로 개통되었다. 리옹공항은 작가의 이름을 따서 리옹-생텍쥐페리공항Aéroport de Lyon-Saint-Exupéry
으로 불리기도 한다. 어린 왕자는 프랑스 첨단 전투기 라팔의 꼬리날개를 장식하기도 하는 등 프랑
스 항공 산업의 상징 같은 존재다. (옮긴이)

30 오이겐 드레버만Eugen Drewermann(1940~)은 독일 태생으로 심리치료사일 뿐만 아니라 신학자, 평화
운동가, 심리학자이기도 하다. 1966년 가톨릭 사제 서품을 받은 동시에 정신분석가로도 활동했는
데 성모마리아의 처녀 수태, 예수의 부활 등 성서에 나오는 기적들을 역사적 사실이라고 주장하는
로마 가톨릭 교회의 성서 해석을 비판하면서 성서를 상징과 비유로 받아들일 것을 주장하다가 끝
내 파문당했다. 달라이 라마와 종교 간 소통을 주제로 공동 저작을 내기도 했으며 반전과 평화 운
동에 대한 공을 인정받아 에리히 프롬상, 알베르트 슈바이처상 등을 수상했다. 드레버만은 80여 권
이 넘는 책을 펴냈으며 그중 많은 책이 전 세계 십여 개 언어로 번역되어 읽힌다. 특히 그림Grimm 형
제의 동화 20여 편을 심층심리학적으로 분석한《어른을 위한 그림 동화 심리 읽기Grimms Märchen
tiefenpsychologisch gedeutet》시리즈는 뛰어난 문학적 상상력을 보여주면서 심리학, 철학, 신학을 아우르
는 인문서로 호평받았다. (옮긴이)

31 《3만 6,000볼롱테의 나라Le Pays des 36000 volontés》는 삽화를 곁들인 어린이용 책으로, 여자 주인공 미

셸이 등장하여 수수께끼를 풀면서 마법의 왕국으로 들어가는 이야기. 제목은 아라비아 숫자 혹은 프랑스어로 쓰기도 한다. (옮긴이)

32 《파타슈 Patachou》(《꼬마 소년 파타슈 Patachou, Petit Garçon》)는 프랑스 시인 트리스탕 드렘므Tristan Derème(1889~1941)의 시가 있는 산문집. 호기심 많은 한 소년의 신비한 삶을 이야기하며, 흔히 〈어린 왕자〉에 영향을 준 작품으로 거론된다. (옮긴이)

33 쥘 쉬페르비엘Jules Supervielle(1884~1960)은 우루과이 태생 프랑스 시인이자 소설가.

34 《팜파스 평원의 인간L'Homme de la pampa》은 남미 아르헨티나와 브라질에 걸친 광활한 대평원에서 부자가 되어 행복해지길 원하는 페르난데스 이 구아나미루라는 청년의 이야기로 작가의 첫 소설이다. (옮긴이)

35 〈어린 왕자〉의 헌사에서 유사한 분위기를 연상시키는 부분은 다음과 같다. "이 책을 어른에게 바친 데 대해 어린이들에게 용서를 구한다. 내게는 그럴 만한 이유가 하나 있다. (중략) 그래도 이 모든 이유가 다 부족하다면 이 어른이 아니라 옛날 어린 시절의 그에게 이 책을 바치기로 하겠다. (중략) 그러면 이제 이 헌사를 다음과 같이 고쳐 써야겠다. 어린 소년이었을 때의 레옹 베르트에게." (옮긴이)

36 생텍쥐페리의 작품 제목에 사용된 '성채城砦'는 성과 요새로 이루어진 복합 군사시설물을 지칭하는 프랑스어 시타델citadelle을 번역한 것이다. 17세기 프랑스의 군사 축성가였던 프랑스 원수 보방Vauban(1633~1707)이 남긴 요새들과 그 안의 주거시설로 이루어진 성들이 가장 전형적인 성채의 예들이다. 이 성채들은 모두 유네스코 문화유산으로 등재되어 있다. 요새 안 성들은 최후의 보루 역할을 수행하도록 지어진다. 별 형상으로 지어진 보방 원수의 성채들은 포병술과 비병술이 전쟁의 양상을 바꿔놓기 이전에 나왔지만 18~19세기에도 여전히 응용되었다. 현재는 민간 가옥이 성채 안에 지어져 관광용으로 활용되거나 주거시설로 이용되기도 한다. (옮긴이)

37 헝가리 공산당 성명에 나오는 '스푸트니크들spoutniks'은 구소련이 쏘아 올린 인공위성들을 말한다. 1957년 10월 4일 세계 최초로 스푸트니크 1호가 발사된 후 1961년 3월 25일 개와 TV 시스템 등을 탑재한 스푸트니크 10호가 발사되면서 이 계획은 끝이 난다. 이어 1961년 4월 12일 유리 가가린Yurii Gagarin이 보스토크Vostok 1호를 타고 우주여행에 나서면서 최초의 우주인이 되었다. 소련은 물론 동구권에서 사회주의가 승리를 거둔 것처럼 인식되게 한 엄청난 사건이었다. 미국도 이에 자극받아 머큐리계획Project Mercury, 제미니계획Project Gemini을 세워 우주선을 발사한다. 〈어린 왕자〉가 얼마든지 우주 개발과 관련된 작품으로 읽힐 수도 있었기에 헝가리 공산당의 〈어린 왕자〉 금지는 어처구니없는 행위였다. (옮긴이)

38 오손 웰즈Orson Welles(1915~1985)는 미국의 영화감독이자 배우로 직접 제작자로 나서 〈시민 케인Citizen Kane〉(1941)으로 영화사에 불멸의 기록을 남긴다. 그 외에도 〈제3의 사나이The Third Man〉, 라디오 드라마 〈우주 전쟁The War of the Worlds〉, 〈악의 손길Touch of Evil〉(1958) 등의 작품이 있다. (옮긴이)

39 영화 〈시민 케인〉에 등장하는 로즈버드rosebud는 영화 진행에 큰 영향을 주는 유명한 에피소드이자 소품이다. 주인공 케인은 뒤집으면 눈발이 휘날리는 작고 둥근 장난감 스노 글로브를 손에서 놓친 채 '로즈버드'라는 말을 중얼거리며 숨을 거둔다. 이 말이 무엇을 뜻하는지 그 숨은 의미를 찾는 것이 영화의 스토리로, 도저히 풀리지 않던 그 수수께끼 같은 말의 의미는 주인공 케인이 어린 시절에 탔던 썰매에 새겨져 있었다. 인생의 행복과 의미는 주인공 케인이 무모하게 추구했던 사랑과 사업에서의 큰 욕망이나 야망이 아니라 작고 미미한 것들 속에 있다는 뜻이다. 하지만 이런 해석은 야망을 가져본 사람만이 행복의 진정한 의미를 깨닫게 된다는 역설을 인정하는 것이어서 영화를 보는 이들을 다시 혼란에 빠트리고 만다. 이 진리가 〈어린 왕자〉에서도 반복된다는 것이 이 영화를 만든 오손 웰즈의 관점이다. (옮긴이)

40 아루나스 제브리우나스Arūnas Žebriūnas(1931~2013)의 영화 〈어린 왕자〉는 소설 〈어린 왕자〉를 각색한 최초의 장편 영화로 1967년 구소련 시절에 제작되었다. 프랑스에는 30년이나 지난 1994년이 되어서야 소개되었다. (옮긴이)

41 클레이 애니메이션Clay animation은 찰흙 등으로 인형을 만들어 촬영하는 애니메이션이다. 소수의 작업자로도 완성할 수 있지만 매우 까다롭고 작업 시간이 길며 자유로운 제작이 어렵다는 한계 때문에 다른 애니메이션에 비해 드물게 제작된다. 클레이 애니메이션 영화는 1908년 초 미국에서 시작되어 1916년에는 하나의 유행이 되었다가 삼차원 대신 평면적 카툰이 나타나면서 사라져버렸다. (옮긴이)

42 만화 작품 《코르토 말테제 Corto Maltese》 시리즈로 유명한 이탈리아 만화가 휴고 프랫Hugo Pratt(1927~1995)은 1995년 숨을 거두기 직전 《생텍쥐페리, 마지막 비행Saint-Exupéry, le Dernier vol》을 출간했다. 프랑스에서 더 유명한 탓에 이 책 역시 프랑스 출판사 카스테르만Casterman에서 출간되었다. (옮긴이)

43 조안 스파Joann Sfar(1971~)는 프랑스 작가이자 만화가이다. 원작이 가진 정취를 존중하면서도 〈어린 왕자〉를 몇백 장에 달하는 컷으로 각색해 새로운 해석을 하고 있다. (옮긴이)

44 제라르 필립Gerard Philipe(1922~1959)은 2차 세계대전 후 프랑스 연극과 영화계의 최고 스타로 한 시대를 풍미했으며, 서른일곱 살 젊은 나이에 간암으로 죽음을 맞이해 더욱 비극적 이미지를 갖게 되었다. 자신이 연기했던 17세기 극작가 코르네유Corneille의 비극 《르 시드Le Cid》의 주인공 돈 로드리고의 옷을 걸친 채 묘지에 묻혔다. (옮긴이)

45 롱아일랜드섬은 미국 뉴욕주 남동쪽 해안에 있는 제주도 면적의 두 배 정도 되는 섬으로, 생텍쥐페리가 미국에서 〈어린 왕자〉를 썼다는 사실을 알게 해준다. 롱아일랜드는 말 그대로 긴 섬인데 지금은 거의 800만 인구에 가깝지만 1940년대만 해도 인구가 적은 곳이었다. 액션 페인팅 화가 잭슨 폴록Jackson Pollock이 1940년대 후반 땅값이 싼 이곳에 들어와 그림을 그리며 살았을 정도로 아름다운

풍경이 펼쳐지는 곳이다. (옮긴이)

46 가르가리슴Gargarisme은 프랑스어로 입 안을 헹구는 가글링Gargling을 말한다. 이 페이지 전체는 〈어린 왕자〉에 실리지 않은 초고일 뿐이므로 앞뒤가 맞지 않거나 부분적으로 사실과 다른 오류도 눈에 띈다. 가령 어린 왕자는 여섯 글자로 된 G로 시작하는 단어가 아닌데도 가르가리슴을 답으로 제시했다. 하지만 이런 초고는 연구자들에게는 매우 중요한 자료가 된다. 가령 지금도 전문잡지가 여럿 있을 정도로 엄청난 애호가들을 거느린 낱말 맞히기 게임은 언어유희에 빠져 현실을 왜곡하거나 피상적 인식에 그치는 정치가와 역사가들을 풍자하기 좋은 소재다. 이는 정치가들을 풍자 대상으로 삼는 것을 조심해야 했던 생텍쥐페리의 당시 상황을 추측케 하는 중요한 시사점이 될 수 있다. (옮긴이)

47 소인消印(영어로는 cancellation stamp, 프랑스어로는 composter)은 과세문서에 인지를 첨부해 날인하는 것을 말한다. 출판의 경우 책에 인지를 붙인 후 날인하곤 했다. 모두 인지세법상의 절차인데, 현재는 출판 계약서와 ISBN(국제표준도서번호, International Standard Book Number)을 갖춘 전자 세무 시스템 등으로 모두 대체되었다. (옮긴이)

48 까마귀 낙인marque du corbeau은 알 수 없는 잉크 자국을 뜻한다. 참고로 까마귀를 나타내는 코르보corbeau는 문맥에 따라 익명으로 편지를 보낸 사람을 뜻하기도 한다. (옮긴이)

49 nrf는《신 프랑스 평론Nouvelle Revue Française》의 약자로 갈리마르출판사에서 내는 문학 잡지명이다. 흔히 소문자 흘림체로 nrf라고 표기하는데 갈리마르출판사 산하의 별도 출판사가 되면서 잡지명을 로고로 사용하곤 했다. 1909년 앙드레 지드 등의 참여로 이 잡지가 공식적으로 발간되었다. 가스통 갈리마르가 합류해 재정 쪽을 담당하면서 1911년에 갈리마르출판사가 세워졌고, 지금은 마드리갈출판유통그룹의 일원이 되었다. (옮긴이)

50 이 표에서 미국판의 à ce que sa autorité는 잘못된 프랑스어다. 모음충돌 방지를 위해 son autorité라고 써야 한다. 그런데 프랑스어판도 자질구레한 실수들을 많이 범했다. 하다, 만들다 등의 뜻을 지닌 동사 faire를 farie로 쓰고 숫자 325를 3251로 잘못 쓰기도 했다. (옮긴이)

51 뉴욕주 롱아일랜드섬 북부에 있는 베빈 하우스는 1862년 프랑스 제2제정 양식으로 지은 방 스물두 개짜리 대저택이다. 생텍쥐페리는 아내 콘수엘로가 이 집을 임대한 후 1942년 말 대략 두 달 정도 이곳에서 어린 왕자를 집필했다. 동시에 많은 친구들이 이곳에 찾아와 시간을 보냈는데 스위스 태생 문화사가이자 철학가 드니 드 루즈몽도 그중 한 사람이었다. 특히 이 스위스인은 생텍쥐페리와 체스를 많이 두었다. 이 저택은 여러 차례 주인이 바뀌다가 1979년 한 부동산 업자에게 넘어가 대대적으로 확장되었으며 지금도 이 부동산 회사 소유라서 베빈 하우스 안에는 들어갈 수 없다. (옮긴이)

52 '토니오'는 드니 드 루즈몽이 생텍쥐페리를 부르는 애칭. (옮긴이)

53 생 모리스 드 레망Saint-Maurice-de-Remens은 스위스와 국경지대인 프랑스 중동부의 인구 1,000명이 채 안 되는 작은 마을이다. 생텍쥐페리는 이곳에 있는 18세기 말에 지은 성에서 어린 시절 대부분을 보

냈다. 이런 이유로 지금은 흔히 이 성을 '어린 왕자의 성'이라고 부른다. 이 성은 생텍쥐페리 집안 소유였고 1932년 그의 어머니가 국가에 매각했다. 현재는 리옹시가 구입해 리옹시 주재 미국 영사관과 함께 어린 왕자 박물관으로 만들려고 준비 중이다. (옮긴이)

54 〈엄지 동자Le petit Poucet〉는 샤를 페로Charles Perrault가 수집, 정리해 1697년에 출간한 전래동화들 중 하나. 일곱 형제 중 막내인 엄지 동자가 가난으로 버림받고 식인귀에 쫓기면서도 매번 기지를 발휘해 살아남는 이야기. (옮긴이)

55 메서슈미트Messerschmitt 109는 2차 세계대전 당시 독일 공군의 주력기로 3만 5,000대 정도로 가장 많이 생산된 기종. (옮긴이)

56 블로흐Bloch 174는 현재의 다소항공Dassault Aviation을 만든 마르셀 다소Marcel Dassault가 제작한 비행기 종이며, 마르셀 다소의 원래 이름이 마르셀 블로흐. 다소항공은 미라주Mirage, 라팔Rafale 등의 전투기를 제작한 프랑스 항공기 제작사. (옮긴이)

어린 왕자 읽기

1 〈어린 왕자〉의 역사 및 자료 전문가. (옮긴이)

2 폴 발레리Paul Valery(1871~1945)는 20세기를 대표하는 프랑스 시인이자 작가. (옮긴이)

3 "나는 설명을 거의 믿지 않아요." 앙투안 드 생텍쥐페리, 〈로통 양에게 보내는 편지〉, 《전시 조종사: 생텍쥐페리의 야릇한 참전Pilote de guerre: L'Engagement singulier de Saint-Exupéry》, 갈리마르출판사, 2013.

4 〈성채〉, 《전집 2권》, 720쪽.

5 피에르 프랑카스텔Pierre Francastel(1900~1970)은 프랑스의 저명한 미술사회학자. 이름 앞에 붙은 G.&P.는 미술사학자인 아내 갈리엔느Galienne와 자신의 이름 피에르Pierre의 약자. 프랑스 아날Annales 학파의 일원으로 미술을 사회적·역사적 맥락에서 생각해야 한다는 방법론을 확립했으며, 아날 학파를 창시한 루시엥 페브르Lucien Febvre의 제안을 받아들여 사회과학고등연구원École des hautes études en sciences sociales, EHESS 미술 연구 책임자를 지내기도 한다. 주요 저서로는 《회화와 사회Peinture et société》, 《프랑스 회화사Histoire de la peinture française》 등이 있다. 《초상화Le Portrait》(1969)는 아내와 함께 쓴 책. (옮긴이)

6 헤라클레이토스Heraclitus of Ephesu는 기원전 6세기 초, 아테네 식민도시였던 현 터키의 에베소Ephesus에서 태어나 활동했다. 소크라테스 이전 시기를 대표하는 철학자. (옮긴이)

7 서양 밀교의 중요한 부분을 차지하는 점성술에서 대우주의 일부인 토성은 소우주인 인체의 비장에서 분비되는 흑담즙黑膽汁에 해당되며 인간의 우울한 기질을 만들어내는 원인으로 간주되었다. 이런 흔적이 그대로 남아 있으므로 토성을 뜻하는 사투르누스saturne의 형용사형 사튀르니엥saturnien은 '우울한, 슬픈'이라는 뜻을 갖는다. (옮긴이)

8 〈전시 조종사〉, 《전집 2권》, 184쪽.

9 오르콩트Orconte는 프랑스 북동부 지방 마른Marne에 있는 인구 500명이 채 안 되는 작은 마을. 생텍쥐페리는 1939년 이곳에 있는 공군 정찰대에서 근무했다. 이후에도 이곳에는 미군과 연합군의 비행장 등 중요한 군사시설이 자리했다. (옮긴이)

10 책임에 대해서는 필립 포레스트Phillippe Forest의 에세이 〈각자는 모두에게 스스로 책임을 져야 한다, 생텍쥐페리의 윤리〉라는 제목의 글을 참고할 수 있다. 이 글은 《전시 조종사: 생텍쥐페리의 야릇한 참전》에 실려 있다.

11 '눌라 로자 에스트nulla rosa est'라는 라틴어 표현은 '장미는 (혹은 장미 같은 것은) 없다'는 뜻. 이는 어떤 존재는 이름만으로 존재할 뿐 실체가 없다는 뜻으로 읽히기도 하고, 때론 실체가 없어도 언어는 존재를 지칭할 수 있다는 뜻으로 읽히기도 하며, 중세 신학과 철학 논쟁의 주제 가운데 하나가 되었다. 피에르 아벨라르Pierre Abelard(1079~1142)는 중세 프랑스 및 유럽을 대표하는 교부철학자이자 신부였고 교육가이기도 했다. 엘로이즈Heloise(1092~1164)라는 제자와 사랑하는 사이였으며, 두 사람이 서로 주고받은 서신이 350여 년이 흐른 후 출간되어 프랑스 중세 문학의 중요한 텍스트로 남아 있고, 훗날 《쥘리 혹은 신新 엘로이즈Julie ou la nouvelle Heloise》(1761)를 쓴 루소Rousseau에게 영향을 끼치기도 했다. 당시는 가톨릭의 그레고리오개혁Gregorian Reform으로 사제의 결혼이 금지되기 시작한 시기로, 아벨라르는 엘로이즈의 삼촌에게 거세당하고 공직에서 물러나는 등 고초를 겪었다. 하지만 두 사람은 사랑했을 뿐 아니라 은밀하게 결혼도 하고 둘 사이에 자식을 갖기까지 했다. 이런 전설 같은 긴 스토리 속에서 아벨라르가 말한 장미는 철학적·신학적 의미와 함께 독특한 함의를 지닐 수밖에 없다. (옮긴이)

12 마리나 츠베타예바Marina Tsvetaieva(1892~1941)는 20세기 러시아 문학사에서 중요한 위치를 차지하는 구소련의 시인으로 그녀의 일생 자체가 러시아 근대사를 보여준다. 러시아혁명과 딸 이리나의 죽음이라는 아픔 속에 러시아를 떠나 파리, 베를린, 프라하에서 빈곤을 겪으면서도 문학 창작을 이어갔다. 1939년 모스크바 귀환과 동시에 남편이 간첩 혐의로 체포되고 2년 후 그녀도 자살한다. (옮긴이)

13 쥐비곶cap Juby(영어로는 Cape Juby)은 북아프리카 모로코 남부 카나리아군도Canary Islands를 마주 보는 대서양 해안의 곶. (옮긴이)

14 황금 양털Toison d'or(영어로는 Golden Fleece)은 그리스신화에 나오는 유명한 아르고호Argo 원정대가 구해 와야 하는 날개 달린 황금빛 양가죽을 말한다. (옮긴이)

15 〈수첩들Carnets〉, 《전집 1권》, 498쪽.

16 위의 책, 616쪽.

17 아델 브로, 《미국의 생텍쥐페리, 1942~1943년의 기억Saint-Exupéry in America, 1942~1943, A memoir》, 1971.

18 일일이 손으로 불을 켜는 가로등에도 역사가 있다. 파리는 흔히 '빛의 도시Ville de lumières'로 알려져 있다. 17세기 말 루이 14세는 파리 시민들이 촛불로 어두운 밤거리를 밝히게 함으로써 이런 별명을 얻게 되었는데 이는 밤에 파리에서 범죄가 많이 일어나 이를 방지하기 위해서였다. 이후 1744년 부르주아 드 샤토블랑Bourgeois de Chateaublanc이 기름 램프를 발명해 가로등으로 사용하기 시작했다. 가로등을 뜻하는 프랑스어 레베르베르réverbère에는 '거울에 반사되다'는 뜻이 있다. 이렇게 비싼 거울 대신 금속판 같은 것을 이용해 불꽃을 반사해서 비춤으로써 기존 촛불을 이용할 때보다 몇십 배 높은 조도를 확보할 수 있었다. 이런 기름등이 보급되기 시작한 것은 1776년이다. 당시에는 유채기름을 썼고 겨울에는 빙점을 낮추려고 대마유를 섞기도 했다. 나폴레옹 1세의 제1제정 당시인 1812년경 처음으로 파리에 가스등이 등장한다. 하지만 도시 전체에 가스등이 설치된 것은 1826년 브뤼셀이 처음이었다. 가스등은 매일 켜고 꺼야 하는 성가신 시설물이었다. 나중에야 전기등이 설치되지만 〈어린 왕자〉에서 보듯이 가스등은 오랫동안 유럽 거리를 비추었다. 오늘날에는 도시 미관을 결정하는 공공 아트public art의 일종으로 각 도시는 가로등에 특별한 미학적 배려를 한다. 〈어린 왕자〉는 가로등 이야기가 나올 때면 빼놓지 않고 인용되는 문학작품이다. (옮긴이)

19 조제프 케셀Joseph Kessel에게 보낸 편지에서 생텍쥐페리는 다음과 같이 강조해서 말한 적이 있다. "충성이라는 말에 의미를 부여할 필요가 있다. 어떤 의미를 부여해야 할까? 자기보다 더 큰 존재에게 자신을 주는 것이 충성이겠지."《전집 2권》, 348~349쪽.

20 "어딘가로 가는 자만이 자유로울 수 있다. 그에게 목마름에 대해 가르쳐주고 또 우물로 향하는 길을 그려주는 것만이 이 사람을 구원할 것이다. 오직 그때 그에게 의미를 지닌 행보들이 제안될 수 있는 것이리라."〈전시 조종사〉,《전집 2권》, 217쪽.

21 가스통 바슐라르Gaston Bachelard(1884~1962)는 프랑스 과학 철학자이면서 시인이자 작가. 시와 시간에 대한 새로운 생각들을 통해 문학 연구에도 적잖은 영향을 끼쳤다. (옮긴이)

22 〈인간의 대지〉,《전집 1권》, 205쪽; 〈나는 그날 저녁 내 비행기를 보러 갔다Je suis allé voir mon avion ce soir〉,《춤추는 마농과 미발표된 그 밖의 글들Manon danseuse et autres textes inédits》, 갈리마르출판사, 2007, 46~50쪽.

23 생텍쥐페리는 인간과 나무를 즐겨 비교하곤 했다. "땅에 뿌리를 내리고, 가지를 뻗어 별들 속으로 옮겨 간 나무는 별들과 우리 사이에서 교환이 이루어지는 통로다."〈성채〉,《전집 2권》, 401쪽.

24 〈인간의 대지〉,《전집 1권》, 274쪽.

25 이 부분에서 생텍쥐페리와 생텍쥐페리를 인용해가며 이 글을 쓴 저자가 말하는 언어는 한국어, 영어

같은 자연어가 아니라, 크고 작은 부분들로 이루어진 이 세상 전체를 조직하고 동시에 이해하게 하는 논리를 말한다. 따라서 음악도 언어이며 수학도, 경제도 언어가 된다. 심지어 전쟁마저도 언어다. 우연히 일어난 전쟁은 없으며 그렇게 보일 뿐이다. 꽃이 별이 되고, 별이 꽃이 될 수 있는 것은 그들이 각자가 속한 전체 세계의 언어를 나타내는 상징들이기 때문이다. 꽃과 별은 문맥에 따라서는 신학적 의미까지 지닐 수 있어서 생텍쥐페리가 말한 '진정한 광활함'의 표시들로 작용할 수 있다. 예를 들어 성경에서 말하는 백합꽃이나 불교의 연꽃이 그러하며 이 두 꽃은 별로, 우주로, 다시 말해 '광활함'으로 그 의미를 연장할 수 있다. 〈어린 왕자〉만이 아니라 생텍쥐페리의 많은 글들이 감동을 주기는 해도 어렵고 지나치게 아포리즘식이라고 불평하는 이들은 작가 생텍쥐페리의 이런 언어관을 이해할 필요가 있다. 실제로 생텍쥐페리의 글에는 선시禪詩 같은 구절들이 꽤 많이 나온다. (옮긴이)

26 "마음을 위해서는 다른 운동들이 필요하다. (중략) 목을 축여주던 유일한 샘물, 나는 이 샘물을 어린 시절 추억들에서 찾아낸다. 크리스마스 밤의 촛불들이 타는 냄새가 그것이다. 오늘 내 마음은 끔찍할 정도로 텅 비어 있다. 사람은 목이 말라 죽을 수도 있다. 내겐 시간이 있지만 그러나 나는 아직 쓸 줄을 모른다. 내 책이, '마실 것을 주는 책'이 내 속에서 무르익지 않은 것이다."《어머니에게 보낸 편지Lettre à sa mère》, 오르콩트출판사, 1940, 849쪽.

27 비르질 타나즈는 감독이자 작가로 자신의 작품세계가 생텍쥐페리에게서 크게 영향을 받았다고 말한 바 있다. 〈어린 왕자〉 연극 각색을 맡기도 했다. (옮긴이)

28 '고르디우스의 매듭Nœud gordien'(영어로는 Gordian Knot)은 알렉산드로스 대왕Alexandros the Great이 칼로 잘랐다는 전설 속 매듭. '상상을 초월하는 대담한 방법을 써야만 풀 수 있는 문제'라는 뜻을 지닌 속 담으로 널리 쓰이며, '알렉산드로스의 해결책'이라는 표현도 쓰인다. 고대 프리기아Phrygia(현재의 터키인 아나톨리아Anatolia에 있던 왕국)를 세운 고르디우스Gordius 왕의 아들 미다스Midas가 탔던 전차 축에 복잡하게 얽힌 두꺼운 매듭이 묶여 있었다. 예언에 따르면 이 매듭을 푸는 자는 아시아의 지배자가 된다고 했다. 기원전 333년, 그 지역을 지나가던 알렉산드로스가 이 이야기를 듣고 매듭이 시작되는 줄을 찾을 수 없자 칼을 들어 단번에 매듭을 끊어버렸다. 실제로 알렉산드로스는 아시아(현재의 소아시아)를 점령했다. (옮긴이)

29 이 점에 대해서는 〈수첩들〉을 볼 것.《전집 1권》, 562쪽.

30 위의 책, 565쪽.

31 앙투안 드 생텍쥐페리, 〈샹브 장군의 회고록Souvenirs du général Chambe〉,《전시 문집》, 갈리마르출판사, 1982, 513쪽.

32 〈친구와 동료에게 보낸 편지들Lettres amicales et professionnelles〉,《전집 2권》, 1051쪽.

33 〈수첩들〉,《전집 1권》, 521쪽.

34 〈친구와 동료에게 보낸 편지들〉,《전집 2권》, 1049쪽.

35 올리비에 오데르Olivier Odaert는 20세기 프랑스 문학 전공자이자 생텍쥐페리 전공자. 현재 벨기에 루벤대학의 교수.

36 〈어린 왕자〉,《전집 2권》, 238쪽.

37 〈전시 조종사〉의 영어 제목 'Flight to Arras'에 등장하는 아라스Arras는 프랑스 북부, 유로 터널이 시작되는 파드칼레Pas de Calais의 도시로 2차 세계대전 초기인 1940년 5, 6월 독일군의 침공에 맞서 불영 연합군이 전투를 벌인 곳이다. 이 전투로 독일군의 진군을 며칠 지연하는 효과를 거두었다. 롬멜Rommel이 지휘하는 독일 전차군단과 프랑스 전차군단의 전투에서는 쌍방 모두 큰 피해를 입었는데, 독일 전차군단은 공군 루프트바페Luftwaffe의 공중 지원을 받아 겨우 전세를 만회할 수 있었다. 생텍쥐페리는 이런 상황에서 1940년 5월과 6월 전투기 블로흐 엠베Bloch MB 174를 몰고 아라스로 출격해 공중 지원 작전에 참여했다. (옮긴이)

38 《바람, 모래, 별들》은《인간의 대지》영어판.

39 해리 빈스Harry Binsse, 〈성공한 작가가 받은 홀대〉(원래는《커먼윌Commonweal》 11월 19일자에 실렸던 글). 알방 스리지에가 묶어서 갈리마르사출판사에서 출간한《옛날 옛적에, 어린 왕자가》에도 실려 있다. 238쪽을 볼 것.

40 다카르Dakar는 아프리카 중서부 대서양에 면한 인구 200만 남짓의 도시. 세네갈의 수도로, 프랑스 식민지로 개발되었으며, 파리 다카르 랠리Paris-Dakar Rally로 유명해졌다. (옮긴이)

41 〈인간의 대지〉,《전집 1권》, 242쪽.

42 위의 책, 246쪽.

43 〈어린 왕자〉,《전집 2권》, 303쪽.

44 〈인간의 대지〉,《전집 1권》, 263쪽.

45 〈어린 왕자〉,《전집 2권》, 301쪽.

46 〈인간의 대지〉,《전집 1권》, 252쪽.

47 위의 책, 253쪽.

48 위의 책, 255쪽.

49 위의 책, 255쪽.

50 위의 책, 265쪽.

51 위의 책, 262쪽.

52 위의 책, 284쪽.

53 1902년생인 프랑수아 드 생텍쥐페리는 작가 생텍쥐페리보다 두 살 아래인 남동생으로, 관절 류머티즘으로 병원에 입원했다가 열다섯 살이란 나이에 심낭염心膜炎(심장막염)으로 사망한다. 그는 형과 함께 생크루아중학교를 다녔고 수학과 음악에 재능을 보였다. 유서에는 자신이 타던 자전거를 형에게

준다고 썼다. (옮긴이)

54 루이즈 드 빌모랭Louise de Vilmorin(1902~1969)은 프랑스의 유명 가문 출신 여성 작가. 생텍쥐페리와는 1923년 약혼했다가 파혼하고 2년 후인 1925년 미국인과 결혼해 미국 라스베이거스에서 살았다. 세 딸을 낳은 후 이혼하고 돌아와 1933년부터는 작가이자 후일 프랑스 문화부장관을 지낸 앙드레 말로와 사귀기도 하면서 여러 남성과 관계를 맺었고, 2차 세계대전 중인 1942년에는 영국 대사와 결혼했다. 훗날 스위스 화가 에밀 샹봉Émile Chambon(1905~1993)과 연인으로 지내면서 전시회를 열고 영화 시나리오 작가로 활동하는 등 20세기 중엽 프랑스의 문화·예술·사교계에서 명성이 자자했다. (옮긴이)

55 앙투안 드 생텍쥐페리, 〈춤추는 마농과 미출간 이야기들Manon danseuse et autres textes inédits〉, 《전집 1권》, 48쪽.

56 칼 구스타프 융·샤를 케레니·폴 라딘, 아르튀르 레스 옮김, 《신의 개구쟁이Le Fripon divin》, 게오르그출판사, 1984. 1, 183쪽(초판은 1958년 출간).

57 위의 책, 118쪽.

58 칼 구스타프 융·샤를 케레니, 델 메디코 옮김, 《신화학 요약 입문Introduction à l'essence de la mythologie》, 파요출판사, 2001, 51~52쪽(초판은 1941년 출간).

59 위의 책, 136~137쪽.

60 이 글을 쓴 저자는 언급하지 않았지만 문학과 신화 연구에 관심이 있는 이들은 융과 비슷한 관점에서 문학과 신화를 연구하다가 방향이 다르다는 이유로 프로이트에게 제명당한 오스트리아 출신 정신분석가 오토 랑크Otto Rank(1884~1939)의 저서 《영웅 탄생의 신화Der Mythus von der Geburt des Helden》 (1909)를 참고할 수 있을 것이다. 이 책에서 랑크는 동방의 옛 왕들인 사르곤Sargon, 키루스Cyrus에서 오이디푸스Oedipus와 예수까지 영웅 탄생에 빠짐없이 등장하는 요소들을 분석한다. 대부분 어머니는 확실한데 아버지가 불분명하며, 탄생 즉시 바구니에 넣어져 버림받는다. 수많은 민족의 시조나 개국 왕들도 유사한 신화적 미화의 대상이 된다. 프로이트는 이를 '가족소설'이라는 개념으로 간단하게 설명한 바 있다. 이 이론은 20세기 중반 많은 문학 연구자들이 정신분석 이론을 도입하는 데 중요한 계기가 되었다. (옮긴이)

61 〈어린 왕자〉, 《전집 2권》, 236쪽.

62 생텍쥐페리는 1919년 해양 학교 시험에 낙방한 후, 역사를 자랑하는 에콜데보자르École nationale supérieure des beaux-arts에 청강생으로 등록해 잠시 건축과 미술 강의를 듣기도 했다. 이후 그의 습작 노트들에는 데생이 첨가되곤 했다. (옮긴이)

63 질베르 뒤랑Gilbert Durand, 《상상계의 인류학적 구조Les Structures anthropologiques de l'imaginaire》, 뒤노, 2003, 244쪽(초판은 1969년 출간).

64 'puer aeternus'는 라틴어 표현으로 '영원한 소년'이라는 뜻. 오비디우스Ovidius의 《변신 이야기Metamorphoses》에서 처음 사용되었고 훗날 스위스 정신분석가 융이 신화와 심리 분석을 위한 개념으로 차용했다. 흔히 말하는 '마마보이', '피터팬 신드롬', '키덜트' 등의 일상적 표현들도 이 개념에서 파생되었다고 볼 수 있다. (옮긴이)

65 마리 루이즈 폰 프란츠, 《푸에르 아에테르누스의 문제점들The problem of the Puer Aeternus》, 스프링출판사, 1970.

66 위의 책, 7쪽.

67 〈어린 왕자〉, 《전집 2권》, 321쪽.

68 위의 책, 303쪽.

69 아드리엔느 모니에Adrienne Monnier(1892~1955)는 현대 프랑스 문학사와 문학사회학에서 매우 위상이 큰 인물이다. 1915년 파리 소르본대학 인근 오데옹가Odéon에 '책 친구들의 집La Maison des amis des livres'이라는 간판을 건 서점을 열고 20세기 프랑스, 영국, 미국의 중요한 작가들을 초청해 발표를 듣곤 했다. 이는 카페에 밀려 이전의 문학 살롱이 사라지던 당시로서는 특기할 만한 사건이었고 현대 문학에 적지 않은 영향을 끼친다. 실제로 같은 오데옹가의 이웃한 서점에서 비슷한 일을 하던 실비아 비츠Sylvia Beach가 1922년 제임스 조이스의 《율리시스Ulysses》를 출간하자 1929년 이 책의 첫 번째 불역판을 출간하기도 했다. 그녀의 서점을 찾던 이들 중에는 헤밍웨이, 정신분석가 자크 라캉, 소설가 앙드레 지드, 스콧 피츠제럴드, 비평가 발터 벤야민 등이 있었으며 양차 대전 사이의 거의 모든 지식인들이 이곳에 와서 발표하고 이야기를 나누곤 했다. 모니에는 자살로 삶을 마감했다. (옮긴이)

70 프레데릭 베그베데Frederic Beigbeder(1965년생)는 TV 진행자로 활동하고 잡지 편집장 등도 맡고 있는 프랑스 작가. 2009년 르노도상Prix Renaudot을 수상한 덕분에 그가 쓴 《프랑스 소설Un roman Français》은 20만 부가 팔리기도 했다. 이는 마약 소지 혐의로 체포되어 수난을 당하는 주인공이 과거와 현재를 오가며 자신의 어린 시절 등을 회상하는 자전소설. (옮긴이)

71 앙드레 말로André Malraux(1901~1976)는 《인간의 조건La Condition humaine》, 《희망L'Espoir》 등의 걸작을 남긴 프랑스 작가이자 드골 정권에서 문화부장관을 지낸 정치가. 2차 세계대전 때는 레지스탕스 대원으로 항독 대열에서 활동했다. 《상상의 박물관Le Musée imaginaire》과 '예술심리학'이라는 제목으로 쓴 글들을 정리한 《침묵의 소리들Les Voix du silence》 등 미학 관련 책들을 내기도 했다. 글쓴이가 생텍쥐페리를 '겸손한 말로Malraux humble'라고 표현한 것은 중국 상하이 학살, 에스파냐 내전 등에 직접 참가해 《인간의 조건》, 《희망》 등을 쓴 말로와 그러한 적극적 현실 참여가 없었던 생텍쥐페리를 비교하려는 의도였다. (옮긴이)

72 《청산 직전의 마지막 재고조사Dernier Inventaire avant liquidation》는 2001년 《르몽드Le monde》 등의 독자들이 선정한 만화를 비롯해 20세기 프랑스 걸작 문학작품들을 프레데릭 베그베데가 약간 시니컬한 어

투로 조명한 비평집. (옮긴이)

73 필립 들레름Philippe Delerm(1950~)은 프랑스 작가이자 시인. 큰 성공을 거둔《첫 맥주 한 모금과 그 밖의 소소한 즐거움들La première Gorgée de bière et autres plaisirs minuscules》(1997)의 저자. (옮긴이)

74 필립 포레스트Philippe Forest(1962~)는 프랑스 작가.

75 토마 드 코냉크Thomas De Koninck(1934~)는 캐나다 철학자로 라발대학 교수였다. (옮긴이)

76 프리드리히 횔덜린Friedrich Holderlin(1770~1843)은 독일의 낭만주의 시인이자 극작가. 프리드리히 헤겔Friedrich Hegel, 요셉 셸링Joseph von Schelling 등을 친구로 두었다. 이른바 독일관념론 형성에 기여했으며 고대 그리스를 이상으로 받들면서 이와 관련된 많은 작품을 남겼다. 소설로는《히페리온, 그리스의 은자Hyperion Oder der Eremit in Griechenland》, 미완성 비극《엠페도클레스Empédocle》 등이 있으며 소포클레스Sophocles의 비극들을 독일어로 옮기는 번역 작업도 했다. 예수와 디오니소스를 연결하려 한《빵과 포도주Brot und Wein》를 비롯해 많은 시편들을 남기기도 했다. (옮긴이)

77 로알드 달Roald Dahl(1916~1990)은 영국 소설가로,《찰리와 초콜릿 공장Charlie And The Chocolate Factory》 등을 썼다.

78 본명은 피에르 엘리 페리에Pierre Elie Ferrier(1939~)이며 페프는 약칭. (옮긴이)

79 브레게Breguet는 1911년 루이 샤를 브레게Louis-Charles Bréguet가 세운 프랑스 항공기 제작사로 1971년 다소항공Dassault Aviation이 흡수하기 전까지 60년 동안 각종 항공기를 생산했다. 브레게 14는 1차 세계대전 당시 5,000대 이상 대량생산된 폭격기 겸 정찰기이며, 최초로 나무 대신 알루미늄 구조로 제작되어 무게를 줄일 수 있었기에 뛰어난 기동성을 발휘한 이인승 항공기였다. 이 기종은 전후 우편기로 사용되었고 생텍쥐페리와 그의 동료들이 타면서 유명해졌다. 당시 이 우편 비행사가 후일 에어랑스사Airfrance가 된다. 스위스의 유명 시계 제조사 브레게 역시 같은 가문으로 프랑스 신교도 위그노Huguenot들이 스위스로 망명 가서 1775년에 회사를 세웠다. 현재는 스와치그룹Swatch Group에 속한다. (옮긴이)

80 오즈 야스지로小津安二郎(1903~1963)는 영화감독이자 시나리오 작가. 무성영화가 성행하던 1930년대부터 1950년대 말까지 활동하며〈늦봄晩春〉(1949),〈초여름麥秋〉(1951),〈동경 이야기東京物語〉(1953) 등을 제작했다. 프랑스에는 1970년대 말〈동경 이야기〉,〈꽁치의 맛秋刀魚の味〉,〈늦가을秋日和〉세 편이 상영되면서 뒤늦게 소개되었다. 프랑스 영화계는 물론이고 질 들뢰즈Gilles Deleuze 등 철학자들에게도 호평받았다. 망가漫畵 역시 비슷한 시기에 프랑스를 비롯한 불어권에 소개되면서 전후 세대의 '땡땡Tintin' 시리즈에 이어 젊은이들에게 인기를 끌었고 지금은 열기가 조금 식었지만 2000년대까지 큰 인기를 끌었다. 이런 흐름에는 초기에 일본 정부의 노력이 뒷받침되었다. (옮긴이)

81 토미 웅거러Tomi Ungerer(1931~2019)는 프랑스 화가, 삽화가이자 전 세계적으로 유명한 동화작가. 정치 풍자 포스터를 그리기도 했던 그는 1998년 아동문학계의 노벨상이라 할 만한 안데르센상을 수

상했다. 몇십 개국에 그의 책이 번역되어 읽히며 한국에서도 《개와 고양이의 영웅 플릭스Flix》, 《꼬마 구름 파랑이Die blaue Wolke》 등이 출간됐다.

82 모리스 센닥Maurice Sendak(1928~2012)은 미국의 동화, 청소년 책 작가이자 그림책 작가. 전 세계적으로 약 2,000만 부 넘게 팔린 《괴물들이 사는 나라Where the Wild Things Are》(1963)를 비롯해 80권 이상의 작품을 발표했다. (옮긴이)

갈리마르출판사는 〈어린 왕자〉의 출간과 둘러싼 기원을 살펴보기 위해 수년간 연구를 도와주었던 '필사본과 편지 박물관Musée des lettres et manuscrits', '앙투안 드 생텍쥐페리 친구 협회l'Association des Amis d'Antoine de Saint-Exupéry', 앙투안 드 생텍쥐페리 가족, 티에리 라로슈Thierry Laroche, 조안 스파Joann Sfar, 그 외 여러 자료를 제공해준 모든 개인 소장가들에게 감사의 뜻을 전합니다.

아트디렉터
안 라가리구에 | Anne Lagarrigue

그래픽디자인
로랑스 로디 | Laurence Roudy

제작
크리스티앙 델발 | Christian Delval

제작관리
세실 르브레통 | Cécile Lebreton

출판사무
마리-노엘 암폴리에 | Marie-Noëlle Ampoulié

교정교열
로렌느 부셰르 | Lorène Bucher

영어번역
쥘리에트 부르댕 | Juliette Bourdin

해외출판
엘렌 클라스트르 | Hélène Clastres

도상자료
이자벨 드 라투르 | Isabelle de Latour

홍보
베아트리체 포티 | Béatrice Foti

옮긴이 정장진

1956년에 태어나, 고려대학교 불문학과에서 석사 학위를 받은 뒤, 국제 로타리 장학금을 받아 파리 제8대학에서 20세기 소설과 현대 문학 비평을 전공하여 박사 학위를 취득했다. 고려대학교, 서강대학교 등에서 강의하며 문학 평론가와 미술 평론가로 활동하고 있다. 1998년, 예술의 전당에서 열린 〈루브르 조각전〉 학술 고문으로 전시를 기획하며 도록을 집필했다. 2000년에는 성균관대학교 대학원 겸임 교수를 역임하였다. 주요 저서로는 《미술을 알아야 산다》《광고로 읽는 미술사》《문학과 방법》《두 개의 소설, 두 개의 거짓말》《영화가 사랑한 미술》 등이 있으며, 옮긴 책으로는 카타리나 잉엘만순드베리의 《감옥에 가기로 한 메르타 할머니》《메르타 할머니, 라스베이거스로 가다》《메르타 할머니의 우아한 강도 인생》, 지그문트 프로이트의 《예술, 문학, 정신분석》, 마리 다리외세크의 《암퇘지》, 장자크 상페의 《뉴욕 스케치》 등이 있다. 한국학술진흥재단의 장기 인문학 명저 번역 프로젝트를 수행해 《사랑과 서구 문명》을 번역한 바 있으며, 2011년 고려대 안암 캠퍼스의 최우수 강의에 수여되는 석탑강의상을 수상하기도 했다. 2017년부터는 서울시 노인 영화제 집행위원 및 심사위원장으로 활동하고 있다.

어린 왕자

아름다운 이야기의 탄생

1판 1쇄 발행 2019년 12월 2일
1판 5쇄 발행 2020년 10월 1일

지은이	앙투안 드 생텍쥐페리·갈리마르출판사
옮긴이	정장진
펴낸곳	(주)문예출판사
펴낸이	전준배
출판등록	1966. 12. 2. 제 1-134호
주소	03992 서울시 마포구 월드컵북로 6길 30
전화	393-5681
팩스	393-5685
홈페이지	www.moonye.com
블로그	blog.naver.com/imoonye
페이스북	www.facebook.com/moonyepublishing
이메일	info@moonye.com

ISBN 978-89-310-2083-0 03860

• 이 도서의 국립중앙도서관 출판시도서목록(CIP)은 서지정보유통지원시스템(http://seoji.nl.go.kr)과 국가자료공동목록시스템(http://www.nl.go.kr/kolisnet)에서 이용하실 수 있습니다. (CIP제어번호 CIP2019041711)